DÄNISCHE DÄMMERUNG

Lynn Andersen ist Journalistin, Werbetexterin und Autorin. Sie arbeitete einige Jahre als Reporterin und leitende Redakteurin bei einer Berliner Boulevardzeitung und ging dann der Liebe wegen in ihre Heimat bei Münster zurück, wo sie heute mit ihrer Familie lebt. Seit ihrer Kindheit verbrachte sie unzählige Urlaube in Dänemark.

LYNN ANDERSEN

DÄNISCHE DÄMMERUNG

Kriminalroman

emons:

Bibliografische Information der Deutschen Nationalbibliothek
Die Deutsche Nationalbibliothek verzeichnet diese Publikation in der Deutschen Nationalbibliografie; detaillierte bibliografische Daten sind im Internet über http://dnb.d-nb.de abrufbar.

MIX
Papier aus verantwortungsvollen Quellen
FSC® C083411
FSC
www.fsc.org

Umschlagmotiv: Montage aus neal joup/photocase.de, shutterstock.com/kuzmaphoto
Umschlaggestaltung: Nina Schäfer
Gestaltung Innenteil: César Satz & Grafik GmbH, Köln
Lektorat: Lothar Strüh
Druck und Bindung: CPI – Clausen & Bosse, Leck
Printed in Germany 2020
ISBN 978-3-7408-0758-0
Originalausgabe

Dieser Roman wurde vermittelt durch die Literarische Agentur Kossack GbR, Hamburg.

Für Mama, die Meereslustige

1

Manchmal wunderte sich Jytta Madsen über sich selbst. Wie konnte man nur in einer Sekunde so viele verschiedene Gefühle in sich tragen? Gerade noch hätte sie am liebsten ihre Mutter erwürgt und dem Hund einen Tritt gegeben, jetzt streichelte sie das liebe Vieh und heulte ein paar Tränen, weil ihr leidtat, dass sie so gefaucht hatte. Sie zog sich ihre Kapuze über, wickelte den Schal ein bisschen fester um ihren Hals und ging los. Einmal durch die Dünen bis zum Strand, dann wieder zurück, das würde für Brus' Geschäft reichen. Der Hund tänzelte vor Freude vor ihr her. Das sah lustig aus, denn Brus war nicht mehr der Jüngste, und sein Tänzeln ähnelte eher einem Humpeln. »Tut mir leid«, sagte Jytta. »Ist 'n bisschen spät geworden heute.« Der Wind schluckte ihre Worte, sie schaute nach oben. Dicke Wolkenberge schoben sich vor den Mond, sie schaltete die Taschenlampe ein.

Ja, es war ein bisschen spät geworden, und natürlich hatte Mama gemotzt. Dabei war doch langes Wochenende. Sie hatte sich mit Kristian und den anderen an der Bank neben dem öffentlichen Duschhäuschen getroffen, und es war viel besser gewesen als sonst. Sie, Kristian und die anderen kannten sich eigentlich schon immer. Ihre Eltern hatten sich hier vor Jahren ihren Traum vom eigenen Wochenendhaus am Meer erfüllt – und so waren die Babys von einst Nachbarn geworden. Ferien- und Wochenendnachbarn.

Jyttas Pony schlug ihr ins Gesicht. Aus dem kräftigen Wind war ein Sturm geworden. »Los, Brus, sieh zu, dass du fertig wirst«, rief sie. Brus' braun-weiß-schwarz geschecktes Fell wehte mit seinen Ohren um die Wette, doch ihn störte das nicht. Er schnupperte am Dünengras und trabte weiter Richtung Meer. Jytta gähnte und schaute auf ihre Armbanduhr. Mitternacht war gerade vorbei. Wenn sie gleich zurückkäme, würden die anderen bestimmt schon schlafen. Oder besser:

die *andere*. Denn ihr Vater kam nur noch ins Haus, wenn ihre Mutter nicht da war, und ihr großer Bruder war kurz nach seinem achtzehnten Geburtstag ebenfalls von der Bildfläche verschwunden. So werde ich es auch machen, dachte Jytta. Von der Bildfläche verschwinden.

***

Es war reiner Zufall. Man tat es, ganz automatisch, unzählige Male am Tag. Unbewusst. Doch hätte die Frau nur eine hundertstel Sekunde später geblinzelt, dann hätte sie den Schein der Taschenlampe nicht gesehen. Dann hätte sie nicht den Schatten des Mädchens wahrgenommen. Dann hätte sie sich nicht umgedreht und dem Mann zugeflüstert: »Da ist jemand.« Und er hätte sich nicht aufgerichtet mit dem Messer in der Hand, von dem das Blut tropfte. Hasenblut, versuchte sie zu denken, um es besser ertragen zu können. Hasenblut.

Er war neben sie getreten, nur das Rascheln der Folie war zu hören und sein Atem. »Verdammt«, zischte er.

Noch mehr Hasenblut, dachte sie und sah, wie der Schal des Mädchens im Wind zuckte.

***

Jytta schaute sich um. Beim besten Willen war hier kein Mensch mehr unterwegs, sie ließ Brus von der Leine, steckte die Hände in ihre Jackentasche und trottete mit hochgezogenen Schultern hinter ihm her.

Die Sturmböen fegten über das Dünengras, das Rauschen der Nordsee mischte sich zu den Sturmgeräuschen. Die Brandung spuckte Steine auf den Strand, um sie direkt darauf wieder zu verschlingen, sie hörte das Rollen und Ächzen. Jytta war kalt, ihr Schal konnte den Wind kaum noch abhalten, sie fühlte sich taub, weil ihre Ohren voll waren vom Geräusch des Meeres und des Windes. Sie stand oben auf der letzten Dünenreihe, hinter der es steil hinunter zum breiten Strand ging, die weiße

Gischt schimmerte im Mondlicht. Brus war begeistert Richtung Sand gelaufen, sie konnte ihn nicht mehr sehen, der Strahl der Taschenlampe reichte nur ein paar Meter weit.

»Brus! Bruuuus! Komm her!«

Da unten tobte das Meer, und der Trottel wollte zum Wasser. Ihre Rufe wurden mit den Windböen davongetragen. Sie pfiff. Erst durch ihre Zähne, dann durch ihre Finger. Eine Windböe antwortete mit einer Handvoll Sand, die sie ihr ins Gesicht warf.

»Brus, komm endlich!«

Sie spitzte die Ohren, versuchte, die Geräusche zu filtern.

Da, ein Bellen. Oder war es etwas anderes? Dann ein Jaulen. Sie spürte ihren Magen. Brus wird doch nichts passiert sein? Sie drehte sich im Kreis, versuchte, etwas zu erkennen, leuchtete mit der Taschenlampe in alle Richtungen. Wenn er zu nah ans Wasser gelaufen war, wenn eine der Wellen ihn mit sich gerissen hatte, dann hätte er keine Chance. Jytta wollte am liebsten weinen und nach Mama rufen, doch dann sah sie etwas. Dort, im Dünengras. War das ein Schatten?

»Brus?« Sie sagte es nur leise, denn dieser Schatten sah nicht aus wie ein Hundeschatten.

Sie hatte den Hund zu ihrem achten Geburtstag bekommen, und sie liebte ihn wie sonst nichts in ihrem Leben. Sie hatte sich den Namen ausgedacht, Brus – Brause. So sollte ihr Hund sein, wie Brause – fröhlich, süß. Und jetzt? Was war mit ihm?

Schnell drehte sie sich um, ließ die wilde, tobende Nordsee hinter sich und lief die Düne abwärts. Unten im Dünental war es etwas ruhiger. Die Sturmböen kamen nicht so tief. Da, das Jaulen, es drang wieder an ihr Ohr. Ein seltsames Jaulen war das.

»Brus?« Sie hörte ihre eigene Stimme wieder, starrte auf das dunkle, wogende Gras, wo sie eben noch den Schatten gesehen hatte. Dann wurde sie umgerissen.

»Mein Gott, hast du mich erschreckt.« Jytta lag lachend auf dem Boden und streichelte ihren Hund. Brus hatte nach der

Leine geschnappt, die sie sich wie immer um den Bauch gebunden hatte, und sie so aus dem Gleichgewicht gebracht. Er bellte kurz auf, spitzte dann die Ohren und blickte starr geradeaus. Jytta folgte seinem Blick. Außer dem Umriss eines kleinen Hauses konnte sie nichts erkennen. Doch sie hörte, was auch ihr Hund hörte. Ein Heulen oder eher ein Wehklagen.

Jytta nahm Brus an die Leine. Am liebsten wäre sie weggelaufen, doch ihr Hund zog, und das Heulen klang so verzweifelt, dass sie es nicht fertigbrachte. Vielleicht, so hoffte sie, vielleicht war es ja doch nur der Wind, der in Sturmnächten schon mal fremd klingen konnte. Doch die nächste Sturmböe kam und ging, und das Heulen blieb – auch ohne Wind. Wie ferngesteuert folgte Jytta ihrem Hund.

»Kristian?« Jytta versuchte, fröhlich zu klingen. »Seid ihr das? Verarscht ihr mich?« Doch niemand antwortete ihr. Brus zog sie weiter in die Richtung des Hauses, dessen Umriss immer deutlicher wurde. Jytta blieb stehen. Nein, sie würde nicht weitergehen. Sie würde umdrehen, heimlaufen zu ihrer Mutter, sich entschuldigen und nie wieder vergessen, vor dem Abendessen mit Brus rauszugehen. Das Wehklagen wurde noch lauter, es kam näher. Jytta wollte nicht, doch sie leuchtete mit ihrer Taschenlampe in die Richtung, aus der das Geräusch kam. Kein Zweifel, dort bewegte sich etwas. Ein Bündel.

Jytta erstarrte, Brus bellte, und das, was so aussah wie ein Bündel, stieß einen Schrei aus. Dort war ein Kind. Ein kleines Kind. Es wälzte sich in unbeholfenen Bewegungen über den Schotterweg. Und es brüllte und klagte und weinte. Es klang furchtbar. Aber es war ein Kind. Jytta zögerte nicht mehr, sie lief auf das Wesen zu. Sie nahm es auf den Arm. Sie sagte Dinge wie »Ganz ruhig, alles ist gut«. Doch das Kind warf sich auf ihrem Arm hin und her, es schlug um sich. Jytta kannte sich nicht aus. Sie hätte nicht sagen können, ob es ein Junge war oder ein Mädchen. Auch nicht, wie alt. Sie sah nur, dass dort ein Kind war, eines, um das sie sich jetzt kümmern musste. Sie hatte es entdeckt, also war sie verantwortlich.

Es musste aus diesem Haus gekrabbelt sein, einem dieser

typischen dänischen Ferienhäuser, wie sie in den siebziger und achtziger Jahren hier gebaut worden waren. Schlicht, einfach, aus Holz. Es war schwarz gestrichen und stand auf einem großen Grundstück, umgeben von Dünen, Dünengras und Sträuchern. Mit dem schreienden Kind auf dem Arm ging sie darauf zu. Sie klopfte, rief und dachte nicht darüber nach, dass schon allein das Brüllen des Kindes die Bewohner hätte wecken müssen. Sie drückte die Türklinke hinunter und öffnete die Tür. »Hier sind bestimmt deine Mama und dein Papa«, sagte sie und versuchte dabei, zuversichtlich zu klingen.

Sie schaltete das Licht ein. Rief. Es musste jemand da sein. Ein Auto hatte doch vor der Tür gestanden. Brus blieb dicht neben ihr und war still.

»Hallo – tut mir leid, dass ich hier so reinkomme. Hello, sorry!« Vielleicht verstanden die Touristen kein Dänisch.

Jytta stolperte über Badelatschen und einen geöffneten Koffer, der noch nicht ganz ausgepackt war. Sie blickte in die kleine Küche. Auf dem Tisch stand eine Klappkiste mit Vorräten. Ein paar Liter H-Milch und Butter, weil die Butter in Dänemark so teuer war. Kluge Urlauber, dachte sie. Deutsche Urlauber, dachte sie, als sie das deutsche Wort für Nudeln auf einer Packung las.

Vielleicht schlafen sie. Sie ging langsam durch den kleinen Flur. Die Schlafzimmertür stand einen Spalt auf.

»Hello, I'm sorry …«

Dann schob sie die Tür auf und ging zu Boden.

Ihr Schrei war lauter als der Sturm und die hungrige, Steine fressende Nordsee, er war vielleicht sogar lauter als alles, was die Menschen hier in den Dünen zwischen Blokhus und Skagen jemals gehört hatten.

2

Was für ein Schlag in die Magengrube. Sibylle legte ihre rechte Hand auf die schmerzende Stelle. Dann kreischte es in ihrem Kopf. Schrill, laut, unerträglich. Das Herz begann zu rasen. Sie blieb sitzen, leicht vornübergebeugt, und starrte auf die Zeitung, ohne etwas zu sehen. Vor ihren Augen nur Schwarz und ab und zu helle Blitze. Das Licht drehte sich, ihr wurde schwindelig. Sie versuchte es mit der Atemtechnik, die ihr sonst half. Ein und aus, langsam und immer wieder. Ein und aus. Es dauerte lange. Der Magen entkrampfte sich. Mit der frei werdenden Hand rieb sie sich die Schläfen. Die Blitze verschwanden. Das Dunkel verschwand. Sie stand auf, wankte und setzte sich wieder. Sie schwitzte.

Ein Blick auf die Uhr. Kurz nach eins. Oscar würde noch eine Stunde schlafen, zwei Stunden am Mittag, das war im Moment sein Pensum und für sie die einzige Gelegenheit, am Tag für sich zu sein. Zu baden, Zeitung zu lesen. Daniel würde frühestens in fünf Stunden nach Hause kommen. Und sie würde spätestens in vier Stunden darauf warten, dass er nach Hause kam. Sie wollte es nicht, doch sie konnte es nicht abstellen. Mit Oscar war alles anders geworden.

Ihr Innerstes brodelte, sie starrte auf das Foto. Das Einzige, das ihr Verstand ihr noch sagte, war, dass sie ihn gerade verlor. Denn obwohl sie wusste, dass es nicht stimmen konnte, war sie absolut sicher: Dieser Doppelmord hatte etwas mit ihr zu tun.

Sie las den Artikel noch einmal und rieb sich die Stirn. Die Worte machten sie nicht klüger. Im Gegenteil. Dumm kam sie sich vor. Dumm und hilflos. Sie zwang sich, die Zeitung beiseitezuschieben. Sie schloss die Augen und stützte ihre Stirn in ihre Hände. Sie sah trotzdem ein kleines Ferienhaus, davor Menschen in den lächerlich aussehenden weißen Anzügen der Spurensicherung, wie unbeholfene Gespenster wirkten sie. Gespenster. Doch sie konnte nicht darüber lachen. Sibylle öffnete die Augen und blickte in eine Nebelwand. Die Toten von Dänemark, sie weinte um sie. Warum?

***

Er blieb sitzen. Er wollte das Lied noch zu Ende hören. »Under the Bridge« von den Red Hot Chili Peppers. Er schloss die Augen. Der grau gestrichene Carport, das Laufrad seines Sohnes, das er beinahe umgefahren hätte, das Fahrrad seiner Frau mit dem Kindersitz darauf, der Rasenmäher, all das passte gerade irgendwie nicht. Nicht zum Song und nicht zu ihm.

Er atmete tief ein. Gut war er gewesen. Vorhin. Er hatte ein Machtwort gesprochen, und seine Mitarbeiter hatten es akzeptiert. »Schluss mit den dummen Sprüchen untereinander, vertragt euch.« Er hatte mit den beiden Streithähnen geredet wie mit seinem zweijährigen Sohn. Ruhig und bestimmt, aber mit Nachdruck. Es hatte funktioniert. Offenbar zweifelten seine Mitarbeiter nicht an seiner natürlichen Autorität. Er selbst war der Einzige, der sich immer wieder die Frage stellte, was er da eigentlich machte. Er war zum Bürobullen geworden, er hatte mehr als zwei Anzüge im Schrank, er hatte Nackenschmerzen vom Sitzen am Schreibtisch. Kriminaldirektor Daniel Konermann, Leiter des zentralen Kriminaldienstes in Osnabrück – alles hörte auf sein Kommando! Er grinste, während er die Lautstärke aufdrehte und die letzten Takte in sich aufsog.

Der Song war zu Ende, und im nächsten Moment machte es pling. Auf seinem Smartphone war eine Nachricht eingegangen. Im Fotoanhang die beiden Kollegen, deren Streit er vorhin geschlichtet hatte, lachend mit einem Bier in der Hand.

»Prost! Wir haben uns wieder lieb«, stand darunter.

»Ich euch auch«, murmelte er und öffnete die Autotür. Er schaute auf seine Uhr. Er war recht spät dran. Sibylle würde sicher oben sein und Oscar ins Bett bringen. Oder sie saß schon unten vor den Fernsehnachrichten.

Früher wäre er jetzt erst losgefahren, zu einer Observation, zu einem Einsatz, zu seinen Jungs, zu irgendwas Wichtigem.

Jetzt gab es noch Wichtigeres. Meine Frau, mein Haus, mein Sohn, dachte er. Er hatte alles gekriegt. Es war perfekt. Sibylle war schöner als jede Frau, die er vor ihr gekannt hatte. Sein Sohn war wie Söhne mit zwei sind – tapsig, unbeholfen, niedlich. Das Haus war toll gelegen, nah genug an der Innenstadt, ruhig genug, und einen kleinen Garten und nette Nachbarn gab es inklusive. Warum nur fiel es ihm so schwer, einfach nur glücklich darüber zu sein? Oder lautete die Frage eigentlich: Warum fiel es *ihr* so schwer?

***

Sie hatte sich viel ausgemalt damals, als sie noch nicht am Abend auf Daniel wartete, sondern als er einfach da war, wenn er da war. Manchmal kam er erst nachts nach einem Einsatz zu ihr in die Dachgeschosswohnung in der Innenstadt. Leicht verschwitzt, noch voller Adrenalin. Dann legte er sich zu ihr. Dann drehte sie sich zu ihm. Dann liebten sie sich, schwitzend, mit ungeputzten Zähnen, lachend, schwer atmend.

Dann zog er ein. Sie redeten oder schwiegen, sie aßen, schliefen, sahen fern, gingen ins Kino. Sie schaute nie auf die Uhr und zählte die Minuten, bis er zu ihr kam. Sie lebte, arbeitete, war glücklich, wenn er da war, blieb es aber auch, wenn er nicht da war. Sie war sich seiner sicher. Sie war sich ihrer selbst sicher.

Irgendwann kam die Frage ganz von selbst. Ein Kind?

»Klar«, sagte er und schob ihr Nachthemd nach oben.

Doch so klar war es dann doch nicht gewesen. Als ein halbes Jahr vergangen und nichts passiert war, wurde sie nervös. Sie schaute immer noch nicht auf die Uhr, doch sie schaute auf den Kalender. Heute wäre ein guter Tag. Doch Daniel kam nicht heim, weil der Dienstplan umgeschmissen wurde. Noch sechs Monate später sagte er, dass es vielleicht ganz gut sei, quasi »ein Zeichen des Schicksals«, dass sie noch kein Baby bekommen hätten. Er würde sich gerne um einen Job bewerben. Beim SEK. Sie sagte nichts, weil sie nicht wusste, was sie hätte sagen sollen. Sie hatte ja nur so eine Ahnung in diesem Moment. Am nächsten Morgen bestätigten zwei Streifen auf dem Schnelltest: Sie war schwanger.

Sie war glücklich. Daniel sprach nicht mehr von diesem Job. Stattdessen nahm er das Angebot seines Dienstherrn an, sich so langsam auf der Karriereleiter nach oben zu arbeiten. Er übernahm Sonderaufgaben in seiner Tatort-Gruppe und empfahl sich so für eine höhere Laufbahn. Er kaufte sich seinen ersten Anzug.

Sibylle kaufte Bodys für das Baby und neue BHs für ihre wachsenden Brüste. Als Oscar ein Jahr alt war, zogen sie in das Haus. Niemals hätte sie gedacht, dass die Uhr in der Küche so viel langsamer laufen würde als in ihrem Leben davor. Sie war zornig auf ihren Mann, weil er tat, was sie von ihm verlangt hatte. Sie vermisste sein unrasiertes Gesicht, das sich in ihren Nacken grub. Sie vermisste seine löchrigen Shirts, seine Wut, wenn er von der Arbeit erzählte, sein Poltern, wenn er von einem seiner Kumpelabende nach Hause kam und ihr mit leichter Alkoholfahne ein zärtliches »Tschuldigung« ins Ohr flüsterte.

Stattdessen kam er müde und still heim, er fragte höflich nach ihrem Tag und spielte geduldig mit Oscar. Ein Ehemann und Vater wie aus dem Bilderbuch.

Und was war aus ihr geworden? Sie ließ Oscar nicht aus den Augen und war am Abend erschöpft von ihrer eigenen Dauerüberwachung. Ihre Laune war meistens schlecht, doch da sie wusste, dass Daniel nichts dafür konnte, verschonte sie ihn damit. Und während sie immer wieder auf die Uhr starrte, um auszurechnen, wann er endlich heimkommen würde, wurde ihre Laune immer schlechter. Kam er dann, spielte sie ihm vor, alles wäre gut.

***

Wie jeden Abend blieb Daniel erst einen Moment lang auf der kleinen Rasenfläche vor dem Haus stehen und schaute durch die großen Fenster. Er mochte es, wenn drinnen das Licht angeschaltet war und es draußen gerade dunkel wurde. Manchmal sah er seine Frau im Schneidersitz auf dem Teppich sitzen, entspannt sah sie dann aus. Sie reichte Oscar irgendwelches Plastikspielzeug, und allein daran, wie sie es tat, wie sie sich bewegte, wie sie ihn dabei anschaute, sah man diese große Liebe zwischen ihr und ihrem Sohn. Manchmal stand sie in der Küche und bereitete dem Jungen gerade sein Abendbrot zu. Konzentriert sah sie dann aus, aber auch verträumt. Als wäre sie gerade auf einem anderen Stern, einem schönen Stern, auf dem Daniel allerdings nicht lebte. Wenn er sie so sah, von außen, durch das Isolierglas der großen Fenster, dann sehnte er sich nach ihr.

Seine Vermutung war richtig gewesen. Oscar schlief bereits, doch statt vor dem Fernseher saß seine Frau am Küchentisch, als er eintrat. Sie hatte offensichtlich schon gegessen, es stand nur noch ein Teller ihr gegenüber. Als er ihr seinen Begrüßungskuss auf den Nacken hauchte, fuhr sie herum. Er hatte sie erschreckt.

»Hey, ich bin's nur«, lachte er.

Sie schüttelte ihren Kopf. »Ich … Ach, ich war in Gedanken.«

»Alles gut? Was ist mit Oscar? Ist er dieses Mal schneller eingeschlafen?«

Sie nickte nur. Müde.

Daniel ging zum Herd und hielt seine Hand über die Pfanne, die Nudeln gaben noch etwas Wärme ab – es würde ohne Mikrowelle gehen. Er bugsierte sich eine Portion auf den Teller und setzte sich. Gabel und Löffel fehlten, er stand auf und holte das Besteck, setzte sich wieder und aß. Er konnte ihren Blick nicht deuten. Oder besser ihren Nicht-Blick. War sie sauer, dass er seinen Sohn verpasst hatte? War sie einfach nur müde? Vom Tag, von der Last des Alltags? Oder war da an der Wand hinter ihm irgendetwas so interessant, dass sie dorthin starrte, statt ihn anzuschauen?

Er sollte sie fragen, was los war. Doch stattdessen sagte er: »Schmeckt super.« Sie schaute ihn kurz an und fixierte wieder irgendeinen anderen Punkt an der Wand.

Er mochte ihn nicht, diesen Blick, der oft so arrogant und unnahbar wirkte. Nicht mehr majestätisch wie sonst, mit ihrem oft abwesenden Lächeln, dieser kontrollierten, geraden Haltung, zu der ihr langer Hals und ihre markanten Wangenknochen so gut passten.

Er war damals vor fünf Jahren, als er sie auf der Party eines ehemaligen Mitbewohners erblickt hatte, sofort auf sie zugegangen, sie hatte von seinem Bier getrunken – und er hatte sich in diesem Moment rettungslos verliebt. Als er Monate später begriff, dass es Sibylle von Poll mit ihm ähnlich ging, war er zunächst ungläubig und dann sehr dankbar gewesen. Die Königin gibt sich mit dem Hofnarren ab, dachte er sogar noch während der Hochzeit.

Natürlich hatte er schon damals gewusst, dass es anders war. Ihr abwesendes Lächeln zeigte auch ihre Zerbrechlichkeit. Auch jetzt, hier in der Küche, war ihr kühler Blick nicht wirklich kühl, sondern ihr Schutzschild.

Daniel räumte den Teller ab, setzte sich wieder und schaute sie an. Sie schien es nicht einmal zu bemerken. Also begann er zu reden. Erzählte von den beiden Streithähnen in seiner Abteilung, wie sie einander vorgeworfen hatten, dass sie schlecht übereinander reden würden, wie er sie hatte antanzen lassen und dazu gebracht hatte, sich die Hände zu geben, sich zu vertragen. Er zog sein Smartphone aus der Tasche und zeigte ihr das Versöhnungsfoto. Sie schaute nur kurz hin.

Wie gerne würde ich jetzt mit den beiden Kollegen gemeinsam das Versöhnungsbier trinken, ging es ihm durch den Kopf.

Die Spülmaschine piepte. Sibylle schaute kurz auf, dann auf einmal sah sie ihn an. Endlich.

»Habt ihr mit dieser Sache was zu tun?« Sie drehte die Zeitung vor ihr, die er erst jetzt bemerkte, zu ihm herum, sodass er die Titelzeile lesen konnte.

»Der Doppelmord in Dänemark?« Er war irritiert, normalerweise interessierte sich Sibylle nicht für reißerische Polizeigeschichten.

Ihre Augen fixierten ihn. »Habt ihr? Es ist ein deutsches Ehepaar.«

Daniel überflog den Artikel, obwohl er ihn eigentlich schon kannte, denn natürlich hatten sie bei der Arbeit über die Geschichte geredet. Ein Ehepaar war in einer Ferienhaussiedlung in Dänemark ermordet worden. Das gemeinsame Kind hatte überlebt, es war von einer Zeugin vor dem Haus gefunden worden. Viel mehr stand nicht in dem Artikel, den Sibylle offensichtlich so spannend fand.

»Eine üble Sache«, sagte Daniel. »Aber die Toten sind nicht aus unserem Beritt, da kümmern sich die Düsseldorfer und vor allem die dänischen Kollegen drum.«

»Aber ihr wisst doch bestimmt ein bisschen mehr als das, was hier steht«, sagte Sibylle.

Daniel verstand nicht, was sie von ihm wollte. »Natürlich unterhalten wir uns über solche Fälle, und natürlich haben wir ein paar Infos, aber die sind nicht unbedingt öffentlich.«

Ihre rechte Augenbraue schnellte in die Höhe. »Ich bin also öffentlich?«

Er schüttelte genervt den Kopf. »Sonst willst du doch nie zu viele Details von meiner Arbeit hören, weil sie dich erschrecken. Und jetzt soll ich dir ausgerechnet zu einem heftigen Mordfall Details erzählen?«

Sie nickte. »Ja, genau.«

Er stand auf und begann, die Spülmaschine auszuräumen. Und schwieg.

»Und?« Sibylles Stimme klang seltsam, fast schrill.

»Nichts und. Das ist nicht unser Fall. Ich kapiere nicht, warum dich das so interessiert?«

»Aber du könntest einen Kollegen in Düsseldorf anrufen und fragen.«

Daniel drehte sich um. »Und was soll ich den Kollegen fragen? Hallo, meine Frau findet diesen netten Doppelmord in Dänemark so spannend, sag mal, hast du nicht ein paar hübsche, blutige Informationen für sie? Damit sie ihre Sensationsgier befriedigen kann?«

Er wusste, dass er zu weit gegangen war.

»Du denkst, darum geht es mir?« Sibylle saß immer noch aufrecht auf ihrem Stuhl, ihre Fäuste waren geballt.

Er wusste nicht, was er sagen, was er tun sollte. Also öffnete er die Schublade für die Teller. Normalerweise stritten er und Sibylle sich nicht. War sie sauer, schwieg sie eisern. Oft hatte er sich gewünscht, sie würde ihn anschreien, ihm Vorwürfe machen, damit er begreifen könnte, was sie dachte. Doch jetzt war ihm nicht danach. Er fischte nach der letzten Müslischüssel, die sich kopfüber in der hintersten Ecke verhakt hatte. Dann holte er tief Luft. »Okay. Was ist los, Sibylle?«, fragte er in bemüht neutralem Ton, während er die Spülmaschine zuklappte und sich langsam umdrehte. »Warum interessiert dich das so? Vielleicht kann ich ja –«

Mit der Müslischale in der Hand stand er da und starrte auf den leeren Stuhl. Sibylle saß nicht mehr am Tisch. Die Zeitung lag in der Kiste für das Altpapier. »Deutsches Ehepaar tot«, las er.

Und dachte: Deutsche Ehe tot.

3

»Frau Ekström, Sie sind ein Schatz.« Arne Birklund wanderte mit seinem Telefonhörer in der Hand durch seine Kanzlei und genoss den Ausblick aus seinem Fenster, genauer: seiner Fensterfront. Von hier oben konnte er bis zum Hafenschwimmbad von Aalborg schauen, und vielleicht würde er gleich, zwischen den beiden Kliententerminen, kurz dort abtauchen.

Frau Ekström lachte am anderen Ende der Leitung. »Ich wusste, dass Ihnen das Objekt gefallen wird. Wann wollen Sie sich die Insel anschauen?«

Birklund zog sein Handy aus der Hosentasche und checkte seinen Terminkalender. »Übermorgen, so gegen Mittag. Kümmern Sie sich um ein Boot?«

»Natürlich. Über den endgültigen Preis reden wir dann vor Ort?«

Birklund grinste. »Sie sind clever, Frau Ekström. Sie wissen genau, dass der Charme einer Schäreninsel selbst den härtesten Verhandlungsprofi weichkocht. Von *Ihrem* Charme natürlich ganz zu schweigen.«

Frau Ekström kicherte. »Wir haben eben alle unsere Tricks, Herr Birklund. Aber den Verkehrswert hatte ich Ihnen ja schon genannt.«

»Ich erinnere mich.« Birklund lachte. Ihm gefiel die forsche Immobilienmaklerin aus Stockholm, ihr Foto auf der Homepage war vielversprechend, vielleicht sollte er sie auf ein Glas Champagner einladen, wenn er das Haus samt Insel gekauft hatte. »Das war eine Zahl mit vielen Nullen daran. Sechs, wenn ich richtig gezählt habe«, scherzte er.

»Exakt. Sie hätten Mathematiker werden sollen.« Die Ekström war nicht auf den Mund gefallen. Birklund lachte erneut und spürte die kurze Vibration seines Handys, die ihm eine eingegangene Nachricht ankündigte.

Als er las, was dort stand, schlug er mit der Faust auf den

Tisch. Ekströms Frage, was bei ihm los sei, beantwortete er nicht mehr, sondern legte auf. Dann rief er einen Kontakt in seinem Handy auf, wählte und spuckte seine Worte ins Telefon. »Es ist mir scheißegal, warum. Der Auftrag war ein anderer, du hast versagt, und jetzt hat die Polizei die Leichen.« Dann eine kurze Pause. »Jetzt reiß dich zusammen! Ich melde mich, über das Telefon hier läuft ab jetzt gar nichts mehr. Kapiert?«

Birklund legte auf und nahm die Speicherkarte aus dem Gerät.

4

Als er aufwachte, sah er zuerst die beiden leeren Bierflaschen, die er am Abend auf dem weißen Lacktisch abgestellt hatte. Der Fernseher lief, irgendeine amerikanische Serie, in der irgendwelche gestylten Menschen so taten, als wären sie Spurensicherer.

Er schaltete den Fernseher aus, doch still war es danach nicht. Sein Sohn weinte. Er schob die weiche Decke beiseite, stand auf, gähnte, streckte sich und ging ins Kinderzimmer. Oscar stand in seinem Gitterbett. Er hatte rote Wangen, die Tränen liefen über sein Gesicht, und ihm klebten verschwitzte Haare an der Stirn. Als Daniel die Tür weiter öffnete und das Licht aus dem Flur ins Zimmer fiel, war Oscar schlagartig ruhig. Er streckte seine Arme aus und fing, als Daniel auf ihn zuging, um ihn hochzuheben, sofort wieder an zu schreien.

»Mama! Mama! Mama soll tommen!« Seine Stimme überschlug sich, die Schluchzer ließen das »Mama« wie bei einem Schluckauf klingen.

Daniel nahm den Jungen auf den Arm. »Pst. Ich bin ja da. Es ist alles gut. Hast du was Doofes geträumt?«

»Mama«, schallte es ihm entgegen. Oscar wand sich in Daniels Armen. Er schaute zur Tür. Doch Mama kam nicht.

Daniel wurde wütend auf seinen undankbaren Sohn. Zu Unrecht, das wusste er. Doch es tat weh, zu sehen, wie sehr Oscar sich aus seinen Armen wegwünschte, um bei Sibylle zu sein. Offensichtlich schlief sie tief und fest. Dabei war sie doch sonst bei jedem Pieps bei dem Kleinen. Daniel hatte doch gar keine Chance, eine Beziehung zu dem Jungen aufzubauen. Klar, er kam oft spät nach Hause, aber das war ganz sicher nicht der einzige Grund.

»Oscar, jetzt finde dich damit ab. Ich bin hier«, sagte er.

Oscar jammerte. »Mama!«

»Mama hat keine Lust aufzustehen, sie braucht jetzt ihren

Schönheitsschlaf«, sagte er. Es sollte beruhigend klingen, nett. Doch es klang anders. Ironisch. Bissig.

Kaum hatte er es ausgesprochen, stand sie plötzlich im Kinderzimmer. Kein Zweifel, sie hatte gehört, was er gesagt hatte. Schweigend nahm sie ihm seinen Sohn ab und brachte ihn in sein Bettchen zurück. Dann suchte sie in der Ritze zwischen Bett und Wand zwei Schnuller heraus und gab sie ihm. Er steckte sich einen in den Mund, nahm den anderen in die Hand und schlief sofort wieder ein.

Daniel sah von der Tür aus zu. Seine Frau ging danach wortlos an ihm vorbei, legte sich wieder in ihre Betthälfte und drehte ihm den Rücken zu. Er zog sich im Dunkeln um und legte sich neben sie. Kurz überlegte er, ob er die Kaschmirdecke aus dem Wohnzimmer holen sollte. Hier, neben Sibylle, unter dem Vierjahreszeiten-Oberbett war es eiskalt.

5

Sie versuchte, sich an zwei Dingen festzuhalten. An ihrer Mutter und an der Nachricht, dass der Junge jemanden hatte, der sich um ihn kümmern würde. An alles andere wollte sie nicht mehr denken. Nie wieder. Jytta Madsen lag wach und würde so schnell nicht einschlafen, das war ihr klar. Genauso, wie ihr klar war, dass das, was sie gesehen hatte, alles veränderte. Bei ihr, in ihr. Für immer.

Sie rückte noch näher an den Körper ihrer Mutter, die sich hinter sie gelegt und die Arme um sie geschlungen hatte. Sie schlief. Jytta schloss die Augen und hatte das Gefühl, ein Schnellzug rase auf sie zu. Ein Schnellzug, der mitten in ihr Hirn knallen würde, um ihr die Bilder zu bringen, die sie nicht sehen wollte. Flashbacks nannte man das. Die Polizeipsychologin hatte mit ihrer Mutter darüber gesprochen und sie gewarnt, dass nach solchen Erlebnissen oft zunächst gar nichts zu merken wäre bei den Betroffenen. Doch dann könnten eben jene Flashbacks kommen.

War sie eine Betroffene? Waren nicht eigentlich der Mann und die Frau die Betroffenen? Und ihr kleiner Sohn? Wie anmaßend von ihr, betroffen zu sein. Sie hatte doch nur etwas gesehen. Etwas, was in jeder dänischen Krimiserie im Fernsehen tausendfach zu sehen ist.

Sie hatte zwei Tote gesehen.

Sie öffnete die Augen wieder. Nein, kein Erinnerungszug, bitte! Doch er fuhr weiter. Und er brachte die Bilder mit, die Geräusche, die Gerüche.

Sie sah sich selbst. Wie sie in jener Sturmnacht im kleinen schwarzen Haus die Tür zum Schlafzimmer aufgestoßen und zuerst dieses seltsame Rascheln gehört hatte. Auf dem Boden lag eine schwarze Folie, die sie mit der Tür zur Seite geschoben hatte. Die Folie war im ganzen Raum verlegt, auch auf dem Bett. Und darauf lagen sie. Ein Mann, eine Frau. Nebeneinander.

Sie im Nachthemd, er in T-Shirt und Boxershorts. Sie wusste sofort, dass sie tot waren. Ihre Münder standen offen, ihre Augen starrten an die Decke, und der linke Arm der Frau lag abgeschnitten neben ihr.

An ihren eigenen Schrei erinnerte sie sich nicht. Doch ihr Hals tat ihr weh, sie war auch jetzt noch heiser, klang wie eine Kettenraucherin. Doch keiner machte darüber einen Scherz, keiner witzelte auf ihre Kosten.

Dann war da wieder der Junge. Sie hatte ihn gehalten, als sie zu Boden gegangen war, er war weich gefallen. Er lachte sie sogar an, der Schrei hatte ihn nicht erschreckt. Auch nicht seine toten Eltern auf dem Bett. Er hatte gelacht, und sie hatte gesehen, dass er anders aussah als die Kinder, die sie immer auf dem Spielplatz der Ferienhaussiedlung sah. Die Augen hatten diese seltsame Form. Aus seiner Nase lief Rotz.

Sie hatte ihn wieder hochgenommen und war mit ihm in die Küche gegangen. Dort nahm sie ein Blatt von der Küchenrolle und putzte ihm die Nase. Als sie das Papier gerade in den Mülleimer warf, waren schon die Nachbarn da. Wann die Polizei gekommen war, wusste sie nicht mehr. Als ihr eine Frau in Uniform den Jungen aus den Armen nehmen wollte, klammerte sie sich an ihm fest.

Sie hörte, dass sie über ihn sprachen. »Sieht nach Down-Syndrom aus«, sagte jemand.

»Seine Eltern sind tot«, sagte sie immer wieder und weinte. Dann endlich kam ihre Mutter. Und nahm sie beide in den Arm. Den Jungen mit den seltsamen Augen und sie. Ganz fest. Brus hatte eifersüchtig gejault.

Und an mehr wollte sie jetzt nicht denken. Nur an die Umarmung, an Brus, ihre Mutter und den Jungen. Der Polizist hatte gesagt, das Kind hätte eine Tante aus Deutschland. Eine, die es abholen würde und sich kümmern. *Sich kümmern.* Jytta schloss die Augen.

Ihre Mutter öffnete ihre. »Hey«, sagte sie zu ihrer Tochter.

»Wie heißt der deutsche Junge eigentlich?«, fragte Jytta leise.

Ihre Mutter strich ihr über die Haare. »Frederik, haben sie gesagt.«

»Frederik?« Jytta spürte, wie ihre Mutter, die immer noch hinter ihr lag, nickte. »Wie unser Prinz?«

»Ja, wie unser Prinz.«

6

Kein Licht im Haus. Logisch, es ist ja auch noch hell draußen, dachte Daniel. Aber sonst störte sie die Energieverschwendung doch auch nicht. Wenigstens die Küchenlampe über dem Esstisch, die brannte eigentlich immer. Er stand auf dem Rasen und schaute durch die großen Fenster. Sibylle bereitete kein Essen zu, sie saß nicht auf dem Teppich im Wohnzimmer und gab Oscar Bauklötze in die Hand. Erst jetzt bemerkte er, dass ihr Auto fehlte. Er schaute auf die Uhr. Er war früh dran. Zu früh offensichtlich.

Seine Kollegen hatten ihn schon damit aufgezogen. »Na, Freitagnachmittag schon Feierabend machen? Wird aus dir also doch noch ein ordentlicher Beamter?« Sie wussten, dass er normalerweise immer der Letzte war, der ging. Es fiel auf, dass es heute anders war.

Er hatte nicht geantwortet, sondern war einfach verschwunden. Heute würde er Oscar ins Bett bringen und danach mit Sibylle reden. Richtig reden. Auch über seine blöde Bemerkung gestern, er würde sich entschuldigen, aber ihr auch sagen, wie schwer es manchmal war mit ihr, mit ihrer Schwermut. Dann würde er sie fragen, warum sie so einen Wirbel um diesen dänischen Mordfall gemacht hatte. Er konnte nicht glauben, dass es ihr wirklich um den Fall ging. Bestimmt war der Zeitungsartikel nur ein Aufhänger gewesen, um einen Streit mit ihm zu beginnen. Er wollte wissen, warum. Er musste den Grund wissen.

Er schloss auf, hängte seine Jacke an die Garderobe und ging in die Küche. Auf dem Esstisch lag ein Zettel. Er stutzte kurz, dann nahm er ihn in die Hand – und konnte nicht glauben, was er las. In ihrer klaren Handschrift hatte sie ihm ein paar Zeilen hinterlassen. Oscar sei bei Tanja und Stefan nebenan, er könne ihn jederzeit abholen.

Ich brauche dieses Wochenende für mich, um über einige Dinge nachzudenken, die uns, aber vor allem mich selbst betreffen. Ich hoffe, du verstehst das. Macht euch ein paar schöne Männertage. Sibylle

Er las den Brief noch zweimal, dann faltete er ihn in der Mitte, sodass ihre Schrift nicht mehr zu sehen war, und schob ihn beiseite. Nachher würde er zu begreifen versuchen, was Sibylle ihm mit dieser kurzen Botschaft eigentlich sagen wollte. Jetzt war er einfach nur vor den Kopf gestoßen. Er hätte nicht einmal sagen können, ob er zornig, verletzt oder enttäuscht war. Überrascht war vielleicht das Wort, das es am ehesten traf. Einfach übers Wochenende zu verschwinden, diesen Schritt zu tun, alleine, ohne stundenlange Diskussionen von Für und Wider, das passte überhaupt nicht zu Sibylle. Und schon gar nicht passte der Satz »Macht euch ein paar schöne Männertage« zu ihr. Es klang viel zu fröhlich, viel zu sehr nach oberflächlichem Spaß, nach hemdsärmeligem Vergnügen – nicht gerade Sibylles Spezialität.

Daniel stand auf, warf einen letzten Blick auf den gefalteten Brief und zog sich seine Jacke wieder über. »Nun gut«, sagte er laut zu sich selbst. »Dann werden wir mal Spaß haben.«

Tanja, die Nachbarin, öffnete die Tür und grinste. »Keine Ahnung, wo Oscar ist! Ich glaube, er ist unsichtbar …«

Daniel grinste gequält zurück. Sein Sohn wollte also Verstecken spielen, und Daniel musste jetzt so tun, als fände er ihn nicht. Das würde die Abholgeschichte in die Länge ziehen.

Doch Daniel ergab sich. »Ja, so was! Er ist also tatsächlich verschwunden?«

Er sprach übertrieben laut und deutlich und fühlte sich erbärmlich. Er war nicht gerade in der Stimmung für schauspielerische Einlagen. Oscar hatte sich – was für eine grandiose Idee – hinter den Beinen seiner Babysitterin versteckt, der das Theaterspielen offensichtlich sehr gut gefiel.

Zum Glück kam irgendwann ihre Tochter aus dem Wohnzimmer, zeigte auf Oscar und rief: »Da! Da hat Oscar versteckt!«

Oscar lachte, Tanja lachte, das Mädchen lachte, und Daniel versuchte zu lachen.

Nach endlosen Minuten, die es noch dauerte, bis sein Sohn sich – natürlich alleine – die Schuhe angezogen und die Fleecejacke übergestreift hatte, konnte er sich endlich verabschieden.

Nachbar Stefan war inzwischen auch dazugekommen und schlug Daniel jovial auf die Schulter. »Wird mal wieder Zeit für einen Grillabend.«

Daniel nickte, zum Glück zog Oscar jetzt an seiner Hand. »Hause gehen!«, rief er, und Daniel gab ihm gerne nach.

»Na, dann macht euch mal ein paar schöne Männertage«, rief Tanja ihm noch fröhlich hinterher, als er das Gartentürchen schon beinahe erreicht hatte. Er hob die Hand zum Abschiedsgruß.

»Wo ist das Breipulver?« Daniel hatte keine Zeit für eine Begrüßung, sein Sohn saß im Hochstuhl und schrie, weil er Hunger hatte. Er hatte in allen Schränken nachgeschaut, mehrfach, und tat es immer noch, während er das Telefon an sein Ohr hielt. Natürlich wusste er, wo der Brei für Oscar normalerweise stand, doch anscheinend hatte Sibylle die Schachtel umgeräumt.

»Was?« Sibylles Stimme klang müde.

»Das Breipulver, sonst war es doch immer in der großen Schublade unter dem Kühlschrank, doch da ist es nicht.«

»Oscar isst keinen Brei mehr.« Sibylle betonte jedes Wort einzeln.

Daniel verstand trotz Oscars Gebrüll jedes Wort, und er verstand, was jedes Wort bedeutete. »Oh. Ja, natürlich. Es – tut – mir … Mann, was bin ich für ein Idiot. Sibylle?«

Am anderen Ende war Schweigen.

»Sibylle, ich weiß, dass unser Sohn inzwischen Brot essen kann. Ich hatte es nur für einen Moment vergessen.«

Schweigen.

»Komm. Hör auf damit.«

»Womit?« Leise, müde und traurig war ihre Stimme.

»Mit dem Geschweige. Sag doch einfach, ich bin ein Idiot, dass ich nicht kapiere, dass unser Sohn schon zwei Jahre alt ist, dass ich zu blöd bin, ihm Abendessen zu machen.« Daniel sprach sehr laut, Oscar weinte immer noch. »Es tut mir leid, was ich gestern Nacht gesagt habe, du weißt schon, als Oscar so geschrien hat. Ich weiß, dass du normalerweise immer die Erste bist, die zu ihm geht. Das mit dem Schönheitsschlaf war nicht böse gemeint.«

Schweigen.

»Ich war müde. Oscar hat die ganze Zeit nur nach dir gerufen. Das war ein mieses Gefühl. Und was war eigentlich los mit dir? Warum hat dich dieser verdammte Mord so interessiert?«

»Ich weiß es nicht.« Ihre leise Stimme war kaum zu verstehen.

»Aber jetzt einfach abzuhauen, ohne vorher was zu sagen …«

»Er weint.« Ihre Stimme, noch immer traurig und müde.

Daniel griff in die Zwiebackschachtel und gab Oscar eine Scheibe. Der aß und war endlich ruhig.

»Ich weiß, dass es anstrengend für dich ist. Du bist den ganzen Tag alleine, und … Aber ich kann nicht dauernd eher Feierabend machen.«

»Darum geht es nicht.« Sie sprach lauter.

»Worum geht es dann? Willst du mir zeigen, dass ich es nicht hinbekomme mit Oscar? Und wo steckst du überhaupt?« Er versuchte, nicht zu laut zu werden, und sah zu Oscar, der ihn mit vollen Backen anlächelte.

»Ich ruf dich an«, sagte sie.

Dann nichts mehr. Sibylle hatte aufgelegt.

7

Ihre Hände waren krebsrot vom kochend heißen Wasser. Doch sie besaß keine Spülmaschine, und das Messer musste sauber werden. Blitzeblank sauber. Jede Spur musste sich lösen. Das Hasenblut war längst im Abguss versickert, doch sie wusste, dass sie noch nachschrubben musste. Mit viel Seife. Das Holz am Griff war glatt und fasste sich gut an. Die Klinge war immer noch scharf wie damals, als ihre Mutter damit Hühner zerlegt oder Gurken geschnitten hatte. Vielleicht war sie sogar schärfer inzwischen, denn er bestand immer darauf, dass es geschliffen wurde. Vorher. Das übernahm er. Die Reinigung war dann wieder ihre Aufgabe. Sie nahm das Trockentuch aus dem Regal und rieb über die zwanzig Zentimeter lange Klinge. So lange, bis sie glänzte wie neu. Dann legte sie es wieder in die Küchenschublade. Die hielt er für das beste Versteck. Ein Messer unter vielen Messern, es würde niemandem auffallen.

Sie würde es nicht anrühren. Sie könnte ohnehin nichts essen, was mit der Klinge in Berührung gekommen war. Für sie klebte immer Blut daran, egal wie heiß das Wasser auch war, mit dem sie es abwusch. Jedes Mal, wenn sie die Schublade öffnete, um etwas anderes herauszunehmen, überfiel sie wieder das Gefühl, dass Hasenblut herausschwappte. Dunkles Hasenblut, das genauso wenig da war, wie das Blut an dem Messer von einem Hasen stammte.

8

Als seine Schwiegermutter anrief, war klar, dass nichts mehr klar war.

»Daniel, mein Lieber, wie geht es euch?«

»Aua!« Oscar schlug mit einem Holzstein auf Daniels Bauch, während der rücklings auf dem Teppich lag, den Telefonhörer in der Hand.

»Ah, der Kleine hält euch auf Trab, nicht wahr?«

Daniel setzte sich auf. Liselotte von Poll sprach von »euch«. Sibylle war also nicht bei ihr, er atmete tief durch und räusperte sich.

»Ja«, sagte er ins Telefon und versuchte dabei, munter und freundlich zu klingen, während er Oscar streng anschaute, den Holzklotz in die Höhe hielt und den Kopf schüttelte.

»Dein Enkel wollte mich gerade steinigen.« Er wusste, dass seine Schwiegermutter lachen würde. Wie über alles, was er sagte. Selbst wenn es gar nicht lustig gemeint war. Für Liselotte von Poll würde er wohl für immer der Hofnarr bleiben. Nicht gut genug für ihre Tochter, aber auch kein Totalausfall. Eine Sache, die man zu akzeptieren hatte.

»Ist denn die Mutter des kleinen Totschlägers auch in der Nähe?« Liselotte versuchte auch einen Scherz, und Daniel lachte gekünstelt.

»Ha, nein. Die ist auf der Flucht«, sagte er und bemerkte erst, als er es ausgesprochen hatte, dass es vielleicht wirklich so war. Auf der Flucht vor ihm und ihrem tristen Hausfrauendasein vielleicht. Dabei hatte sie doch genau das, was sie immer wollte. Ein hübsches Haus, einen hübschen Sohn, ein hübsches Leben und einen Mann mit einem sicheren, ungefährlichen Job.

»Sie ist, äh, joggen«, sagte er zu seiner Schwiegermutter. »Und danach ist sie bei einer Nachbarin zum Kaffeeklatsch«, schob er noch hinterher. Was für ein altmodisches Wort das doch war, Kaffeeklatsch. Liselotte müsste schon alleine daran merken, dass etwas nicht stimmt, dachte er.

Doch sie gab sich zufrieden, bestand darauf, dass Oscar noch einmal ans Telefon kam, und führte eines dieser sinnlosen Telefongespräche, in denen die eine Seite – die erwachsene – lauter Fragen stellte, auf die die andere Seite – die kindliche – immer nur mit Ja oder Nein antworten konnte.

»Und deine Mama macht gerade Sport?«

Daniel konnte Liselottes Stimme hören. Sein Sohn schaute in Daniels Richtung und sagte nichts.

»Sie joggt?«, versuchte es seine Großmutter noch einmal.

Daniel nickte seinem Sohn aufmunternd zu.

»Ja, ja, ja!«, rief der ins Telefon, und dann folgte ein »Tüss Oma«.

Daniel nahm seinen Sohn in den Arm. »Tschüss Liselotte. Wann startest du eigentlich zu deiner Kreuzfahrt?«

»Morgen geht es los. Sag Sibylle, sie soll mich anrufen, damit ich mich verabschieden kann.«

»Klar.«

»Wird bestimmt komisch, so alleine.«

Daniel wusste, er hätte jetzt darauf eingehen müssen. Sein Schwiegervater war vor zwei Jahren gestorben, dieser Urlaub war der erste, den Sibylles Mutter ohne ihn machte.

»Wird schon«, murmelte er. Zu mehr konnte er sich nicht aufraffen.

Als er auflegte, lachte Oscar ihn an. »Mama wiedertommen?«

Bald kommt Mama wieder, wollte er sagen. Doch er tat es nicht.

Den Samstag über hatte er stillgehalten. Vielleicht war es ja gut, dass sie über sie beide und sich nachdachte. Nötig war es allemal. Doch als sie am Sonntagmittag noch immer nicht angerufen hatte und auch nicht wieder auftauchte, begann er sich zu fragen, warum sie ihm nicht geschrieben hatte, wo sie war und wann genau sie wiederkam. Wollte sie ihn damit einfach nur ärgern?

Den ganzen Sonntagnachmittag rief er jede Stunde einmal bei ihr an. Doch ihr Handy blieb aus. Er schickte jede Stunde eine Nachricht. Keine wurde beantwortet. Sibylle blieb still. Oscar wurde laut. Und Daniel wurde wütend.

Er war schon zu den Nachbarn gegangen, hatte gefragt, ob sie ihm zwei Eier leihen könnten, in der Hoffnung, dass sie etwas wussten, vielleicht, wohin sie gefahren war. Doch als Tanja ihn fragte: »Und, ist Sibylle noch gar nicht wieder da?«, hatte er sich schnell wieder verabschiedet. »Die hat's gut«, hatte sie noch in Richtung ihres Mannes gerufen. »Ein Wochenende ausspannen, das würde ich mir auch mal wünschen.«

Als Oscar eingeschlafen war, nicht ohne dabei immer wieder nach seiner Mutter zu jammern, war Daniel bereit, es professionell anzugehen. Enttäuschung und Wut durften ihn jetzt nicht leiten, er musste sachlich bleiben, auch wenn es ihm noch so schwerfiel.

Warum war Sibylle jetzt, am Sonntagabend, immer noch nicht wieder da? Wo war sie? Zum Teufel, er musste am Montag arbeiten, was dachte sie sich eigentlich dabei? War sie wirklich so sauer wegen dieser einen nächtlichen Bemerkung über ihren Schönheitsschlaf? Oder war da mehr?

Er war definitiv sauer. Auf sie. Auf sich. Warum auch redete er nie mit ihr? Warum sie nie mit ihm? Warum war es ihm so wichtig, dass sie nichts von seiner Arbeit wusste? Deshalb hatte er so überreagiert, als sie mit dieser Mordgeschichte angefangen hatte. Er wollte ihr nichts erzählen, er wollte sie fernhalten, raushalten. Doch wenn er ehrlich war, nicht um sie zu schützen. Er wollte sich selbst schützen. Er wollte seine eigene Welt, das, was ihm wirklich wichtig war, ganz alleine für sich. Er ließ sie draußen. Und sie ließ ihn draußen. So konnte es nicht funktionieren.

Er begann mit ihrem Nachttisch. Ein weißer Kubus, auf dem nie ein Körnchen Staub zu finden war und auf dem der kleine Bücherstapel immer exakt gerade angeordnet an immer derselben Stelle lag. Obenauf lag ein Roman mit einem nichtssagenden Titel, darunter eine Biografie von Helmut Schmidt und darunter ein Sachbuch mit dem Titel »Seelendunkel«.

Daniel las den Klappentext. Dann das Vorwort. Er setzte sich auf die Bettkante und klappte das Buch wieder zu. Depressionen. Es ging ganz eindeutig um Depressionen. Er öffnete das Buch wieder und blätterte zum Inhaltsverzeichnis, danach zu dem Kapitel, in dem es um die ersten Anzeichen ging. Es war überschrieben mit »Schlechte Laune – oder mehr?«. Er schluckte. Vieles, was dort aufgelistet stand, war wie eine Personenbeschreibung seiner Frau. Hatte sie nicht noch vor ein paar Wochen darüber geklagt, wie müde sie tagsüber sei und dass sie dafür nachts kein Auge zumachen konnte? Sie hatten es beide auf Oscars nächtliche Störfeuer zurückgeführt.

Was war mit der Appetitlosigkeit? Sibylle war immer schon sehr schlank gewesen. War sie dünner geworden? Aß sie weniger? Er überlegte und musste sich eingestehen, dass er es nicht hätte sagen können. Denn oft aß er alleine, weil er spät zu Hause war. Und wann hatte er sie zuletzt lachen gesehen? Herzhaft und laut, nicht still und verträumt, so wie sie es tat, wenn sie Oscar beim Spielen zuschaute?

Daniel stand auf und legte das Buch auf den Stapel zurück. Er rückte es gerade, so wie sie es getan hätte.

Er ging ins Bad und öffnete ihre Schublade. Jeder von ihnen hatte eine eigene. Denn sie weigerte sich, sein Chaos aufzuräumen, und darüber war er glücklich.

Er war nicht überrascht, dass es in ihrer Schublade so aussah wie im Rest ihres Hauses. Aufgeräumt. Wonach suchte er eigentlich? Nach Antidepressiva? Er schloss die Lade wieder. Es war absurd, er schnüffelte in den Sachen seiner Frau. Er öffnete die Schublade wieder. Sie hatte sehr müde am Telefon geklungen und traurig. Er nahm die Tabletten, die er aus dem Augenwinkel gesehen hatte. Nein, da stand nichts von Depressionen, die waren gegen ganz normale Kopfschmerzen.

Er schaute auf die Uhr. Es war nach zwanzig Uhr, er hatte spätestens um achtzehn Uhr mit ihr gerechnet. Er ging ins Büro, das durch eine Schiebetür von ihrem großen Wohnzimmer abgetrennt im Erdgeschoss lag. Er zögerte, fuhr dann aber den Computer hoch. Ich bin ein Schnüffler, dachte er wieder.

Die Internetseiten, die zuletzt geöffnet worden waren, öffneten sich auch jetzt wieder, eine nach der anderen. Sein Magen zog sich zusammen. Er griff zum Telefon. Erst versuchte er, sie noch einmal zu erreichen. Vergebens. Dann tippte er eine andere Nummer ein. Hektisch. Er hatte Angst, dass es zu spät sein könnte.

»Hey, Dako, das kann ich nicht machen!« Nur Gustav nannte Daniel noch bei seinem alten Spitznamen. In der Polizeischule waren Echtnamen eher die Ausnahme. Also entstand Dako, als Abkürzung für Daniel Konermann, Gustav wurde zu Gustavo, weil sein starker Bartwuchs und die behaarte Brust ihn so italienisch aussehen ließen. Heute gäbe es das nicht mehr. Die jungen Polizisten rasierten sich inzwischen nicht nur die Brust, sondern auch die Eier. Als Daniel und Gustav sich vor einem Jahr das letzte Mal getroffen hatten, hatten sie über die glatten Jungs gelacht, deren Chefs sie nun waren. Daniel als Leiter des zentralen Kriminaldienstes mit hundertsechzig Mitarbeitern unter sich, eigenem Schreibtisch und einer Sekretärin und Gustav als SEK-Einsatzboss. Daniel beneidete Gustav um seinen Job, in dem er näher dran war. An allem. Sein Freund roch noch den Angstschweiß der Typen, die es verdient hatten, dass man sie aus ihren Verstecken holte. Daniel hatte nur noch den staubigen Geruch von Akten in der Nase.

»Ich würde dich nicht bitten, wenn es nicht wirklich dringend wäre.«

»Aber warum lässt du sie nicht selber orten?«

»Ich will mich nicht zum Affen machen – vor den Kollegen. Weißt doch, was dann geredet wird.«

»Und du glaubst echt, sie macht was? Nach 'nem Abschiedsbrief klingt der Zettel nicht gerade.«

Daniel hatte Gustav von der Nachricht erzählt, die Sibylle ihm hinterlassen hatte.

»Und sie ist nicht einfach bei ihren Eltern oder einer Freundin?« Gustav bohrte weiter.

»Negativ.«
»Ist sie denn depressiv?«
»Ist das hier ein Verhör?«
»Dako, komm mal runter! Ich soll immerhin das Handy deiner eigenen Frau von einem Kollegen aus der technischen Abteilung – am offiziellen Weg vorbei – orten lassen. Da wüsste ich schon gerne, warum ich das tue.«
»Du tust es also?«
»Also Depressionen? Oder hat sie 'nen anderen?«
»Nein!«
»Hast du 'ne andere?«
»Nein. Nicht. Außerdem geht dich das einen Scheißdreck an.«
»Weiß sie davon?«
»Gustav!«
»Na, komm schon. Die Versuchungen lauern überall.«
»Ich brauche so was nicht.«
»Ha, sag ich auch immer.« Gustav lachte.
»Pass auf, wenn du es nicht machst, sag's einfach. Ich habe keine Lust, dass sie vor den nächsten Baum fährt, während wir hier Scherze machen.«
»Ganz ruhig! Ist sie in Behandlung?«
»Ich glaube nicht. Aber sie ist oft niedergeschlagen und dauernd müde.«
Daniel sah Gustavs zweifelndes Gesicht beinahe vor sich. Sie beide sagten einige Sekunden nichts.
»Okay.« Gustav lenkte ein.
Daniel legte auf und rührte sich nicht. Er saß mit geschlossenen Augen und krummem Rücken auf seinem Schreibtischstuhl und wartete. Als das Telefon klingelte, riss er den Hörer aus der Ladestation.
»Willst du die genaue Adresse?« Gustavs Stimme.
»So genau, wie es irgendwie geht.«
»Vestmarksvej, Blokhus. Das liegt ...«
Daniel flüsterte es fast: »... in Dänemark.«

Wenig später kramte Daniel unter den Pizzaschachteln und Prospekten nach dem Zeitungsartikel. Und fand ihn. Also doch der Bericht über den Mord? »Deutsches Ehepaar tot«. Während er zum Schreibtisch zurückging, las er den Text. Er klickte die immer noch geöffneten Medizinseiten zum Thema Depression weg, öffnete Google Maps und tippte »Blokhus, Dänemark« ein. Anschließend schrieb er eine E-Mail an seine Sekretärin, in der er ihr mitteilte, dass er eine Woche Urlaub nehmen würde. Dann lehnte er sich zurück, betrachtete die Landkarte, rechnete aus, wie lange sie brauchen würden, wenn er noch ein paar Zusatzpausen wegen Oscar einlegte, und verschränkte die Arme hinter seinem Kopf. »Was zum Henker willst du da?« Er versuchte noch einmal, Sibylle anzurufen. Vergebens.

9

Sie saß auf der Bank, die eigentlich nur ein dickes, altes Brett auf zwei dicken, alten Baumstümpfen war. Wenn es geregnet hatte, dauerte es immer mehrere Tage, bis das Holz nicht mehr feucht war und modrig roch, denn es saugte den Regen auf und speicherte ihn, als hätte es immer noch Hoffnung, dadurch ins Leben zurückzukehren. Doch dieses Stück Holz, auf dem sie jetzt saß und das nach ein paar Tagen Skandinavienhoch trocken und spröde war, würde nie wieder grüne Blätter tragen. Ihr müder Rücken lehnte an der Wand. Normalerweise genoss sie es, wenn die aufgetankte Wärme der roten Klinker sich auf ihren Körper übertrug, doch jetzt zitterte sie.

»Dürres Ding, kein Wunder, dass du klapperst wie ein Skelett im Mondschein«, hatte ihre Mutter immer gesagt, stets in einem seltsamen, auf jeden Fall nicht netten Tonfall, den sie damals nicht deuten konnte, der ihr aber ein schlechtes Gewissen machte. Später erst begriff sie, dass ihre Mutter neidisch war auf ihre dünne Tochter, denn sie selbst hätte nicht mal geklappert, wenn sie zwanzig Kilo weniger ihres rosafarbenen Fleisches an den Rippen gehabt hätte.

Das Fleisch der deutschen Frau war nicht rosa gewesen. Eher weiß. Doch das konnte natürlich auch daran gelegen haben, dass sie tot war. Menschen änderten sich nämlich mitunter schlagartig, wenn sie nicht mehr lebten. Aus Hübschen wurden manchmal Hässliche, aus Durchschnittlichen wurden wahre Schönheiten. Sie versuchte meistens, sie nicht anzuschauen, doch das war schwer. »Die Leute sind so gestrickt«, hatte er einmal gesagt. »Denk nur an die Gaffer, die so lange die Unfälle auf der Gegenfahrbahn anglotzen, bis sie selbst über den Haufen gefahren werden. Die sind nicht besser.« Ja, er hatte recht. Er war klug. Schon immer.

Jetzt wartete sie auf seinen Anruf. Sie durfte sich nicht bei ihm melden, das hatte er ihr ausdrücklich verboten. Und sie tat, was er ihr sagte. Das war früher nicht so gewesen. Früher hatte er gar nichts gesagt.

Er war damals kleiner als sie. Hatte herumgezappelt mit seinen dünnen Beinen und Armen, die übersät waren mit Schrammen, blauen Flecken und Dreck. Er musste sieben Jahre alt gewesen sein, sie acht. Ihre Mutter Edit war mit ihr und ihrem Vater hierhergezogen, hoch in den Norden Dänemarks auf den verfallenen Hof, den niemand sonst mehr bewohnen wollte. Ihr Vater war ein paar Jahre später vom Fischen nicht heimgekehrt. Mutter hatte geweint auf der Beerdigung, an viel mehr konnte sie sich nicht erinnern. Nur daran, dass ihr die schwarze Cordhose nicht passte, die sie trug. Außerdem kratzte der Pulli, und er hatte Wollknubbel, weil er alt und abgetragen war.

Das Schluchzen der Mutter – sie fand, dass es anders klang als sonst. Als er noch lebte, hatte sie ihr Weinen durch die Schlafzimmertür gehört. Sie schniefte dann und klagte, dass er nach anderen Frauen roch. Sie hatte nicht verstanden, warum man von einem Geruch so traurig werden konnte. Es war doch besser, nach einer Frau als nach Alkohol zu riechen, fand sie damals.

Sie selbst vermisste ihren Vater nicht. Sie kannte ihn kaum. Wenn er nicht gerade seine Netze auf der Nordsee oder im Limfjord auswarf, suchte er sie nach zerrissenen Stellen ab und besserte sie aus. Die anderen Fischer waren seine Familie, und sie wusste nicht, ob ihm wirklich klar war, dass er eine Tochter hatte. Die Momente, in denen er ihr eher beiläufig über ihre Haare strich, konnte sie an einer Hand abzählen. Die Momente, in denen er mit ihrer Mutter lachte, redete, gab es nicht. Selbst wenn sie zusammensaßen, saß jeder für sich. Und das auch eigentlich nur beim Abendessen. Sie aßen aus demselben Topf, kauten, schwiegen, schluckten, standen auf, räumten ab, spülten ab, gingen wieder ihrer Arbeit nach. Das war ihr Leben. Essen, arbeiten, schlafen. Und dazwischen das Weinen der betrogenen Mutter.

Dass das kein besonders gutes Leben war, begriff sie jedoch

erst, als der Junge mit den dürren Beinen zum ersten Mal mit seinem Vater zu Besuch kam. Sie waren Nachbarn, wollten sich vorstellen. Egon, der Vater, lachte und rief schon von Weitem: »Heijeijei, zwei so schöne Damen. Was für eine Freude.« Warm wurde ihr da ums Herz. Damen, das Wort kannte sie nur aus alten Filmen oder vergilbten Büchern. Den Hof der Nachbarn konnte man sehen, er lag ein paar hundert Meter weiter östlich, direkt hinter dem Senffeld. Selbst aus dieser Entfernung sah man, dass es ein weitaus besserer Hof war als der, auf dem sie mit ihrer Mutter lebte. Er leuchtete weiß, und in den Fensterscheiben spiegelte sich die Sonne am Abend.

Der Junge hielt sich dicht hinter seinem Vater, mit seinen großen hellblauen Augen schaute er sich immer wieder um, als würde er verfolgt.

Ihre Mutter kam aus dem Haus, als der unerwartete Besuch heranmarschierte, und trocknete rasch ihre Hände an der Schürze ab, dann fuhr sie sich durch ihre Haare. Lachte. Sie selbst lächelte nur, und es fühlte sich etwas verkrampft an. Der Nachbar kniff ihr in die Wagen, schaute dabei aber immer nur die Mutter an.

Die beiden Kinder, das war sofort klar, waren überflüssig.

Während die Erwachsenen in die Küche auf einen Kaffee verschwanden, um sich besser kennenzulernen, hockte sie sich mit ihrem Comic-Heft, das sie in einem Mülleimer beim Ferienhauskiosk gefunden hatte, auf die Holzbank am Haus. Der Junge stieß erst ein paar Steine über den Hof, dann kam er näher.

»Hey«, sagte sie. Er nickte nur.

Dann setzte er sich neben sie, und sie beide schauten sich gemeinsam das Heft an. Es hieß »Susi und Strolch«. Und obwohl sie sich an diesem Tag gegenseitig ihre Namen sagten, war er für sie immer nur Strolch, der kleine Junge mit den zerschrammten, dreckigen, dünnen Beinen. Und sie war für ihn immer nur Susi. Das freundliche Mädchen, das ihn mitlesen ließ. Susi und Strolch, Strolch und Susi – damals auf der Bank war alles gut, obwohl so vieles schlecht war.

Jetzt wickelte sie ihre Strickjacke enger um ihren Körper. Die Leichen waren noch warm gewesen. Nicht kalt und zerlegt und abgepackt. Das Kind war schuld, mit seinen seltsamen Augen.

10

Es war absurd. Die letzten beiden Dinge, die Daniel Konermann einpackte, waren Windeln und seine Dienstwaffe. Kurz kam er sich vor wie in einer dämlichen Filmkomödie, die den Titel »Der Bulle und das Baby« oder »Windel hoch oder ich schieße« tragen könnte. Er schüttelte über sich selbst den Kopf und brachte die Waffe zurück zum Stahlschrank in den Keller. Er packte für eine Urlaubsreise, die zwar keine war, aber als polizeilicher Einsatz ging sie auch nicht durch.

Für Oscar war die Welt in Ordnung, er hatte ihm freudig nachgeplappert: »Ulaup, Ulaup, Ulaup fahren«, und Daniel hatte genickt. Hätte er seinem zweijährigen Sohn vielleicht besser sagen sollen: »Mama suchen«?

Er spürte, wie kleine Schweißbäche über seinen Rücken flossen. Es war ungewöhnlich warm an diesem Augusttag, und die Taschen zu füllen war anstrengender gewesen als vermutet. Oscar bestand darauf, seinen neuen roten Rollkoffer selbst zu packen, Daniel zwang sich zu Geduld und Ruhe. Nein, der Kleine sollte nicht mitbekommen, dass sein Vater unter Druck stand, dass er sich Sorgen machte. Es kam ihm seltsam vor, dass er Badehosen und Strandtücher mitnahm, so als stünden ihnen schöne Sommertage bevor. Er hatte in Sibylles Schrankhälfte geschaut und wusste, dass auch sie ein paar sommerliche Kleidungsstücke eingepackt hatte. Das sprach für die These, dass sie nur ein paar Tage Abstand von ihm und Oscar haben wollte, und gegen die Befürchtung, dass sie … Er wollte den Satz nicht zu Ende denken.

Doch wenn sie wirklich nur ein paar Tage raus aus ihrem Alltag wollte, warum sagte sie ihm das nicht einfach und ganz in Ruhe? Warum dieses Hals-über-Kopf-Abreisen, warum die Geheimnistuerei? Und warum fuhr sie ausgerechnet in den Ort, in dem das deutsche Ehepaar ermordet worden war? Warum interessierte sie sich plötzlich für derart grauenhafte Verbrechen?

Er musste sich zusammenreißen. Er würde jetzt nicht mehr spekulieren, sondern sich seine Antwort selbst holen. Er schloss den Kofferraum, ließ sich auf den Fahrersitz fallen, drehte sich zu seinem Sohn um, der ihn von seinem Kindersitz aus anstrahlte und wieder »Ulaup, Uuuulaup« rief, und griff nach einer gemischten CD, die er sich selbst vor einer halben Ewigkeit zu seinem dreißigsten Geburtstag zusammengestellt und seitdem nie wieder gehört hatte.

Er startete den Motor, stellte die Klimaanlage auf kühle achtzehn Grad und drückte auf Play. Kaum hörte er, wie Tim Commerford von Rage Against the Machine seine Bassgitarre bearbeitete, spürte er, wie sein Puls sich normalisierte. Fast fühlte es sich wirklich wie Urlaubsbeginn an. Er atmete durch und spürte den Beat in seinem Bauch.

Von hinten rief Oscar mit glockenreiner Stimme: »Weihnachbäckei, Papa! Weihnachbäckei!«

Daniel verdrehte die Augen. »Wir müssen dringend mehr Musik zusammen hören«, sagte er, wechselte aber die CD. Und so erklang mitten im Sommer fröhliche Adventsmusik für Kinder aus den Autoboxen. Sie machte ihn traurig.

11

Emil Hasagar stellte wieder einmal fest, dass ihm jeglicher Ehrgeiz fehlte. Das war schon so gewesen, als seine Lehrer gefunden hatten, dass er eigentlich viel zu klug war, um solche mittelmäßigen Noten zu haben. Das war auch noch so, als seine Ex-Frau ihm vorwarf, er würde sich in seinem Beruf nicht genügend engagieren, er würde seine Karriere nicht zielstrebig genug verfolgen. Und es war auch jetzt wieder so, als sein Vorgesetzter ihm mit einem strahlenden Lächeln verkündete: »Emil, du bist dabei! Die Soko ›Ferienhausmord‹ hat dich angefordert.«

Emil grummelte: »Weil ich so gerne Urlaub mache, oder warum?«

Sein Chef lachte und haute ihm jovial auf die Schulter. »Nein, weil du so gute Witze machst.«

Emil versuchte ein höfliches Lächeln. Dass sie ihn angefordert hatten, hatte nichts mit seinen Fähigkeiten als Polizist zu tun. Auch wenn die gar nicht so übel waren.

Im Laufe seines Lebens hatte sich herausgestellt, dass mangelnder Ehrgeiz eine Eigenschaft war, die ihn oft weiter brachte, als er selbst es eigentlich wollte. So waren seine Ausbilder bei der Polizeischule überrascht gewesen, dass der junge Mann mit den durchschnittlichen Noten sich recht clever anstellte. Seine Kollegen kamen mit ihm aus, weil den wenig ambitionierten Hasagar niemand als ernsthafte Konkurrenz empfand. Chefs mochten ihn, weil er gute Arbeit leistete, ohne viel Aufhebens darum zu machen – und ohne anschließend irgendwelche Führungsansprüche zu stellen. Seine wortkarge Art, seine Entspanntheit bei der Ausübung seines Jobs, selbst seine Langsamkeit bei der Abarbeitung seiner Fälle brachten ihm sogar bei den jungen Kollegen den Ruf ein, ein cooler, lässiger Typ zu sein. Emil Hasagar, da waren sich alle in seiner Abteilung einig, ließ sich durch nichts aus der Ruhe bringen.

Also auch nicht durch ein ermordetes deutsches Ehepaar, das zum Politikum werden konnte, weil es sich um Touristen handelte. Nicht auszudenken, wenn Dänemarks Ruf durch diese Tat nachhaltig geschädigt werden würde. Also sollten die Täter möglichst schnell gefasst werden.

Emil war das alles herzlich egal. Er hatte sich nicht um den Fall gerissen, im Gegenteil, aber es gab zwei Gründe, die ihn zum idealen Ermittler machten: Er sprach fließend Deutsch, und er besaß ein Wochenendhaus nur wenige hundert Meter entfernt vom Tatort. Beides Dinge, die ihm in den Schoß gefallen waren, die er sich nicht hatte erarbeiten müssen.

Sein Vater war Deutscher. Seine Mutter hatte ihn während der Besatzungszeit kennengelernt und gegen alle Widerstände ihrer Eltern, Geschwister und der besten Freunde kurz nach Kriegsende geheiratet. Die Hochzeit war deshalb nur »klein, aber fein« gewesen, hatte seine Mutter immer gesagt. Den deutschen Nachnamen gab der Vater ab und trug stattdessen den dänischen seiner Frau. Auf die Frage, wie sie »um Himmels willen einen Deutschen« lieben könne, hatte Emils Mutter immer nur eine Antwort gegeben: »Ich liebe Franz und nicht einen Deutschen.«

Für ihre Ehe entpuppten sich die Vorurteile und Ressentiments fast als Glücksfall. Denn Franz und Freja hielten zusammen. Je mehr Druck von außen kam, desto näher standen sie beieinander, bereit, als Paar gemeinsam allen Widerständen zu trotzen. Als Emil 1964 als drittes Kind geboren wurde, war sein Vater schon mehr Däne mit deutschem Akzent als Deutscher mit dänischer Frau. Und als Emil heranwuchs, waren die Deutschen längst gern gesehene Gäste im Land.

In den Sommerferien sah er ihre VW-Käfer und Opel-Kadetts heranrollen in die Siedlung, in der seine Eltern sich eine kleine Wochenendhütte gebaut hatten. Weil sein Vater ihm und seinen beiden Schwestern jeden Abend Geschichten aus seiner Heimat erzählte, kannten und mochten die Kinder seine Muttersprache. Emil fand die deutschen Urlaubsnachbarkinder natürlich interessanter als die eigenen Schulfreunde, die er jeden Tag um sich hatte. Und so war er froh, dass er die Worte verstand, die sie sprachen. Und manchmal, wenn er einem dieser Kinder einen Ball zurückrollte oder wenn sie sich gegenseitig beim Schaukeln beobachteten, sprachen sie auch miteinander.

Emil hatte also sowohl die Sprache seines Vaters als auch später das Grundstück mit der Wochenendhütte geschenkt bekommen. Die Hütte war inzwischen ersetzt worden durch ein modernes Blockhäuschen, die deutsche Sprache war ein bisschen eingerostet, aber um mit deutschen Kollegen zu telefonieren oder deutsche Zeugen zu befragen, dafür müsste es reichen. Das wusste der Sonderkommissionsleiter, das wusste Emil, doch es änderte nichts daran, dass er es lieber gehabt hätte, wenn der Job an ihm vorübergegangen wäre wie der berühmte Kelch.

Schlimm genug, dass sein Wochenendidyll durch den Mord gestört wurde. Nun sollte er sich also auch noch von Berufs wegen damit beschäftigen. Wie sollte das funktionieren? In der Woche befragte er seine eigenen Nachbarn in der Siedlung, und am Samstag grillten sie gemeinsam? Er teilte seinem Chef die Bedenken mit. Doch der schüttelte lachend den Kopf. »Emil, du weißt genau, dass die Vorteile überwiegen. In ein paar Tagen ist der Spuk bestimmt vorüber, vielleicht ist am Wochenende schon der Mörder gefasst. Ist doch bestimmt ein Deutscher.«

Emil grummelte ein »Hoffentlich«. Er mochte ja vielleicht nicht der ehrgeizigste Polizist Dänemarks sein, aber der dümmste war er auch nicht. Dieser Fall, das wusste jeder, würde nicht in ein paar Tagen gelöst sein. Denn alles, was bisher gefunden wurde, sprach für eine lang geplante Tat, eine, die von einem Profi durchgeführt worden war. Und Profis ließen sich nicht mal eben so erwischen.

Emil nickte seinem Chef zu, verließ das Büro und schmiss seinen Einkaufszettel beim Hinausgehen in den Mülleimer. Grillfleisch und Bier würde er für das kommende Wochenende nicht einkaufen müssen. Er würde drinnen essen. Alleine, ohne die Nachbarn. Ob Kristian vorbeikommen würde, war wie immer reine Spekulation. Mein Sohn, das unbekannte Wesen, dachte Emil. Dann ging er zu den Kollegen, um sich die Akten genauer anzuschauen.

12

Daniel konnte sich nicht gegen dieses kleine Hochgefühl wehren, das ihn beim Anblick des Meeres überkam. Anscheinend war der Mensch so gestrickt. Das Auge erblickte den Horizont, das Wasser und meldete ans Gehirn: Euphorisierender Meerblick gesichtet, bitte um entsprechende Gefühlsfreigabe. Also lächelte Daniel, als er in den Feldweg links abbog, der ihn geradewegs durch die grün bewachsenen Dünen zur Nordsee führte.

Die Siedlung war schon älter, die Grundstücke entsprechend größer als bei den neu bebauten Strandgrundstücken üblich. Zäune und Hecken gab es keine. Dänemark eben. Daniel ließ die Fensterscheiben nach unten fahren und atmete die salzige Luft ein.

»Sieh mal Oscar, da ist das Meer.«

Doch sein Sohn wiederholte nicht wie sonst seine Worte. Er schlief, sein Kopf lehnte etwas abgeknickt an den Ohrenstützen des Kindersitzes, seine blonden Locken waren feucht geschwitzt. Wie schön er ist, dachte Daniel. »Wir machen uns jetzt ein paar nette Männertage«, sagte er und hoffte, selbst daran glauben zu können. Oscar schlief weiter.

Im Schritttempo fuhr Daniel an den roten, schwarzen, hellblauen oder weißen Ferienhäusern vorbei. Manche trugen Namen. »Havbo«, »Palmas«, »Espa« oder »Slampe« stand in Holzbuchstaben oder angemalt über oder neben den Eingangstüren. In welchem Haus könnte Sibylle wohnen, wenn sie wirklich hier ist?, überlegte Daniel. Er hielt Ausschau nach dem Nordre Strandvey.

Als er den Wagen abstellte, ließ er das Fenster noch einen Spalt weit offen. Er würde hoffentlich nicht lange brauchen, und Oscar konnte weiterschlafen – in Sichtweite. Die drei Parkplätze der kleinen Ferienhausvermittlung, deren Adresse er im Internet gefunden hatte, waren frei und lagen direkt vor zwei großen Fenstern, er würde das Auto also im Blick haben. Plastikfähnchen, die verkündeten, dass es hier auch Softeis gab, flatterten im Wind.

Als er die Tür öffnete, erklang eine kleine, fröhlich bimmelnde Glocke. Der Raum innen war in zwei Bereiche unterteilt. Eine kleine Theke, auf der ein paar Prospekte lagen und an deren Wand eine große Karte von Norddänemark hing, hatte in der Ecke rechts Platz gefunden, der Rest war mit Regalen vollgestellt, in denen es die typischen Utensilien für den gemeinen Urlauber gab: Sonnenmilch, Damenbinden, Instant-Kaffee, Marmelade und Nutella-Imitat. In einem Kühlschrank mit Glastür lagen ein paar Aufschnitt- und Käsepakete, außerdem frische Milch und Sahne. In einer alten Milchkanne standen Kescher in Pink, Hellblau und Grün, und thematisch dazu passend waren Plastikdrachen und die typischen Beachballschläger aus Holz an die Wand darüber gehängt.

Daniel hatte das Gefühl, das »Plopp«, das der Ball auf dem Holz verursachte, förmlich zu hören, und er musste an seinen ersten Urlaub mit Sibylle denken, in dem er vergeblich versucht hatte, ihr das simple Spiel näherzubringen. Am Ende behauptete sie, das Spiel sei ihr schlicht zu laut, und er musste lachen, weil sie nicht zugeben wollte, dass sie kein Ballgefühl hatte. Wenn sie dasselbe heute sagen würde, würde er nicht mehr lachen, sondern genervt die Augen verdrehen. Das war wohl der Unterschied zwischen verliebt und verheiratet.

»Goddag, kann ich dir helfen?«

Daniel fuhr herum. Er hatte nicht mitbekommen, dass jemand den Raum betreten hatte. Als er die Frau erblickte, die offensichtlich aus einer Tür im hinteren Bereich des Kiosks gekommen war, überlegte er kurz, ob wirklich sie es war, die ihn gerade begrüßt hatte. Sie sah anders aus, als es ihre dunkle Stimme vermuten ließ. Heller irgendwie. Sie leuchtete.

»Ich hoffe«, sagte Daniel und fragte, ob sie Deutsch verstand.

»Natürlich«, sagte sie mit einem Hauch von dänischem Akzent. Dann hustete sie.

Kein Wunder, dass ihre Stimme seltsam geklungen hatte.

Die Frau war erkältet, sie trug einen hellgrünen Schal um ihren Hals, der ihre roten Haare zum Strahlen brachte. Daniel überlegte kurz, ob er zunächst ein bisschen Gesundheits-Small-Talk betreiben sollte, doch als er sah, wie offen und neugierig ihn diese blaugrünen Augen anschauten, wusste er, dass er darauf verzichten konnte.

»Entschuldigen Sie«, sagte er und trat zu einem der großen Fenster, um nachzuschauen, ob Oscar noch schlief. Dann begann er der Fremden zu sagen, was er sich selbst nicht eingestehen wollte.

»Ich suche meine Frau, Sibylle von Poll. Ich weiß, es klingt ein bisschen verrückt, aber ich glaube, dass Sie hier in dieser Siedlung wohnt.«

Die Rothaarige musterte ihn, sagte aber noch nichts.

»Sie werden sich vielleicht fragen, warum ich nicht weiß, wo sie wohnt.«

Die Rothaarige ließ sich nicht anmerken, ob sie sich überhaupt etwas fragte.

»Aber ich mache mir Sorgen. Sie wollte ein paar Tage wegfahren und ist noch nicht wieder da. Und ich würde nur gerne sichergehen, dass ihr nichts – dass alles in Ordnung ist.«

Er blickte wieder nach draußen, zum schlafenden Sohn, der gerade aufwachte. Oscars Arme bewegten sich, er fuhr sich mit der kleinen Hand durch seine verschwitzten Haare. »Äh, Moment.« Daniel verließ mit einem erneuten Bimmeln den Kiosk und kam eine Minute später mit dem Jungen auf dem Arm wieder herein.

Oscars Kopf lehnte an seiner Schulter, seine Wangen waren schlafrot. »Entschuldigen Sie bitte, Sie denken bestimmt, was will der Typ eigentlich? Mein Name ist übrigens Daniel Konermann.« Er streckte ihr die Hand entgegen. »Meine Frau heißt anders, äh, sie hat ihren Namen behalten.«

Die Rothaarige lachte. »Ich habe meinen Namen auch behalten – was bei einer Scheidung wirklich von Vorteil ist.«

Daniel wusste nicht, ob die Frau ihm damit etwas andeuten wollte. Doch sie schaute ihn offen und freundlich an, er bemerkte Grübchen, in denen einige ihrer Sommersprossen versanken.

»Keine Sorge, Herr Konermann. Ich kenne deine Frau. Ich weiß, dass du in Ordnung bist – eigentlich.«

Daniel gefiel es, dass die Dänen jeden duzten. Sie öffnete eine Schublade und holte einen Schlüssel heraus. »Vestmarksvej 14«, sagte sie und grinste schräg. »Eigentlich wollte sie dich anrufen, hat sie mir gesagt.«

Daniel atmete erleichtert aus. »Gott sei Dank.«

»Ich glaube, ihr solltet euch mal unterhalten«, sagte sie wieder ernst, als sie ihm den Schlüssel in die Hand legte.

Er nickte. Als er schon fast zur Tür hinaus war, drehte er sich noch einmal um. »Du und meine Frau, ihr habt euch unterhalten?«

»Oh ja.« Die Rothaarige lachte ihr kehliges Hustenlachen und winkte Oscar zu. »Man kann gut mit ihr reden.«

»Ich weiß«, sagte Daniel und dachte: Ich Depp weiß es eben nicht.

13

Der Sommer war verregnet. Ihre Mutter fluchte, dass sich die Wäsche nicht vernünftig trocknen ließ und die Hühner weniger Eier legten. Sie selbst mochte es. Sie mochte es, wenn Strolch und sie in ihrer kleinen Stube unterm Dach hockten und Comics lasen, wenn sie sich Höhlen aus muffigen Decken bauten und wenn sie auf Regentropfen wetteten. Zu zweit knieten sie dann vor dem Fenster am Fußende ihres Bettes. Jeder suchte sich einen Tropfen aus, der sich außen am oberen Teil der Glasscheibe niedergelassen hatte, und verfolgte ihn mit dem Zeigefinger. Wer den schnelleren Tropfen ausgesucht hatte, durfte dem anderen eine Pflichtaufgabe erteilen: eine Minute im Kreis drehen, auf einem Bein hüpfen, bis man umfällt, sich durchkitzeln lassen. Ihre Strafen fielen mild aus. Milder als die, die Strolch von zu Hause gewohnt war.

Susi kannte Strolchs Vater nur als lauten, aber freundlichen Mann, der immer, wenn er zu Besuch kam, eine Süßigkeit für sie dabeihatte. Auch ihre Mutter mochte den Nachbarn ganz offensichtlich. War er bei ihr, hatten die Kinder Narrenfreiheit. Hauptsache, sie störten die Erwachsenen nicht beim sogenannten Plauschen. Dass es bei diesem Erwachsenen-Plausch aber nicht nur ums Reden ging, war den Kindern schnell klar. Doch sie taten so, als würden sie das Stöhnen und das schwere Atmen aus dem Schlafzimmer nicht hören. Susi, weil es ihr peinlich war, Strolch, weil er spürte, dass es Susi peinlich war.

Als Susi Strolch das erste Mal auf den blauen Fleck unter seinem rechten Auge angesprochen hatte, wollte sie ihm nicht glauben, als er mit den Schultern gezuckt und einfach nur »mein Vater« gesagt hatte. Sie lachte und sagte: »Siehst aus wie ein Boxer.«

Sie sah, wie Strolch lächeln wollte, doch sie sah auch die Tränen. Sie wollte ihn trösten. Als sie näher an ihn heranrutschte und einen Arm um seine Schulter legte, stieß er sie weg.

Sie rückte wieder von ihm ab. »So eine Scheiße«, murmelte sie.

Er nickte still.

Ihre Hand brannte, sie hätte ihm so gerne damit über sein geschundenes Gesicht gestreichelt. Doch er hätte es nicht zugelassen.

Also rief sie: »Dein Tropfen war vorhin viel langsamer«, warf sich auf ihn und kitzelte ihn überall, wo sie ihn zu fassen bekam. Sie lachte, er lachte, und ihre Tränen flossen, weil sie so lachen mussten. Und so konnte Strolch doch noch in ihren Armen weinen, ohne dass er es zugeben musste.

14

Oscar war offenbar sauer, dass sein Vater ihn wieder in den Sitz setzen wollte. »Nur ein paar hundert Meter, höchstens zwei Minuten«, redete Daniel ihm gut zu. Oscar schrie und bog seinen Körper mit aller Kraft, sodass ans Anschnallen nicht zu denken war.

Daniel redete weiter, Oscar schrie immer lauter. Daniel wusste, dass sein Sohn mit Maßeinheiten nichts anfangen konnte. Hundert Meter oder sechshundert Kilometer, zwei Minuten oder sieben Stunden, er wusste nicht, wie groß die Unterschiede waren. Er wollte einfach nicht mehr in den Kindersitz. Er war müde. Er schwitzte. Und wann hatte er eigentlich zum letzten Mal etwas zu trinken bekommen?

Daniel hörte auf, den Jungen in den Sitz zu schieben und den Gurt über ihn zu zerren. Er nahm ihn wieder auf den Arm, fischte mit der linken Hand nach der Wasserflasche, die in der Halterung neben dem Fahrersitz stand, und bot ihm zu trinken an. Oscar hörte sofort auf zu weinen und trank. Daniel setzte sich auf den Fahrersitz und nahm den Jungen auf seinen Schoß. Oscar quietschte vor Vergnügen und haute mit seinen Händen so auf das Lenkrad, dass die Hupe losdröhnte. Im Schritttempo fuhr Daniel über die schmale Straße Richtung Meer. Hoffentlich begegne ich hier keinem dänischen Kollegen, dachte er und sah aus dem Augenwinkel, dass die rothaarige Frau ihn durch das Kioskfenster beobachtete. Er konnte ihren Gesichtsausdruck nicht sehen, doch er vermutete, nein, er hoffte, dass sie lächelte.

15

Nach dem Regentag, an dem sie zusammen gelachtweint hatten, wurde der Sommer immer schöner. Mehrere Wochen lang existierte für Strolch und sie nur blauer Himmel. Den ganzen Tag lang liefen sie barfuß, sie badeten, warfen sich in die Nordseewellen, machten sich über die blassen Touristen lustig und sammelten Steine mit Löchern. Sie redeten nicht über zu Hause. Strolchs Vater war häufig bei Susis Mutter. Er lachte, wenn er kam, und er lachte, wenn er ging. »Nenn mich Egon«, sagte er einmal zu Susi und gab ihr ein Zitronenbonbon. Er war vielleicht ein bisschen laut, aber er war freundlich und fröhlich. Susi vergaß, dass er Strolch geschlagen hatte. Erst am Ende des Sommers, als die Touristen schon heimgefahren waren und der September die Luft am Abend nach Herbst riechen ließ, fiel es ihr wieder ein.

Sie und Strolch waren am Strand. Es war noch angenehm warm, aber nicht mehr so heiß wie an den Tagen vorher. Erst hockten sie auf ihrer kleinen Decke und tauschten Steine. Dann zog sich Strolch sein Shirt aus und rannte los, Richtung Wasser. Sie sprang auf, rannte hinter ihm her und sah die roten Striche auf seinem Rücken. »Ui, hat dich da eine Feuerqualle erwischt?«, rief sie. Strolch antwortete ihr nicht, sondern sprang kopfüber ins Wasser. Sie blieb stehen und sah auf die aufgewühlte Wasseroberfläche. Doch Strolch tauchte nicht wieder auf. Sie rief seinen Namen. Sie kniff die Augen zusammen, ließ ihren Blick hin und her schweifen und rief lauter. So lange blieb er sonst nicht unter Wasser. Sie spürte, wie sich ihre Kehle verengte, wie die Panik in ihr hochstieg. »Strolch!«

Hustend tauchte er wieder auf und rieb sich die Augen, fuhr sich durch die Haare und stapfte an ihr vorbei ans Ufer. Sie sah die roten Streifen und begriff. »Das war keine Qualle, oder?«

Strolch war schon bei dem kleinen Kleiderhaufen neben ihrer Decke und zog sich sein dreckiges T-Shirt über. Dann ging er. Sie wollte ihn aufhalten, etwas sagen, etwas Nettes, Tröstendes, doch er winkte ab. »Nerv nicht!«, zischte er sie an.

16

Schön war es nicht. Das Haus, das Sibylle sich gemietet hatte, sah auf den ersten Blick aus wie ein Container aus Holz. Die Paneele waren grau gestrichen, an einigen Stellen blätterte Farbe ab. Der Wind und die salzige Luft hatten ganze Arbeit geleistet. Flach duckte es sich zwischen den Dünen. Die kleinen Fenster an der Vorderseite gaben dem Haus ein unfreundliches, abweisendes Gesicht. Kein Wunder, dass es noch frei gewesen war und sie es ohne Vorbuchung hatte mieten können.

Sibylles weißer Fiat war nicht zu sehen, doch der Rasen war plattgedrückt, ein Auto hatte hier gestanden. Daniel klopfte trotzdem, und Oscar hüpfte auf und ab. Er war offensichtlich froh, endlich wieder Boden unter den Füßen zu haben, und Daniel war froh, dass er mit keinem Wort erwähnt hatte, dass Mama hinter der Tür warten würde. Denn die öffnete nicht. Daniel rief, klopfte eindringlicher und versuchte, durch die kleinen Fenster zu schauen. Doch er konnte nur ein kleines Bad erahnen und in eine kleine, offenbar leere Küche blicken.

»Komm«, sagte er und umrundete die Hütte, die sich auf der Rückseite als etwas hübscher entpuppte. Er trat auf die große Holzterrasse, auf der Stühle und Tisch standen, außerdem ein Wäscheständer. Sein Herz machte einen kleinen Sprung, denn Sibylles Handtuch hing dort und flatterte fröhlich im Wind. Doch hinter den großen Terrassentüren sah er ein leeres Wohnzimmer. Natürlich war sie nicht da. Sie war mit dem Auto unterwegs, was hatte er erwartet?

»Komm«, sagte er wieder und ging zurück zum Eingang, um aufzuschließen. Das Schloss war eine Farce. Jedermann könnte die klapprige Tür auch ohne Schlüssel öffnen, ein kleiner Stoß würde reichen.

»Mama.« Oscar schlüpfte an Daniel vorbei in den kleinen Vorraum, in dem ein paar Kleiderhaken eine Garderobe darstellten. Er hatte Sibylles Mantel erkannt, der dort an einem der Wandhaken hing, und strahlte seinen Vater an. Daniel rief Sibylles Namen, obwohl er wusste, dass er keine Antwort bekommen würde. Oscar rannte über den Holzfußboden ins Wohnzimmer, das zwar schlicht, aber sehr modern eingerichtet war. Sibylle-Style, dachte Daniel. Er wandte sich nach links und öffnete langsam und leise erst die Tür zum kleinen Bad, dann zum Schlafzimmer. Er atmete tief durch. Nein, seine schlimmste Befürchtung war nicht wahr geworden. Keine leere Schlaftablettendose, keine mit Blut gefüllte Badewanne – die Klischeebilder vom Ende lebensmüder Frauen hatten sich in sein Gehirn gedrängt, obwohl er tief in seinem Innern immer wusste, dass Sibylle vielleicht verschlossen, traurig und frustriert, nicht aber depressiv war.

»Mama da?« Oscar hielt sich an Daniels Bein fest und schaute ihn fragend an.

Daniel strich ihm über die Haare. Er wusste nicht, was er antworten sollte.

»Mama steckt?«

»Ja, vielleicht hat sie sich versteckt.«

»Mama suchen?«

»Ja, genau. Das machen wir.« Daniel ging noch einmal durch alle Räume. Oscar flitzte voraus und lachte. Ihm gefiel das Versteckspiel, Daniel nicht.

Sibylles Bett war gemacht, er hatte es nicht anders erwartet. Die Armaturen im Bad glänzten, auch das war klar. In der sehr einfachen, offenen Küche standen zwei blank polierte Weingläser neben der Spüle.

Er schaute in den Kühlschrank. Ein paar fettarme Joghurts, Paprika, Gurken, die übliche gesunde Mischung, die Sibylle immer parat hatte. Im Wohnzimmer lag eine Zeitschrift auf dem Couchtisch, Daniel ließ sich auf das Sofa sinken. Wahrscheinlich würde sie gleich von einem Ausflug wiederkommen. Er hatte keine Ahnung, ob es sie freuen würde, ihn zu sehen. Doch Oscar würde sie zum Lächeln bringen. Der Junge hatte die Fernbedienung entdeckt und versuchte nun, den schwarzen Flachbildschirm bunt werden zu lassen.

Daniel war zu müde, um ihm das Ding wegzunehmen. Er gähnte, verschränkte die Arme hinter seinem Kopf, spürte seinen verspannten Nacken und sah, dass unter der Zeitschrift ein Blatt Papier hervorlugte. Er zog es heraus, las und war auf der Stelle hellwach. Der Brief war an Sibylle gerichtet. In schöner, klarer, schnörkelloser Schrift stand dort nichts anderes, als dass er ein totaler Idiot war. Dort las er den Grund, warum sich seine Frau nicht mehr meldete, warum sie Hals über Kopf abgehauen war. Er wurde schlicht und einfach verarscht. Es war so banal! Er spürte seine Halsschlagader, sie klopfte. Die Wut kochte hoch. Sibylle war offensichtlich zum ungestörten Vögeln nach Dänemark abgehauen.

Er las den kurzen Brief noch einmal.

Tak – danke. Ich habe es gestern Nacht sehr genossen. Das nächste Mal dann bei mir – wie abgemacht.
Raven

Raven. Der Name hämmerte in seinen Schläfen. Raven. Das klang nach einem dänischen Namen. Sie hatte was mit einem Dänen? Es passte nicht, überhaupt nicht. Woher sollte sie ihn kennen? Was für ein beschissener Name war das außerdem? Er wollte klar denken, doch es klappte nicht. Das Einzige, was er jetzt gut hinbekommen würde, wäre ein gezielter Schlag in den Magen dieses Arschlochs. Raven. Er las den Brief, oder besser den Zettel, noch einmal und knüllte ihn zusammen. *Ich habe es gestern Nacht sehr genossen.*

Plötzlich ergaben die beiden Weingläser neben der Spüle Sinn. Jetzt entdeckte er auch die dazugehörige leere Rotweinflasche, die Sibylle neben den Mülleimer auf den Boden gestellt hatte. War ja klar, dass sie es mit einem Rotweintrinker trieb. Sicher wusste der auch, um welche Traube und welchen Jahrgang es sich bei dem edlen Tropfen handelte. Er stellte sich einen Typen mit Brille und modernem Bart vor, wie er von seinem Lieblingswinzer aus der Provence erzählte. Daniel bekam augenblicklich Durst auf ein kaltes Bier.

Oscar quiekte plötzlich auf. Er war begeistert, weil er den Fernseher angestellt hatte, und kniete sich dicht vor dem Bildschirm auf den Boden, um ja nichts zu verpassen.

Daniel machte erneut einen Rundgang durch das kleine Haus. Dieses Mal suchte er Indizien für Sibylles Betrug. Doch so genau er auch hinsah – er fand nichts. Das Bett lag ordentlich gemacht vor ihm, keine fremden Haare auf dem Kopfkissen, kein Geruch von Aftershave und auch keine anderen, eindeutigen Spuren auf dem Laken. Er öffnete den Kleiderschrank. Doch natürlich hingen dort keine Männerhemden, sondern nur zwei Blusen von Sibylle. Daneben stapelten sich ein paar Shirts und Pullis, akkurat und fehlerfrei, wie er es erwartet hatte. Auch im Bad stand keine zweite Zahnbürste im Glas, der Klodeckel war heruntergeklappt. Daniels Blick fiel auf den kleinen Mülleimer. Er wusste, es war erbärmlich, aber er durchforstete ihn trotzdem, als wäre er von der Spurensuche. Doch zwischen Slipeinlagen und den Abreißfolien der Slipeinlagen fanden sich keine gebrauchten Kondome.

»Papa, bah!« Oscar war hereingekommen. Er schaute seinen im Mülleimer wühlenden Vater ernst an.

Daniel fühlte sich ertappt. »Ja, du hast recht. Was ich hier mache, ist ekelhaft.« Er richtete sich auf. »Lass uns rausgehen.« Frischer Wind, Meerwasser an den Füßen und ein unverstellter Blick zum Horizont, das könnte er jetzt gut gebrauchen. Nur noch ein letzter Blick in die Duschwanne. Nein, keine kurzen Haare.

Das rot-weiße Flatterband hatte sich losgerissen und machte seinem Namen alle Ehre. Oscar versuchte, das tobende Ende einzufangen, Daniel blieb stehen und betrachtete das kleine Holzhaus, das im Gegensatz zu dem von Sibylle gemieteten Kasten einladend und nach glücklichen Sommerferien aussah. Doch das Wissen, dass hier vor Kurzem zwei Menschen getötet worden waren, ließ das Quietschen der leeren Kinderschaukel, die der Wind sinnlos hin- und herwiegte, klingen wie Hohn. Das Dünengras, der Rasen, der feine Sand, der es über die Dünen bis hierher geschafft hatte, der blaue Himmel über dem Dach – alles färbte sich in trübes Schwarz-Weiß, der Mord hatte alle Farbe vertrieben.

Oscar sah das anders. Er hatte gerade das Ende des Flatterbandes, mit dem dieser traurige Ort von der dänischen Polizei abgesperrt worden war, zu fassen gekriegt. Der Schriftzug »Politi« zappelte nun in seiner kleinen Hand.

Sie hatten ein Kind am Tatort gefunden. An dieses Detail konnte Daniel sich erinnern. Und daran, wie verbissen Sibylle ihn zu dem Fall befragt hatte. Kein Wunder, sie hatte eine Affäre mit einem Dänen, der offensichtlich hier in der Nähe wohnte. War das der Grund, warum sie Hals über Kopf in ausgerechnet diese Ferienhaussiedlung gereist war?

Vielleicht arbeitet er ja sogar bei der Polizei. Vielleicht ist er ein Kollege. Vielleicht werde ich verrückt. Daniels Gedanken wanden sich so unvorhersehbar wie das Flatterband, das sich aus Oscars Hand zu befreien versuchte.

Was predigte er immer seinen Mitarbeitern? Verschwendet eure Zeit nicht auf Ideen, Spekulationen, Verdächtigungen und schon gar nicht auf Ahnungen oder Gefühle! Sammelt Indizien, findet Beweise – der Rest ergibt sich von alleine.

Daniel nahm seinen Sohn an die andere Hand und zeigte auf die Dünenhügel, die vor ihnen aufragten. »Dahinter ist das Meer«, sagte er. »Da gehen wir jetzt hin.«

17

Endlich hatte er angerufen. Er mache sich jetzt auf den Weg, hatte er gesagt. Er würde die Sache erledigen. Er sagte immer »die Sache« dazu. Schon seit dem ersten Mal.

Er hatte es ihr nicht gesagt damals. Doch sie hatte es geahnt. Als sie auf der Beerdigung seiner Mutter in der Kirche waren, da hatte sie ihm in die Augen geschaut und darin seine Schuld gesehen. Trotzdem wollte sie es nicht glauben. Nicht Strolch, nicht ihr Strolch.

Später beim Beerdigungskaffee saßen sie nebeneinander, tranken Cola und aßen Apfelkuchen mit Sahne. Sie stupste ihn sanft an. »Tut mir leid, das mit deiner Mutter.«

Er zuckte mit den Schultern und schob ein Stück Kuchen mit der Gabel hin und her. »Ist okay. Sie war eh nicht ganz in unserer Welt«, sagte er.

Susi kannte Strolchs Mutter nicht. Er redete nie von ihr. Und da auch sie nicht gerne über ihre eigene Mutter redete, fand sie das ganz normal.

Sie war damals zwar noch ein Kind, doch sie hatte dem Pfarrer zugehört und kapiert, dass die Frau, die da gestorben war, offensichtlich schon halb tot gewesen war, als sie noch lebte. Also im Kopf zumindest, so hatte Susi es verstanden.

»Was war denn eigentlich mit ihr?«, fragte Susi, und Strolch wischte mit seiner Hand vor seiner Stirn hin und her.

»Sie ist mal auf den Kopf gefallen. Bekloppt war sie seitdem.«

Susi nahm einen Schluck Cola und all ihren Mut zusammen. »Dann war es ja vielleicht gut, dass du –«

Im nächsten Moment tropfte die Cola aus Strolchs Glas auf ihren Schoß. Die Bedienung kam gleich angelaufen und begann, hektisch auf den Kindern herumzuwischen. »Das haben wir gleich«, murmelte sie die ganze Zeit. »Das haben wir gleich.«

Strolch starrte geradeaus und sagte ganz leise: »Es tut mir leid.«

Susi wusste, dass er damit nicht die umgefallene Cola meinte.

Dieses Mal würde er danach nicht sagen, dass es ihm leidtäte. Denn obwohl sie es sich wünschte, obwohl sie es glauben wollte, es tat ihm schon lange nicht mehr leid. Neulich hatte sie eine dieser Nachmittags-Soaps im Fernsehen gesehen. Da sagte eine weinende Frau, die es fertigbrachte, nicht eine einzige Träne zu vergießen, zu ihrem Mann, der von einem nicht minder schlechten Schauspieler dargestellt wurde: »Menschen ändern sich nicht!« Was für ein Quatsch, dachte Susi, als sie das hörte. Menschen ändern sich. Oder besser noch: Menschen werden verändert. Bei Strolch war es jedenfalls so.

18

Daniel konnte den Blick nicht von dem Fußabdruck lassen, der mit jeder Welle, die kam und ging und sich am Strand breitmachte, weniger zu erkennen war. Oscars kleine Zehen, seine zarte Sohle, sie hatten sich nicht im Sand verewigt, die Spuren waren flüchtig. Er hatte dem Jungen die Hose und Windel ausgezogen, und der genoss seine neue Freiheit. Er kreischte vor Vergnügen, wenn die Gischt einer Welle seine Füße umspülte, er rannte zu Daniel, drückte sich an ihn und startete wieder durch. Laufen, Steine aus dem Wasser fischen, betrachten, hineinwerfen, lachen. Hätte man ein Bild mit dem Titel »Vollkommenes Glück« malen wollen, hier war die Vorlage.

Oscar kam wieder angelaufen und hinterließ einen neuen Fußabdruck. Daniel zog sein Smartphone aus der Hosentasche und fotografierte ihn. Die flüchtige Spur war jetzt archiviert. Seine Finger tippten oben aufs Display »Foto versenden«. Nein, er hielt inne, er würde es nicht an Sibylle schicken. Er schob das Telefon wieder in die Tasche und atmete tief durch. Es half nichts. Er musste Fakten sammeln, Indizien. Er durfte sich nicht von Ahnungen oder Gefühlen lenken lassen. Auch für seine Frau galt die Unschuldsvermutung.

Er blickte auf einen Punkt am Horizont. Lieber diesem auf Stecknadelgröße geschrumpften Tanker zuschauen als sich vorzustellen, wie jemand anderes seine schöne Frau in den Armen hielt. Doch es gelang nicht. Er hatte keine Ahnung gehabt, dass Eifersucht ein so großes, böses Gefühl sein konnte.

Hätte er es gewusst, wäre vielleicht nicht passiert, was passiert war, vor gut einem Jahr. Er hatte ihren Namen fast vergessen. Aber nur fast. Denn ab und zu fiel ihm schon ein, wie es mit Svenja gewesen war.

Sie hatte in demselben Hotel gewohnt wie er, als er anlässlich eines Führungskräfteseminars in Hannover übernachten musste. Sie hatte ihn angemacht. Auf eine billige, plumpe Art, und er war nicht darauf eingegangen. Anfangs. Doch irgendwann war kein anderer mehr an der Hotelbar, und er war zu betrunken, um ihre Hand von seinem Knie zu schieben. Und dann überließ er ihr das Kommando. Sie hatte ihn an die Hand und mit auf ihr Zimmer genommen. Er hatte ihr gesagt, dass er verheiratet sei, dass er einen kleinen Sohn habe, dass er nicht dieser Typ Mann sei, und sie hatte ihm zugehört und sich dabei ausgezogen. Er war sich vorgekommen wie in einem französischen Film aus den achtziger Jahren, in denen es immer höchst erotisch zuging. Meist redeten die Protagonisten nicht viel, dafür zogen sie sich dauernd aus, schliefen mal mit diesem, dann mit jenem. Dann wurde etwas geredet, seltsam geschaut, und es begann von vorn.

Daniel fühlte sich nicht anwesend, als Svenja auf ihm saß und den Rhythmus vorgab. Das änderte sich jedoch bald, und er gab sich dem Rhythmus hin, packte ihre Hüfte, richtete sich dann auf, um sie auf den Rücken zu legen und obenauf zu sein und selbst das Tempo zu bestimmen. Und alles, was er spürte, war Lust. Die reine, pure Lust. Doch weil er nicht angefangen und außerdem zuvor getrunken hatte, weil keine Gefühle im Spiel waren und es bei einer einmaligen Sache blieb, hatte er genügend Argumente beisammen, die ihn vor Schuldgefühlen bewahrten.

Erst jetzt, als die Bilder seines One-Night-Stands zu den Phantasiebildern von Sibylles offensichtlicher Affäre wurden, erst jetzt spürte er, dass er sich schuldig gemacht hatte. Dass ein Betrug, so oberflächlich und unwichtig er auch für den Betrüger war, ein Betrug für den Betrogenen blieb. Betrug, Betrüger, Betrogener, Betrogene – die Worte schlugen Purzelbäume in seinem Kopf. Er schaute auf den Horizont, das half bei Seekrankheit, warum also nicht auch jetzt?

Daniel spürte den Wind in seinem Gesicht und die Sonne. Er fixierte wieder den kleinen Tanker, der schon ein beachtliches Stück vorwärts gekommen war. So wie dieser Tanker musste auch er es angehen. Langsam geradeaus auf das Ziel zu. Im Moment war er in Turbulenzen geraten, doch er durfte den Kurs nicht aus den Augen verlieren. Weshalb war er hergekommen? Um seine Frau zu finden. Nur darauf sollte er sich konzentrieren. Nur darauf.

Immerhin wusste er nun, dass sie tatsächlich nach Dänemark gereist war, er wusste, wo sie wohnte, er wusste, dass sie unterwegs war. Der Brief, so eindeutig er auch war, bewies noch nichts. Er hatte außer dem schriftlichen Indiz nichts gegen sie in der Hand. Fast musste er lächeln über seine eigene Polizistensprache, die wiederum die Sprache seiner Gedanken beeinflusste.

Vielleicht würde sich schon gleich alles aufklären. Wenn er mit seinem Sohn durch die Dünen liefe, wenn Sibylles Auto vor dem hässlichen Haus stünde und wenn sie ihm von innen fröhlich zuwinkte, weil nichts geschehen war, außer dass sie ein paar Tage Urlaub von ihrem Ehefrauenalltag genommen hatte.

»Oscar, wollen wir gehen und was essen?« Der Junge schaute ihn nicht an, sondern schüttelte nur den Kopf.

»Steine, Meer, spielen«, antwortete er und stürmte in die schäumende Gischt, die sich gerade zischend vor ihm verteilte.

»Du hast recht«, erwiderte sein Vater, »ich habe auch noch keinen Hunger.«

Er setzte sich in den weichen Sand, schaute seinem Sohn zu und ließ einen runden, warmen Stein durch seine Finger gleiten. Es würde nicht schaden, noch ein bisschen zu warten. Er wollte den Moment noch hinauszögern, in dem feststünde, dass Sibylle nicht fröhlich aus dem Fenster winken würde. Wollte die Zeit genießen, in der noch nichts bewiesen war.

19

»Keinen Hunger.« Emils Sohn fand, dass diese zwei Worte der Höflichkeit genug waren. Emil fand das nicht.

»Du wolltest Pizza, hier ist Pizza. Wo ist das Problem?«

Kristian zuckte nicht mal mit den Schultern, so egal war ihm offenbar, was sein Vater ihn gefragt hatte. Er ließ sich auf das Sofa sinken und griff nach der Fernbedienung. Auf dem Couchtisch standen noch Chips vom Vorabend. Kristian griff in die Schüssel und stopfte sich eine Handvoll in den Mund, ein paar Krümel rieselten auf den Boden. Emil musste sich zusammenreißen, um ihm die Dinger nicht aus der Hand zu schlagen.

»Ich dachte, du hast keinen Hunger«, zischte er.

»Hab ich auch nicht«, erwiderte Kristian und kaute weiter.

Es hatte keinen Sinn, wie es meistens keinen Sinn hatte. Emil überlegte, wann es losgegangen war. Wann war sein Sohn zu einem Arschloch mutiert?

Seine Ex-Frau würde ihm dieses Wort nicht durchgehen lassen. »Der Junge ist in der Pubertät. Du warst wahrscheinlich auch nicht besser in seinem Alter.«

Besser war er nicht gewesen, aber er hatte wenigstens ein paar Regeln akzeptiert. Als er jung war, gab es nicht mal Pizza, da aß man abends Aal, fummelte Gräten aus Schollen oder schmierte sich ein Brot mit Butter. Doch darum ging es gar nicht. Kristian war nicht einfach mundfaul oder schlecht gelaunt, er hatte etwas an sich, das Emil nicht ganz greifen konnte. Eine gewisse Verschlagenheit. Er wusste nicht, wann sein Sohn log und wann nicht. Dabei kannte er sich aus mit Lügnern. Müsste er einen Zeugen oder Verdächtigen vernehmen, der so war wie sein Sohn, er würde scheitern.

Vielleicht hatte er genau deshalb nicht weiter nachgehakt, als Kristian neulich behauptet hatte, in der Sturmnacht geschlafen und den Wind gar nicht bemerkt zu haben. »Ich habe wie ein Stein geschlummert.« Eine seltsame Formulierung für einen Siebzehnjährigen, fand Emil. Auch Jytta Madsen habe er nicht gesehen an diesem Abend. Dabei hatte das Mädchen, das die Leichen gefunden hatte, ihm gegenüber ausgesagt, dass sie auf ihrem Spaziergang mit dem Hund zunächst gedacht habe, Kristian wolle sie nur erschrecken. Sie habe ein seltsames Geräusch gehört und seinen Namen gerufen, weil sie dachte, es sei ein Scherz des Jungen, den sie schon fast so lange kannte, wie sein eigener Vater. Doch dann stellte sich heraus, dass alles viel schlimmer war, und am Ende sollte sie eine tote Frau und einen toten Mann finden, die Eltern eines kleinen behinderten Kindes waren.

Emil hatte ihre Aussage in einen Block notiert. Der Name seines Sohnes landete aber nicht auf dem Papier. Wozu auch, das Mädchen hatte ja nur gedacht, er sei ihr gefolgt. Es war eine unwichtige Vermutung. Oder?

Die Frage, warum sein Sohn unwahrheitsgemäß behauptet hatte, den Sturm verschlafen zu haben, wollte er fürs Erste lieber beiseiteschieben.

»Du fegst die Krümel nachher weg!«

Kristian schaltete genervt um.

Emil holte die Pizza aus dem Backofen und verbrannte sich die Finger.

20

Nach der Beerdigung von Strolchs Mutter sprachen sie nicht über sie. Es machte keinen Unterschied, sie hatten ja auch schon vorher kein Wort über sie verloren. Alles, was Susi wusste, hatte sie sich zusammengereimt aus dem, was die Leute im Ort so redeten oder im Kiosk der Ferienhaussiedlung Blokhus, den die neugierige Stella Figen betrieb.

Susi brachte damals jede Woche mit dem Fahrrad Eier zu Stella, die sie an die Urlauber verkaufte. Nie entließ sie das Mädchen, ohne ihr vorher noch ein paar Fragen gestellt zu haben. Susi antwortete immer kurz und knapp, weil sie viel zu schüchtern war, um in langen Sätzen zu sprechen. Meistens sollte sie erzählen, wie es denn ihrer Mutter ging und ob sie gut klarkämen auf dem alten Hof und mit dem Nachbarn. Meistens grinste Stella dabei, und Susi spürte, wie die Hitze ihr in die Wangen schoss. »Gut«, sagte sie dann und hoffte, dass die Fragerei damit ein Ende hätte.

Trotzdem kam sie gerne her. In Stellas Kiosk roch es immer nach frischen Brötchen und Sonnenmilch. Und weil Stella nicht nur sie ausfragte, sondern all ihre Gäste und Kunden, konnte Susi die schönsten Geschichten aufschnappen, aufregenden Abenteuern lauschen oder einfach lernen, was sie zu Hause nicht lernen konnte: wie es zum Beispiel war, ein Leben als glückliche Familie zu führen. Denn die meisten Kunden von Stella waren nun einmal glückliche Familien.

Vielleicht schien das ja auch nur so, weil die Mütter, Väter und Kinder in der Regel Urlaub hatten, wenn sie den Laden betraten. Sie mussten nicht zur Arbeit, sie hatten Zeit, sie hatten gute Laune. Kinder quengelten nach einem Eis und bekamen es, Männer kauften Bier, Frauen kauften Liebesromane, und gemeinsam suchten sie bei den Plastikdrachen nach dem besten Motiv, das Geld war in den Ferien offensichtlich nicht so wichtig, es wurde ausgegeben für schöne Dinge.

Wenn Susi diese Familien beobachtete, und das tat sie oft, wusste sie nicht, ob sie glücklicher dadurch wurde oder unglücklicher. Sie spürte nur, dass sich etwas in ihr rührte, was sonst schlief.

Wenn sie sah, wie sich Kinder und Eltern an die Hand nahmen, wenn sie hörte, wie warm ihre Stimmen waren, wenn sie miteinander sprachen, dann fühlte auch sie sich gewärmt. Und wenn ein Vater oder eine Mutter zu ihrer Tochter oder ihrem Sohn sagten: »Jetzt gehen wir an den Strand«, dann wäre sie am liebsten mitgegangen. Manchmal tat sie es auch. Sie folgte ihnen ein paar Meter und lauschte und sah, wie es sein sollte. Und dann wusste sie mit einer Klarheit, die ihr wehtat und die sie gleichzeitig frei atmen ließ, was sie wollte und was ihr fehlte.

Manchmal versuchte sie, Strolch von diesem Wollen und Fehlen zu erzählen, doch er tat so, als wäre das Mädchenkram. »Du mit deiner heilen Welt«, sagte er dann. Doch er sagte es auf eine nette Art, sodass sie sich nicht schämte.

Dass sie gehört hatte, wie Stella Figen sich mit einer der Putzfrauen, die die Ferienhäuser immer samstags reinigten, über seine Mutter unterhalten hatte, erzählte sie ihm nicht. Die Putzfrau hatte gesagt, dass sie einfach aufgehört hatte zu atmen, während sie schlief. »Es war vielleicht besser so«, hatte sie auch gesagt. »Sie war ja schon früher immer etwas abseitig gewesen. Auch schon vor dem Sturz.«

Susi erinnerte sich genau an dieses Wort. *Abseitig.* Sie wusste nicht wirklich, was es bedeuten sollte, wahrscheinlich wusste es auch die Putzfrau nicht. Doch Stella Figen machte mit ihren Händen eine Wischbewegung vor dem Gesicht, wie Strolch es auf der Beerdigung gemacht hatte, und da wusste sie, dass sie meinte, Strolchs Mutter sei verrückt gewesen. Oder wie es ein paar ihrer Klassenkameraden formuliert hatten: »total bekloppt«.

Stella Figen hatte gesagt, Strolchs Mutter sei lebensmüde gewesen. Sie habe nicht mehr gewollt. Schon lange nicht mehr. Eigentlich noch nie. Und dass es für ihren Mann doch eigentlich eine Befreiung sei und für den Kleinen auch.

Susi hatte es seltsam gefunden, dass Strolch als »Kleiner« bezeichnet wurde. Denn auch wenn sie damals, als sie sich kennengelernt hatten, einen halben Kopf größer gewesen war, überragte er sie inzwischen um mindestens zwanzig Zentimeter. Seine Arme waren keine Ärmchen mehr, sie hatten Muskeln bekommen, und auf seinen Beinen wuchsen Haare. Sie sprach ihn nie darauf an. Denn auch sie hätte nicht gewollt, dass er sie auf ihre Brustansätze ansprach, die ihr scheinbar über Nacht aufgepflanzt worden und einfach nur unangenehm waren. Sie taten weh, sahen bescheuert aus und erfüllten keinen Zweck. Wenn es nach ihr gegangen wäre, hätte sie gerne darauf verzichtet.

Aber das ging ja nun mal nicht. Und so versteckte sie ihre Hügelchen unter einem Karohemd und schob ihre Schultern nach vorn. Nur wenn Strolch sie gebeten hätte, dann hätte sie sie ihm gezeigt. Aber das würde er nie tun. Und darüber war sie froh und traurig zugleich.

Stella Figen war also der Meinung, dass es gut für den Jungen und seinen Vater war, dass die Mutter nun nicht mehr lebte. Doch Susi wusste, dass es nicht gut für Strolch war. Nicht dass sie nicht mehr lebte, sondern die Tatsache, dass sie nicht einfach eingeschlafen war. Er hatte ihr beim Sterben geholfen, da war sie sicher. Auch wenn er es nie gesagt, nie zugegeben, nicht einmal wirklich angedeutet hatte. Sie wusste es, weil sie in seine Augen gesehen hatte auf der Beerdigung und weil sie später seine zitternden Hände gesehen hatte.

Sie hatten in ihrer kleinen Kammer auf dem Bett getobt, sie hatten sich mit Kissen beworfen, und sie hatten sich angefasst, ohne dass es Anfassen war. Sie mochte es, wenn sie sich gegenseitig kniffen und knufften. Dann hatte sie sich aus Spaß ein Kissen aufs Gesicht gelegt und mit den Beinen gezappelt und mit erstickter Stimme gekichert: »Hilfe, Strolch, rette mich!«

Er hatte sofort mit dem Knuffen aufgehört und hatte das Kissen ganz langsam von ihrem Gesicht genommen. Dann hatte er es weggelegt. »Was soll der Scheiß? Du bist echt ein Kind!«, hatte er gesagt und war aufgestanden. »Ich hau ab.«

Als er nach seiner Jacke griff, die über dem Bettende gehangen hatte, sah sie, wie sehr seine Hände zitterten. Er versuchte gar nicht erst, den Reißverschluss zu schließen, es hätte nicht funktioniert. Ohne sich umzudrehen, rannte er durch die Tür. Da wusste sie, wie er es getan hatte.

21

Oscar rettete ihn vor dem Klischee. Wäre er alleine gewesen, hätte er sich betrunken. So was taten Männer, wenn sie von ihren Frauen betrogen wurden. Doch Daniel setzte Oscar aufs Klo, ermunterte ihn, es doch mal selbst zu versuchen, und verpasste ihm anschließend eine neue Windel.

Beide gähnten synchron, und beide lachten synchron. Daniel staunte, dass es ihm so leicht fiel.

Im Kühlschrank suchte er nach kindgerechtem Essen. Er fand einen fettarmen Joghurt, alles andere war grün und gesund. Der Junge würde also im besten Falle damit spielen. Okay, die Paprika könnte man noch in schmale Streifen schneiden. Daniel ließ die Kühlschranktür krachen und machte sich ans Schnippeln. Er vermied dabei, aus dem Fenster zu schauen, denn dort stand nicht ihr weißes Auto. Dieser leere Platz sagte ihm mit drei Ausrufezeichen, was er nicht hören wollte: Ihr Ausflug würde länger dauern, und sie würde über Nacht bei diesem Typen bleiben.

Plötzlich sagte Oscar, der neben ihm stand: »Aua!« Erst da merkte Daniel, dass sein linker Zeigefinger blutete. Als er genauer hinsah, stellte er fest, dass die Messerklinge fast einen halben Zentimeter tief geschnitten hatte.

Zu Hause schlief Oscar bei heruntergelassenen Rollläden in einem Gitterbettchen, hier in dem Ferienhaus musste Daniel improvisieren. Draußen war es noch taghell, ohne eine Verdunkelung vor dem Fenster würde sein Sohn niemals einschlafen. Er kramte in den Küchenschränken und fand große, schwarze Mülltüten, die wohl ein anderer Mieter zurückgelassen hatte. Mit einem Messer schnitt er große Flächen aus und klemmte sie oben in die Fensteröffnung, denn Tesafilm hatte er leider nicht gefunden. Das Doppelbett war nicht massiv, er konnte es leicht in die Ecke des Raumes schieben. Dann baute er aus seinem Koffer und Oscars Taschen eine Art Nest. Keine anstrengenden

Arbeiten, trotzdem pochte es jetzt in seinem Finger, um den er ein dickes Pflaster aus seinem Erste-Hilfe-Kasten geklebt hatte.

Den leeren Handkoffer von Sibylle ließ er unter dem Bett liegen, stattdessen formte er aus der blauen Tagesdecke eine Wurst, die er als Absperrung ans Fußende legte. Oscar klatschte vor Begeisterung in die Hände, als er sein Nachtlager sah. Daniel legte sich kurz zu ihm und hielt seine kleine Hand. Der Junge schaute ihn an, drehte noch einmal seinen Schnuller falsch herum und schlief nach wenigen Minuten ein.

Daniel lag im abgedunkelten Zimmer, in das immer noch ein bisschen Licht durch die Folie drang, und betrachtete sein Kind. Es fühlte sich an, als schaute er es zum ersten Mal so genau an. Oscar hatte blonde Locken, die ihm bis weit über die Ohren reichten. Sibylle wollte sie nicht abschneiden, weil andere Mütter ihr gesagt hätten, dass die Locken danach nicht wiederkämen. Er hatte sich darüber lustig gemacht, dabei fand auch er die langen Haare seines Sohnes schön, besser als die kurzen Schnitte der Nachbarjungs, die schon mit zwei aussahen wie die Fußballstars der Nationalmannschaft. Warum hatte er gelacht, statt ihr das zu sagen?

Vorsichtig löste Daniel Oscars Hand und strich ihm sanft über die Haare, dann schlich er aus dem Schlafzimmer. Er wäre gerne liegen geblieben, doch er wollte – für den Fall, dass Sibylle doch noch kommen würde – im Wohnzimmer sein. Er wollte sie wach und sitzend empfangen, nicht schlafend.

Er zappte durch die Programme und legte die Füße auf den kleinen Tisch, etwas, das er zu Hause niemals tat. Nicht weil sie es ihm verboten hatte, sondern weil er dachte, dass sie es nicht mochte. Wieder so ein Beispiel für ihre Nicht-Kommunikation. Vielleicht wäre es ihr ja egal gewesen. Vielleicht hätte sie sich dann neben ihn gesetzt, dicke Socken angezogen und ihre Füße neben seine auf das Lacktischchen gelegt. Vielleicht wäre sie dann nicht alleine nach Dänemark gereist, vielleicht hätten sie dann hier gemeinsam Urlaub gemacht, mit Oscar. Vielleicht hätten sie beschlossen, ein zweites Kind zu zeugen. Sie hätten jeden Tag Sex gehabt, damit es auch klappte. Denn bei Oscar hatte es nicht gleich funktioniert. Er wusste, dass nicht jeder Schuss ein Treffer war. Bei den wenigsten Paaren, auch wenn nachher alle so taten. Vor allem die Männer.

Jetzt vögelte sie mit einem anderen, und er konnte sich nicht mal betrinken, weil nebenan ihr gemeinsames Kind schlief und sowieso außer stillem Mineralwasser nichts Flüssiges im Haus war.

Daniel knabberte an den Paprikaschnitzen, die Oscar übrig gelassen hatte, und schaltete alle zwei Minuten auf einen neuen Sender. Doch die Bilder im Fernsehen konnten nicht die Bilder von Sibylle und diesem bärtigen Typ mit der Brille und dem guten Weingeschmack überdecken, die ständig auftauchten. Als zappte jemand anderes in seinem Kopf herum. Er sah, wie sie auf ihm hockte, hörte, wie sie schrie, sah, wie er hinter ihr kniete und stöhnte. Erst als die dänischen Nachrichten liefen und Bilder von dem Haus gezeigt wurden, in dem das deutsche Ehepaar ermordet worden war, verschwanden die Kopfpornos für einen kurzen Moment und ließen Platz für andere Gedanken.

Er wusste nun also, dass Sibylle eventuell hier war, um ihren Liebhaber zu treffen. Oder steckte doch etwas anderes hinter ihrem plötzlichen Interesse an dieser Ferienhaussiedlung und den Morden? Es musste einen Grund für ihre überstürzte Abreise geben. Oder war diese am Ende gar nicht überstürzt, sondern schon lange geplant? Ihm kamen kleine, zarte Zweifel.

Er las noch einmal den Brief. *Raven.* Trank der Kerl eigentlich wirklich Rotwein, hatte er einen Bart, war er wirklich Sibylles Affäre? Noch ist nichts bewiesen, dachte er, noch nicht.

Daniel schaltete weiter und landete mitten in einer Sexszene eines dänischen Films. Wie passend, dachte er und starrte auf den nackten Arsch eines durchtrainierten Dänen, der sich rhythmisch auf und ab bewegte.

22

»Mailst du mir, wenn es was Neues gibt?«

Kristian Hasagar nickte.

»Wirklich?« Jytta Madsen suchte Kristians Blick, doch der schaute mal wieder in der Gegend herum.

»Mein Vater darf mir sowieso nichts von seinen Fällen erzählen«, sagte Kristian in leicht genervtem Tonfall. »Ich schätze also, dass es da nichts zu mailen geben wird.«

»Ich will ja keine Geheimnisse wissen. Nur, wenn sie ihn haben. Den, der das getan hat.« Sie konnte nicht weitersprechen. Jetzt war sie froh, dass Kristian sie nicht direkt anschaute. »Also dann, mach's gut.«

»Ja.« Kristian schaute kurz auf, dann räusperte er sich. »Du auch.«

Jytta war es recht, dass er keine großen Worte machte um ihren Abschied. Und um all das, was passiert war. Was sollte er auch sagen? *Hey, vergiss die Toten doch einfach. Lass uns zurückspulen auf die Stunden vor dem Sturm und dann vorspulen auf jetzt. Und dann küssen wir uns wieder?*

Jytta wusste, dass Kristian das nie sagen und auch nie tun würde. Es war so, als hätte es den Kuss nie gegeben. Sie konnte sich gar nicht mehr vorstellen, dass ihr Herz so geklopft hatte, dass sie dachte, er würde es hören. Jetzt hatte ihr Herz genug damit zu tun, einfach weiterzuschlagen, und ihr Kopf war voll mit anderen Erinnerungen, die alles dunkel einfärbten. Gefühle waren im Moment das Letzte, was sie gebrauchen konnte. Der Kuss war jetzt verknüpft mit dem Moment zwei Stunden später, als sie die beiden Leichen auf dem Bett entdeckt hatte.

Sie war froh, dass ihr Körper wusste, wie er sie zu schützen hatte. Er ließ sie einfach weiteratmen und hüllte ihre Emotionen in einen wabernden Nebel aus Müdigkeit. »Unter Schock«, hatte ihre Hausärztin diagnostiziert. Die war extra rausgekommen, um sie »sich mal anzuschauen«, wie ihre Mutter es nannte.

Die Allgemeinmedizinerin hatte sie dann zu einer Psychologin überwiesen. Jytta war es egal. Sie und ihre Mutter würden jetzt die Ferien beenden und heimreisen. In ihr altes Leben, in dem nichts mehr so war wie früher, auch wenn es von außen den Anschein haben würde. Schule, Freunde, Volleyballtraining. Aber jetzt ganz neu dazugekommen: einmal die Woche zum Psychiater.

Jytta berührte kurz den Arm von Kristian. »Na dann. Tschüs.«

Er nickte.

23

Sibylle wird ausflippen, war der erste Gedanke, der durch sein Hirn zuckte. Dann meldete das Hirn ihm Schmerzen im Nackenbereich, und danach startete es sein Sprachzentrum. »Oscar, du bist schon wach?«

Sein Sohn reagierte nicht, er hockte in etwa dreißig Zentimeter Abstand vor dem Fernsehbildschirm. Daniel gähnte und richtete sich langsam auf. Er war also doch irgendwann eingeschlafen, zusammengekrümmt auf dem viel zu kleinen Sofa, und Oscar glotzte wahrscheinlich schon seit Stunden auf die TV-Bilder, die er sonst so gut wie gar nicht zu sehen bekam. Sibylle war da sehr genau.

Daniel rieb sich die Augen und griff nach der Fernbedienung, um das Gerät auszustellen. Doch dann legte er sie wieder weg. Was soll's. Sibylle hat ihren Spaß, wir unseren, dachte er und ließ sich noch einmal auf das Polster sinken.

»Papa, tuck mal!« Oscar drehte sich zu ihm um und zeigte begeistert auf die Formel-1-Wagen, die gerade durchs Bild flitzten. Oscar sprang auf und trippelte zu seinem Vater, setzte sich vor ihn aufs Sofa und lehnte sich an ihn. »Mama nich da, Mama weg«, sagte er, ließ dabei aber die Rennautos nicht aus den Augen.

Daniel strich ihm über den Hinterkopf. Dann schauten Vater und Sohn gemeinsam fern. Daniel sah nicht viel, er hörte die Motoren dröhnen, und das passte zu seinem Inneren.

Die kleine Glocke am Eingang begrüßte Daniel und Oscar mit einem fröhlichen Dingeldidong. Dann folgte ein mindestens genauso fröhliches »Hej«. Die Rothaarige war wieder da, und die Morgensonne ließ ihre Haare leuchten, sodass es Daniel schwerfiel, ihren lodernden Heiligenschein nicht anzustarren. Während sie lächelte, bildeten sich kleine Grübchen um ihre Mundwinkel. Sie hat Sommersprossen, stellte Daniel erneut fest.

»Na, hast du Haus und Frau gefunden?« Der leicht dänische Akzent ließ die Frage irgendwie lustig klingen, umso trauriger war die Antwort darauf. Doch bevor Daniel etwas sagen konnte, machte es wieder Dingeldidong, und ein Lieferant kam herein. Die Rothaarige entschuldigte sich, und Daniel griff nach einem Einkaufskorb.

Er selbst hatte keinen Appetit, doch Oscar hatte Hunger. Sie packten Aufschnitt, Käse, Milch, Kekse und Zwieback ein. Als sie an einer kleinen Brötchentheke angelangt waren, öffnete sich eine Tür hinter dem Bedienbereich. Eine Frau mit kurzen grauen Haaren kam heraus, humpelnd, mit einer Krücke in der Hand.

»Goddag.« Sie sah Oscar an, und Oscar sah sie an. »Hej, lille mand!« Ihre Stimme hatte sich komplett verändert, und obwohl sie auf den ersten Blick eigentlich streng wirkte, lag viel Wärme in ihren Worten und in ihren Augen.

»Stella!« Die Rothaarige kam herangeeilt und schimpfte mit der älteren Dame. Offensichtlich ging es um ihr Bein, das sie noch schonen sollte, so viel konnte Daniel verstehen. Dann übernahm sie, Stella blinzelte Oscar zu und schlurfte wieder durch die Tür. »Farvel, lille mand!« Oscar winkte ihr nach.

Die Rothaarige hatte wieder das Wort: »Na, Brötchen fürs Familienfrühstück?«

Daniel nickte. Vater und Sohn alleine sind schließlich auch eine Familie, dachte er.

»Immer noch erkältet?«, fragte Daniel.

Sie zuckte sorglos mit den Schultern. »Bestell deiner Frau einen Gruß«, sagte die Rothaarige, während sie die Papiertüte füllte. »Ich bin ihr noch eine Flasche Wein schuldig.« Daniel nickte und nahm die Tüte entgegen.

»Hat sie meinen Zettel eigentlich gefunden?«

Daniel sah auf. »Was für einen Zettel?«

»Ich habe ihn unter der Tür hergeschoben und mich für den netten Abend bedankt.«

Daniel kapierte es nicht. »Sie – äh – also du hattest einen netten Abend mit meiner Frau?«

»Ja, es war sehr nett. Wir haben allerdings ein bisschen zu viel Wein getrunken.« Sie lachte. Daniel nicht.

Der Brief, sein Indiz dafür, dass sie ihn betrog mit einem Dänen, mit einem bärtigen Dänen, der gerne Rotwein trank – seine Theorie brach in sich zusammen. Alles war anders.

Sie trat hinter der Theke hervor und streckte ihm ihre Hand entgegen. »Entschuldige bitte, ich habe mich noch gar nicht vorgestellt. Ich bin Raven.«

»Ich weiß«, sagte Daniel.

Oscar hielt ein Stück Brötchen in der Hand und sprang zum hundertsten Mal von der Holzterrasse auf den Schotterweg, um dann einen Spurt zu dem kleinen Stufenaufgang hinzulegen, hinaufzulaufen und wieder von vorne zu beginnen. Daniel saß auf der Bank, die auf halber Strecke des Parcours lag. Raven stand, doch ihr Rücken lehnte an der seitlichen Brüstung, die die Holzterrasse zu einer Seite abgrenzte. Sie hatte ihren Fuß – sie trug knallbunte Joggingschuhe – auf dem Querholm abgestellt. »Geht es jetzt besser?«

Daniel nickte und entschuldigte sich. »Tut mir leid, ich bin sonst nicht so …« Ihm fehlten die Worte.

»Blass?« Sie lachte. »Wie ein Kreidemann siehst du aus.«

Er versuchte ein Grinsen.

Sie reichte ihm die kleine Flasche Cola, die sie aus dem Kühlregal genommen hatte, als Daniel ins Wanken geraten war.

Er nahm einen Schluck. »Danke.«

»Schlecht geschlafen?«

»Ja, das auch.« Er gab ihr die Flasche zurück.

Raven fragte nicht weiter. Sie nahm auch einen Schluck aus der Flasche und schaute Oscar zu.

Daniel räusperte sich. »Ich habe schlecht geschlafen, weil ich dachte, Sibylle hätte eine Affäre.«

Raven schaute ihn an und wartete.

»Der Brief, also der Zettel, den du geschrieben hast. Ich dachte, der wäre von ihrem Liebhaber. Ich dachte, sie hätte sich gestern Nacht mit ihm getroffen.«

»Oh. Und jetzt glaubst du, sie hat eine Liebhaberin?« Sie grinste.

»Um Gottes willen, nein!«

»Was glaubst du dann?«

Er schüttelte den Kopf. »Ich habe keine Ahnung. Ich weiß nur, Sibylle ist weg.«

Oscar kam auf seiner Runde wieder vorbei. Er hatte ein paar Worte aufgeschnappt. »Mama? Wo teckt?« Er blieb vor Daniel stehen und schaute ihn erwartungsvoll an. Daniel wusste nicht, was er sagen sollte.

Raven schon. »Hey, Oscar, was hältst du davon, wenn du in den Laden läufst und ganz laut ›Stella‹ rufst. Sie wird dir einen Keks geben.«

Oscar strahlte und blickte Daniel an, er wollte offenbar wissen, ob sein Vater es erlaubte. »Geh nur«, sagte der.

»Sie ist weg?« Raven setzte sich neben Daniel. »Das kann ich mir nicht vorstellen.«

»Ich weiß nicht, was ich mir vorstellen kann. Aber sie ist nicht da.«

»Das passt nicht«, murmelte Raven.

»Nein, es passt nicht«, sagte auch Daniel.

Als Sibylle am Freitagnachmittag den Schlüssel für das Ferienhaus abgeholt hatte, hatten die Frauen sich im Kiosk kurz unterhalten. Am nächsten Tag waren sie dann ins Plaudern gekommen, als Sibylle sich die nötigsten Lebensmittel besorgt hatte. Und als Raven am Abend ihren Strandspaziergang machte, hatte Sibylle sie durch ihr Küchenfenster gesehen, gegen die Scheibe geklopft und sie dann auf ein Glas Wein eingeladen.

Raven war froh über die Abwechslung gewesen, denn sie wohnte schon seit ein paar Wochen bei ihrer Tante, um ihr zu helfen. Stella Figen gehörten der Kiosk und die Ferienhausvermittlung. Und ausgerechnet jetzt, in der Hochsaison, hatte sie sich ihren Knöchel verstaucht, weil sie beim Einräumen der oberen Regale von der Trittleiter gestürzt war. Sie habe

Glück gehabt, hatte ihr der Arzt gesagt, dass es kein Bruch war, denn bei Frauen in ihrem Alter – Stella war jetzt siebzig Jahre – könne das mit der Heilung ein bisschen länger dauern als bei einer Achtzehnjährigen. Doch humpelnd konnte Stella das Geschäft nicht alleine führen, das stand fest.

Und so half Raven. Mal wieder. Das alles ging nur, weil sie als Grafikerin für »Ben & Ben«, eine Werbeagentur in Aalborg, arbeitete und man dort nichts davon hielt, dass die Mitarbeiter jeden Tag von acht bis siebzehn Uhr im Büro saßen. Projektbezogenes Arbeiten war erwünscht, egal ob im Office in Aalborg oder im Homeoffice. Das versprach mehr Kreativität und sparte ganz nebenbei auch Büroraum. Raven Abrahamsen war nicht angestellt, sondern frei. Für sie und für die Geschäftsführer von »Ben & Ben« eine optimale Kombination. Und für Tante Stella die Rettung.

Raven hatte auch Sibylle von ihrem Job erzählt, und die war ein bisschen neidisch gewesen. Sie selbst hätte auch gerne wieder als Architektin gearbeitet, hatte sie gesagt. Doch Oscar brauche sie noch zu sehr, und bei Daniels Arbeitszeiten seien mehr als ein paar Stunden nicht drin. Sie hatte – nach ein paar Gläsern Wein – zwar angedeutet, dass in ihrer Ehe nicht alles Wolke sieben war, doch komplett unglücklich schien sie nicht zu sein. Sie hatten sowieso eher über allgemeine Dinge gesprochen. Über das Skandinavienhoch, das einen der besten Sommer seit Jahren versprach, über das Bild, das sich die Deutschen von den Dänen machten, und das Bild, das sich die Dänen von den Deutschen machten, und natürlich über diesen unheimlichen Doppelmord und darüber, dass es Zeit wurde, dass die Polizei eine Spur fand, damit am Ende nicht die Urlauber ausblieben.

Sie hatten im Radio die Musik lauter gedreht, die Flasche geleert, und irgendwann war Raven dann leicht angetrunken nach Hause gegangen.

Sibylle sei lustig gewesen, habe einen feinen Humor, sagte Raven. Trotzdem habe sie etwas bedrückt auf sie gewirkt. Und ja, natürlich hätten sie über ihn geredet.

»Was hat sie gesagt?«

Raven lachte. »Nichts Wichtiges. Wirklich nicht.«

»Wollte sie mich verlassen?«

Raven schüttelte den Kopf. Nein, den Eindruck habe sie nicht gehabt.

Daniel wollte nach dem Ausschlussverfahren vorgehen, doch es funktionierte nicht. Er wusste, dass seine Frau nicht ihr Innerstes nach außen gekehrt hatte, auch nicht, wenn sie ein paar Gläser Wein getrunken und sich sehr gut mit der Dänin verstanden hatte. Leicht bedrückt hatte sie gewirkt, das sprach für eine mentale Verstimmung. Gleichzeitig hatte sie gelacht und offensichtlich Spaß am Frauenabend gehabt. Ausschlussverfahren. Keine Depression. Sie hatte über ihn geredet, wahrscheinlich nicht nur Gutes. Doch verlassen wollte sie ihn nicht. Ausschlussverfahren. Sie war nicht abgehauen.

»Ihr habt über den Mord geredet?«

Raven nickte. »Oh ja, das tun hier alle im Moment.«

»War Sibylle sehr interessiert daran?«

»Ich weiß nicht, ja. Ich denke schon. Kein Wunder, das Häuschen, in dem es passiert ist, liegt ja auf ihrem Weg zum Strand. Jeder würde sich dafür interessieren.«

»Aber was wollte sie denn genau wissen?«

»Na, das Übliche. Sie hatte die Absperrbänder der Polizei gesehen und sich gefragt, was sie zu bedeuten hätten. Sie dachte wohl zuerst, da wäre nur eingebrochen worden.«

In diesem Punkt hatte Sibylle eindeutig gelogen. Sie hatte schon längst gewusst, warum dort die Absperrbänder waren.

»Und sonst? Wollte sie irgendwelche Details wissen?«

Raven zuckte mit den Schultern. Eine fünfköpfige Familie kam schwatzend näher, kurz darauf erklang die Kioskglocke. Raven folgte den Kunden langsam Richtung Tür. Kurz blieb sie noch einmal stehen und sah Daniel an.

»Vielleicht weiß ich was. Warte einen Moment.«

24

Sie saß da und spürte die Wärme der Sonnenstrahlen auf ihrem Gesicht. Sie wollte ausruhen, das alles war anstrengend. Anders anstrengend als das Ausmisten oder das Schrubben des Küchenfußbodens. Diese Anstrengung war irgendwie innerlich. Sie schloss die Augen, um sie gleich wieder zu öffnen und auf die Schotterpiste zu schauen, die zu ihrem Hof führte. Ja, es war längst ihr Hof. Als sie gerade zweiundzwanzig Jahre alt geworden war, war ihre Mutter tot umgefallen. Sie hatte am Fußende ihres Bettes gestanden, als ein Schlag durch ihr Hirn fuhr. Ihre Mutter war einfach auf das Bett gesunken. Sie war weich gefallen und sofort tot gewesen. Besser hätte es nicht sein können.

Susi musste dringend Lebensmittel besorgen. Sie brauchte Eier, Mehl und Milch, damit sie ihrem Gast einen Kuchen backen konnte. Sie hatte ja nichts gegen sie. Im Gegenteil. Sie mochte sie. Und eigentlich sogar noch mehr als das.

Vielleicht würde sie ihr auch noch Sahne aufschlagen. Doch wahrscheinlich würde sie trotzdem nichts essen. Sie war ja so dünn. Und blass war sie. Aber sie würde auch nicht mehr Farbe bekommen, wenn sie draußen in der Sonne wäre, am Strand. Sie war einer von diesen Menschen, die immer blass blieben.

Susi stand auf, ging in die Küche und griff nach dem Einkaufskorb, der auf dem wackeligen Stuhl in der Ecke stand. Sie summte ein Kinderlied. Sie würde außerdem noch ein bisschen Obst mitbringen.

25

Raven glaubte, dass Sibylle vielleicht zu dem Eigentümer des Mordhauses Kontakt aufgenommen hatte und unter Umständen auch sogar zu ihm gefahren war. Denn an jenem weinseligen Abend hatte Daniels Frau ein paarmal sehr bestimmt nachgefragt, wem das Haus gehörte. Raven hatte es ihr gesagt. Da sie aber bereits ein paar Gläser intus hatte, habe sie sich keine weiteren Gedanken darüber gemacht. Nur jetzt, wo Sibylle verschwunden zu sein schien, war es ihr wieder eingefallen.

Sie hatte den Namen des Eigentümers zufällig parat gehabt. Ihre Tante Stella war eine Institution in der Ferienhaussiedlung. Ihr kleiner Shop mit der Anlaufstelle für die Touristen war eigentlich schon immer da. Die Hauseigentümer und die Urlauber konnten sich auf sie verlassen. Bei ihr gab es die Schlüssel für die Häuser, und sie war die Ansprechpartnerin, wenn etwas hakte oder tropfte. Denn meistens waren es nur Kleinigkeiten, wie eben ein tropfender Wasserhahn, die behoben werden mussten. Sie telefonierte dann mit den Hausbesitzern, beruhigte die Mieter und organisierte – wenn nötig – einen Handwerker.

Raven hatte den Anruf von Bjorn Nielsen entgegengenommen, kurz nachdem die Nachricht vom schrecklichen Mord die Runde gemacht hatte. Er war aufgeregt gewesen, weil die Polizei ihn befragt hatte, und wollte Stella sprechen. Er jammerte, dass diese Saison wohl für ihn gelaufen sei, und bat sie, den enttäuschten Mietern, die ja nun nicht einziehen konnten, vielleicht ein Ausweichquartier anzubieten. Stella konnte ihm helfen, doch einige Touristen verzichteten ohnehin auf ihren Dänemark-Urlaub, als sie erfuhren, warum das von ihnen reservierte Haus im Moment anderweitig – nämlich von der Mordkommission – geblockt war.

Raven hielt Daniel einen Zettel hin, darauf hatte sie die Telefonnummer des Hausbesitzers notiert.

Leider entpuppte sich Ravens Vermutung als falsch. Sibylle hatte Nielsen nicht kontaktiert. »Selbstverständlich ist sie folglich auch nicht bei mir«, sagte der genervte Nielsen, der sich offensichtlich durch die Frage belästigt fühlte, und legte auf.

Raven hatte sich neben Daniel auf die Bank gesetzt, er hatte es registriert, starrte aber einfach weiter geradeaus, das Handy noch in der Hand. Oscar war bei Stella im Laden, und Daniel war froh, dass der Junge nicht mitbekam, wie ratlos er war. Lieber zu viel Zucker als die Erkenntnis, dass seine Mutter sich in Luft aufgelöst hatte.

»Hast du schon ihre Freundinnen abtelefoniert?« Raven sprach ganz vorsichtig und leise mit Daniel.

Er nickte und dachte an die seltsamen Gespräche, die er geführt hatte. Erst drei Sätze Small Talk und dann der möglichst locker klingende Übergang zu »Hör mal, ist Sibylle zufällig bei dir?« und dann der überstürzte Abschiedsgruß, bei dem er seinen Sohn und sein abendliches Aufwachen als Vorwand genutzt hatte, schnell aufzulegen.

»Die wissen nichts. Und viele sind es ohnehin nicht.«

»Freundinnen?«

Erneutes Nicken.

»Ist sie bei ihren Eltern?«

Kopfschütteln. »Nein. Ihre Mutter ist zum Glück im Urlaub, und ihr Vater lebt nicht mehr.«

»Was ist mit ihren Sachen? Fehlt was?«

Daniel sah Raven an. »Hey, bist du Polizeikollegin?«

Raven verstand nicht, also klärte er sie auf.

»Es ist absurd. Ich *bin* Polizist und habe versagt. Ich habe ihre Sachen nur durchwühlt, um herauszufinden, ob sie wirklich einen Liebhaber hat. Ich habe nicht genau untersucht, ob etwas fehlt, ob sie vielleicht etwas eingepackt hat, um noch woandershin zu reisen.

»Aber der Liebhaber existiert ja nun wahrscheinlich nicht, jedenfalls heißt er nicht Raven.« Raven lächelte, als sie das sagte.

An der Fensterscheibe klopfte es. Ein kauender Oscar hämmerte von innen gegen das Glas, Stella stand hinter ihm und gab acht, dass er nicht vom Hocker fiel, auf den er geklettert war. Der Junge winkte seinem Vater zu, der drehte sich um und winkte zurück.

»Du hast mich an etwas sehr Wichtiges erinnert«, sagte er zu Raven. »Ich sollte mehr wie ein Polizist handeln.« Dann tippte er eine Nummer in sein Mobiltelefon.

»Ja, Frau Winter. Ich bin es. Ja, aus dem Urlaub. Tun Sie mir einen Gefallen, suchen Sie mir doch bitte eine Nummer der Düsseldorfer Kollegen raus, die sich um den Mordfall in Dänemark kümmern. Ja, genau, der Mord an dem Ehepaar. Ja, schicken Sie es mir aufs Handy. Danke, Frau Winter. Ja, das Wetter ist super. Ich werde mich gut erholen, versprochen! Ach, und wo wir schon einmal dabei sind: Ich hänge noch eine Woche Urlaub dran. Ja, ich weiß. Ich kenne meine Termine. Verschieben Sie sie!«

Er legte auf. Raven sah ihn an und sagte mit einer Stimme, die zugleich anerkennend und leicht spöttisch klang: »Du bist Polizist. Du hast eine eigene Sekretärin. Beeindruckend.«

Die schwarze Mülltütenabdunkelung hatte sich an einer Stelle gelöst, und so hatte der Junge offenbar gedacht, es wäre schon Morgen. Immer wieder kletterte er aus dem Bett und tapste ins Wohnzimmer, dazwischen rief er seinen Vater und – was für Daniel das Schlimmste war – weinte nach seiner Mutter.

Daniel fühlte sich wie bei einem nicht enden wollenden Dauerlauf. Er war müde, gleichzeitig angespannt, weil er noch einiges erledigen musste. Es war so unfassbar anstrengend, nüchtern und sachlich zu bleiben, was das Verschwinden Sibylles anging, und gleichzeitig fröhlich und zugewandt gegenüber seinem Sohn. Und jetzt schrie er, weinte er, kam er und verlangte die hundertprozentige Aufmerksamkeit seines Vaters.

Doch irgendwann, als die Sonne sich hinter den Dünen versteckte und wahrscheinlich dabei war, gerade im Meer zu versinken, schlief er dann doch ein. Seine Gesichtszüge waren so entspannt, dass Daniel schon vom Anschauen ruhiger wurde.

»Gerade mal zwei Jahre alt, und du raubst mir die letzte Kraft«, flüsterte er und strich eine Locke aus Oscars zartem Gesicht.

***

Emil war eingenickt. Das Telefon schrillte ihn wach. Fluchend richtete er sich auf und suchte den Hörer, der mal wieder irgendwo lag, nur nicht auf dem kleinen Telefontischchen neben der Couch. Unter einem Berg von alten Zeitschriften wurde Emil schließlich fündig, während er seinen Namen murmelte, sah er, wie Kristian mal wieder grußlos das Haus verließ. Er spürte seine Halsschlagader pochen. Unglaublich, wie schnell der Junge ihn auf die Palme bringen konnte.

»'tschuldigung, wer ist da?«, fragte er und bekam eine englische Antwort. Es dauerte ein paar Sekunden, bis er begriff, dass der Anrufer eigentlich ein Deutscher war, der zunächst Englisch sprach, um sich verständlich zu machen.

Auch das noch, dachte Emil und schaltete seine Sprachsynapsen widerwillig auf Deutsch um. Der Typ am anderen Ende schien erleichtert. Emil war es nicht. Denn wie sich herausstellte, wollte sich der deutsche Kollege in die Ermittlungen »einbringen«. Für Emil klang es allerdings eher nach ein*mischen*.

26

Jytta Madsen spürte so etwas Ähnliches wie Erleichterung. Das war ungewöhnlich, denn im Moment war alles andere in ihrem Leben bleischwer geworden. Kristian hatte endlich auf ihre WhatsApp-Nachricht geantwortet. Sie hatte zwar irgendwie gehofft, dass er sie anrufen würde, aber das war dann wohl doch zu viel verlangt. Also hatten sie sich ein paar Sprüche hin- und hergeschickt, und sie hatte ihr Frühstücksmüsli abfotografiert und dazugeschrieben: »Keinen Hunger!« Er hatte ihr daraufhin ein Fragezeichen gesendet, und Jytta hoffte, dass er wirklich wissen wollte, wie es ihr ging. Kristian war noch nie der einfühlsame Gesprächspartner gewesen. Dafür war er viel zu cool. Umso berührender war es gewesen, als er sie an dem Abend, bevor der Sturm begonnen hatte, bevor sie mit dem Hund rausgegangen war, bevor alles anders wurde, so seltsam angeschaut hatte. Schön seltsam.

Sie tippte in ihr Handy: »Die Psychofrau sagt, ich mache Fortschritte. Na ja, Hunger habe ich trotzdem irgendwie nicht.«

Er schickte einen Blinzel-Smiley zurück: »Nicht, dass du so ein Magerskelett wirst.« Sie lächelte. Es fühlte sich seltsam an. So als hätten ihre Gesichtsmuskeln verlernt, die Mundwinkel nach oben zu ziehen.

Sie tippte: »Weißt du irgendwas von dem Jungen?«

Frederik hieß er. Sie musste oft an ihn denken, irgendwie fühlte es sich an, als wären sie beide Leidensgenossen. Der Junge mit dem Downsyndrom, der nicht begriffen hatte, dass seine Eltern tot waren, und sie, das Mädchen, das ihn auf dem Arm gehalten hatte.

Sie wartete.

Sie sah, dass Kristian etwas schrieb.

Sie wartete.

Er schrieb nicht mehr. Dann wieder.

Sie wartete.

Ihr war warm.

Ihr wurde kalt.

Dann pfiff ihr Handy. Und sie las die Antwort: »Dem geht es wohl gut. Hab gehört, dass mein Dad mit einem Kollegen darüber gesprochen hat. Er ist in einer netten Pflegefamilie untergekommen, seine Tante und deren Mann kümmern sich jetzt um ihn.«

Jytta lächelte. Ihre Gesichtsmuskeln würden sich langsam wieder an diese seltsame Bewegung der Mundwinkel gewöhnen müssen.

27

Die Düsseldorfer Kollegen waren dankbar, dass Daniel sie vor Ort unterstützen wollte. Ihre Personaldecke gab es nicht her, einen Beamten nach Dänemark zu schicken. Man musste es ja auch nicht. Das ermordete Ehepaar stammte zwar aus Nordrhein-Westfalen, doch der Tatort lag nun mal in Dänemark. Der schwarze Peter lag also bei den Dänen, sie mussten den Fall klären. Die deutsche Polizei steuerte nur bei, was die dänischen Kollegen anforderten. Doch wenn Daniel Konermann seinen Urlaub dazu nutzen wollte, zu helfen – »Immer gerne, nur zu!«.

Irgendetwas musste Sibylle aus der Fassung gebracht haben, als sie den Zeitungsartikel über den grausamen Mord in der Ferienhaussiedlung gesehen hatte. Und solange er nicht wusste, was das war, würde er alles herauszufinden versuchen, was es über diesen Fall zu wissen gab.

Leicht würde es nicht. Denn im Gegensatz zu seinen Kollegen in Düsseldorf war der vor Ort ermittelnde dänische Kollege keineswegs erfreut gewesen über sein Interesse. Sein Vorschlag, sich doch kurz zu treffen, damit er auf Stand gebracht werden könne, wurde von Emil Hasagar mit einem genervten Seufzer durch das Telefon beantwortet. Daniel tat, als habe er keinerlei Widerwillen wahrgenommen, und schlug den folgenden Nachmittag vor. Er erhielt eine genuschelte Antwort: »Morgen, sechzehn Uhr vorm Haus, eine halbe Stunde. Höchstens.« Dann hatte der dänische Kollege ohne Abschiedsgruß aufgelegt.

Daniel war müde, doch er musste die Zeit nutzen, in der sein Sohn schlief. Denn mit einem wachen Oscar war es nahezu unmöglich, seine Gedanken auf etwas anderes als den Jungen selbst zu richten. Etwas, was er bislang nie mitbekommen hatte.

Ging es Sibylle genauso mit ihrem Sohn? Hatte er ihr unrecht getan, wenn sie ihm nur halb zugehört und er deswegen gedacht hatte, sie sei mit sich selbst beschäftigt gewesen? War ihre Aufmerksamkeit in Wahrheit von dem Kind absorbiert, das nach seiner Mutter verlangte? Hatte sie deshalb nicht auch noch ihrem Mann Aufmerksamkeit schenken können, wenn er nach Hause kam? Und sich selbst? Die Bedürfnisse eines Kindes überlagerten die Bedürfnisse einer Mutter. War sie vielleicht doch nur deshalb noch weg? Hatte sie vielleicht sein Auto gesehen und war deshalb nicht in das Ferienhaus zurückgekehrt? Weil sie noch mehr Ruhe brauchte, ein bisschen Raum und Zeit für sich selbst? Vielleicht, so hoffte er in diesem Moment, wollte sie ja einfach nur mal ein bisschen ihren eigenen Gedanken nachhängen. *Vielleicht kommt sie gleich herein, setzt sich neben mich und sagt: »Na, wie war dein Tag?«*

Daniel ließ sein Laptop hochfahren und ging noch einmal ins Schlafzimmer, um nach Oscar zu schauen. Der schlief noch immer. Als Daniel beim Verlassen des Zimmers wie immer die Tür einen Spalt weit offen ließ, hielt er inne. Plötzlich wusste er mit Bestimmtheit, dass Sibylle nicht alleine gewesen war, als sie verschwand.

Die Türen. Die Türen!

Wieso war ihm das nicht gleich aufgefallen. Als er mit Oscar zum ersten Mal das Ferienhaus betreten hatte, in der Hoffnung, Sibylle dort zu finden, waren alle Türen geschlossen gewesen. Ausnahmslos. Niemals hätte Sibylle das gemacht. Sie hasste geschlossene Türen. Sie ertrug sie nicht. Am Anfang ihrer Beziehung hatte Daniel noch Scherze darüber gemacht, doch sie bestand mit einer Ernsthaftigkeit darauf, die ihm schnell klarmachte: Für sie war eine geschlossene Tür nicht lustig. Sie leide unter Klaustrophobie, erklärte sie ihm damals in ihrer ersten Nacht – lächelnd. Als er ein paar Stunden später aus Versehen doch die Schlafzimmertür hinter sich zuzog, nachdem er aus dem Bad zurückgekommen war, lächelte sie nicht mehr. Und er vergaß es nicht mehr.

Was auch immer Sibylle also dazu veranlasst haben mochte, die Hütte zu verlassen, irgendjemand war bei ihr gewesen, oder irgendjemand war später noch einmal da gewesen. Irgendjemand hatte alle Türen fein säuberlich geschlossen. Und dieser Irgendjemand war ganz gewiss nicht Sibylle gewesen.

Daniel scrollte angespannt durch die Akten und Informationen, die die Düsseldorfer ihm zugemailt hatten. Irgendwo musste er ja anfangen.

Seine erneute Durchsuchung des Ferienhauses hatte zu nichts geführt. Alles sah aufgeräumt aus, und es schien alles da zu sein. Doch wie hätte er auch feststellen können, ob nicht doch ein Pulli oder eine Jacke, eine Hose oder Strümpfe fehlten? Er wusste nicht auswendig, was in Sibylles Schrank in Osnabrück lag. Ihre Zahnbürste war da. Doch da Sibylle sie alle Nase lang wechselte, konnte es auch sein, dass sie eine neue mitgenommen hatte, dahin, wo auch immer sie jetzt war. Ihr kleiner Reisekoffer war auch noch da, doch hatte sie vielleicht auch noch eine kleine Reisetasche dabeigehabt? Das Einzige, was er nicht fand, war eine Bürste. Doch es wäre nicht das erste Mal gewesen, dass sie sie vergessen hatte. Er erinnerte sich an zwei Urlaube, in denen sie am ersten Tag in einer Drogerie Ersatz besorgte, weil sie an alles gedacht hatte, nur nicht an ihre eigene Haarbürste.

Die Akte über die Ermordeten las sich wie eine etwas zu kitschig geratene Schicksalsgeschichte in einer Frauenzeitschrift. Demnach stammten Carina und Oliver Mittenfeld aus Herten, einer typischen Ruhrgebietsstadt. Sie lebten in einem Reihenhaus nicht weit entfernt von einer stillgelegten Zeche, deren gesamtes Gelände jetzt zu einem parkähnlichen Naherholungsgebiet geworden war. Ihr Sohn Frederik war ein absolutes Wunschkind, er war vor zwei Jahren zur Welt gekommen.

Dass bei dem Jungen Teile des einundzwanzigsten Chromosoms dreifach vorhanden waren, machte ihn zu einem beeinträchtigten Kind. Doch Carina und Oliver hatten anscheinend wenig Aufhebens davon gemacht. Für sie war ihr Baby einfach besonders. Freunde und Verwandte sagten übereinstimmend aus, dass das junge Paar nach der Geburt von Frederik noch glücklicher wirkte als schon davor. Die damals dreißigjährige Carina kündigte ihren Job als Floristin, um Zeit für den Jungen zu haben, Oliver zeigte auf der Arbeit – er war Werkzeugmechaniker bei einer Scharnier- und Schlüsselfabrik – stolz das Foto seines Sohnes herum. Die Familie hatte einen großen Freundeskreis, der schon seit Jahren bestand. Denn Carina und Oliver waren schon als Siebzehnjährige ein Paar gewesen und in derselben Jugendclique unterwegs.

Ihre Konten zeigten keinerlei Unregelmäßigkeiten, die beiden hatten jedenfalls nicht über ihre Verhältnisse gelebt, sie hatten brav ihre Steuern gezahlt, sie hatten, soweit sich das aus den Zeugenaussagen herauslesen ließ, keine zwielichtigen Bekannten gehabt und waren mit niemandem zerstritten gewesen. Und sie waren weder reich noch arm.

Nichts, aber auch gar nichts von ihrem Hintergrund hielt eine Erklärung für das grausame Verbrechen bereit, dem sie hier in ihrem ersten Familienurlaub zum Opfer gefallen waren. Niemand hasste die Mittenfelds, niemand profitierte von ihrem Tod. Folglich gab es keine heiße Spur. Keinen Verdächtigen. Kein Motiv. Es gab nichts.

Der Junge, gerade erst zwei Jahre alt, zusätzlich noch entwicklungsverzögert und gehandicapt, war kein wirklich ernstzunehmender Zeuge der Tat. Seine Tante kümmerte sich jetzt um ihn. Da er aber nicht sprechen konnte, wusste niemand, was in ihm vorging. Dass er etwas mitbekommen hatte, schien allerdings klar. Warum sonst hätte die junge Zeugin Jytta Madsen ihn weinend und schreiend vor dem Ferienhaus aufgefunden?

Auch ihre Befragung hatte nicht viel gebracht. Sie hatte niemanden gesehen.

Die dänischen Kollegen, so ging es aus der deutschen Akte hervor, hatten auch am Tatort nichts finden können. Alles deutete auf eine extrem gut vorbereitete Tat hin. Die Folie, auf der die Leichen gelegen hatten, gab es in jedem Baumarkt zu kaufen. Der Schnitt, mit dem der Arm der Frau abgetrennt worden war, war zügig, also ohne jedes Zögern durchgeführt worden, was für eine gewisse Routine im Zerschneiden von Fleisch und Knochen sprach.

Todesursache war in beiden Fällen Tod durch Ersticken. Zuvor waren die Opfer mit Diethylether betäubt worden. Das Betäubungsmittel war leicht über jede ganz normale Apotheke zu beschaffen. Entsprechend hatten sich die Mittenfelds nicht gegen das Ersticken wehren können. Tatwerkzeuge waren die ferienhauseigenen Kopfkissen. Unter den Fingernägeln des toten Mannes fand man helle Fasern. In dem Bericht hieß es dazu: »Es ist davon auszugehen, dass der oder die Täter einen Ganzkörperschutzanzug getragen haben. Das Opfer hat sich offensichtlich zu wehren versucht, dabei sind Fasern des Anzuges an den Fingernägeln haften geblieben.«

Auch die Anzüge waren keine wirkliche Spur. Man bekam sie in nahezu jedem gut sortierten Baumarkt in der Abteilung für Farben und Lacke. »Jippiejajajippijajo« – Daniel hatte die Melodie aus der Hornbach-Werbung im Kopf, zum Mitsummen war ihm allerdings nicht zumute.

28

Arne Birklund sah aus wie vierzig. Ein Verdienst seines Schönheitschirurgen, der ihm so fünfundzwanzig Jahre geschenkt hatte. Und ein Verdienst seines entspannten Lebens, das es durchweg gut mit ihm gemeint hatte. Doch ausgerechnet jetzt, kurz nach seinem fünfundsechzigsten Geburtstag, den er zwar nicht offiziell gefeiert hatte, aber zu dem er sich selbst eine kleine Orgie mit zwei blonden, zwei brünetten und zwei dunkelhäutigen Prostituierten der oberen Preiskategorie gegönnt hatte, ausgerechnet jetzt hatte Carl Rasmussen gepatzt.

Seine schleimigen Entschuldigungen waren würdelos. Es gab zwei Leichen, es gab ein Kind, das noch lebte – und die Polizei würde wühlen. Die Kunden machten Druck. Sie hatten schon gezahlt, und zwar einen Betrag in bisher unerreichter Höhe, den er schon investiert hatte – in seine Rentenzeit. Er wollte das Geld nicht zurückgeben. Ein Arne Birklund gab nie etwas zurück.

Er wusste, dass Carl Rasmussen es aus Mordlust tat, was einerseits genial war, andererseits aber eines Tages ein Problem werden könnte. Doch er hatte niemanden sonst für diesen Job gefunden. Und Carl hatte immerhin eine gewisse Cleverness gezeigt. Er machte sich schlau, er fand die richtigen Wege, er erkannte, was eine gute Gelegenheit war, und er war ein Meister des unauffälligen Entsorgens. Er erledigte seine Sache handwerklich einwandfrei und hinterließ niemals Spuren.

Doch jetzt hatte dieses Kind ihn aus dem Konzept gebracht. Der kleine Mongo hatte ihn Fehler machen lassen.

Zu allem Überfluss wollte dieser Rasmussen jetzt auch noch mit ihm sprechen. Und nicht etwa nur, um sich zu entschuldigen. Er wollte mehr über die Aufträge wissen, mehr über das Geschäftsmodell. Was für eine Dreistigkeit!

Birklund hatte keine Lust, mit diesem Emporkömmling zu reden, der einen auf großer Fisch machte, obwohl er nur eine kleine Amöbe war. Doch die Amöbe hatte angedeutet, dass es noch mehr Probleme gebe. Dass da eine Frau aufgetaucht sei, die Fragen gestellt habe. Die vielleicht etwas wusste, über ihn und seine Schlampe, seine Handlangerin. Und die Amöbe wollte mehr über die Geschäftsabwicklung wissen, über die Kunden und darüber, was sie mit der Ware anfingen.

Birklund hatte ihn zappeln lassen und ihm einen Termin am Abend gegeben. Keiner seiner Klienten sollte Rasmussen über den Weg laufen. Denn auch wenn Rasmussen alles tat, um so auszusehen, als sei er ein ganz Großer, so erkannte man doch schon an der Auswahl seiner Hemden, dass er ein ganz Kleiner war. Rasmussen tat, was viele Menschen taten, wenn sie jemanden darstellen wollten, der sie nicht waren. Carl Rasmussen trug zu dick auf. Seine Hemden waren eine Spur zu sehr gebügelt, sein Grinsen war ein paar Millimeter zu breit, sein Gang einen Hauch zu federnd, um noch lässig zu wirken.

Die meisten Klienten von Arne Birklund würden ihn sofort erkennen. Als Blender und nicht zu ihrer eigenen Kaste gehörig. Der Kaste der Menschen, die es geschafft hatten. Die gesellschaftlich anerkannt, die reich, die souverän und daher mit sich selbst zufrieden waren. Nur wer sich seiner selbst sicher war, strahlte genau das auch aus. Rasmussen war sich nicht sicher, er spielte es – und Birklund tat so, als fiele er darauf herein, damit die Amöbe weiterhin tat, was Birklund wollte, dass er tat.

Töten. Entsorgen. Ihn reich machen.

29

Sie schlief oder tat, als schliefe sie. Ihr Rücken war Susi zugewandt, ihre langen Haare lagen ausgebreitet auf den Kissen. Susi berührte die Strähnen und kämmte sie. Vielleicht würde ihr das guttun, sie vielleicht beruhigen, sie war ja so schrecklich nervös. Die Borsten glitten ganz leicht durchs Haar, sie streichelten ihre Kopfhaut.

Das Essen stand unberührt auf dem kleinen Tisch. Die Suppe war kalt, auf dem Apfelkuchen vergnügten sich ein paar Fliegen, die Sahne sank in sich zusammen.

»Du solltest wenigstens ein bisschen trinken«, sagte sie sanft.

Keine Reaktion.

***

Die Frau legte die Bürste auf den Nachttisch, stand auf und ging leise aus dem Raum. Als die Tür ins Schloss fiel und der Schlüssel gedreht wurde, atmete Sibylle laut ein, wieder aus, öffnete die Augen und würgte. Wäre ihr Magen nicht so leer gewesen, hätte sie sich übergeben.

30

Natürlich fand er viele Berichte im Netz. Ein Mord an einem deutschen Ehepaar im beschaulichen Dänemark war offensichtlich auch für sensationsgeübte Zeitungen noch etwas Besonderes. Daniel überflog die Artikel, die in anderen Worten beschrieben, was er schon in der Akte der Düsseldorfer Kollegen gelesen hatte.

Natürlich waren die Fakten mit menschlichen Details angereichert. Was für liebevolle Eltern Carina und Oliver M. gewesen seien, stand dort zu lesen, dazu die Berichte von Freunden der Familie, die sagten, wie sehr die Familie sich auf diesen Urlaub gefreut habe. Daniel ließ diese Informationen an sich abperlen. So wie er es in seinem Alltag als Polizist auch tat. Tun musste. Denn sonst hätte er seinen Job nicht machen können. Zu viele Gefühle führten nur zu unsachlicher Ermittlung.

Außerdem suchte er einen bestimmten Artikel. Nämlich den, den Sibylle am Abend ihres Verschwindens gelesen hatte. Zu Hause hätte er ihn gleich gefunden. Er hatte ihn dämlicherweise wieder in die Klappkiste geworfen, in der sich die gelesenen Zeitungen und ungelesenen Prospekte sammelten. Weil er zu sehr mit dem Packen des Kinderkoffers beschäftigt gewesen war. Er verfluchte sich selbst dafür, dass er den Artikel nicht einfach mitgenommen hatte. Immerhin gab es für solche Fälle das Internet.

Nur leider hatte das World Wide Web diesen Artikel eben nicht parat. Die »Osnabrücker Nachrichten« stellten zwar einige ihrer Artikel ins Netz, doch dieser gehörte nicht dazu. Nachdem Daniel das Erscheinungsdatum eingetippt hatte, öffneten sich Berichte über die Besucherzahlen des Nettebades, den Einzug eines jungen Elefanten aus dem Berliner Tierpark in den Osnabrücker Zoo und ein Hintergrundbericht über die schwankenden Ölpreise und die Wirkungen auf die Tankstellen in Osnabrück und Umgebung.

Er schloss die Seite der »Osnabrücker Nachrichten« und klickte ein Google-Suchergebnis nach dem anderen an. Als sich die angezeigte Seite des dänischen »Nordjyske Folkeblad« öffnete, hielt er kurz inne. Die Zeitung hatte dasselbe oder zumindest ein sehr ähnliches Bild gedruckt wie die »Osnabrücker Nachrichten«. Daniel erkannte es. Immerhin war der Zeitungsartikel samt Foto der Grund für ihren seltsamen Gefühlsausbruch gewesen, als er nicht auf ihren Wunsch eingehen wollte, die Kollegen nach Details zu diesem Fall auszufragen.

Nun gut. Jetzt bekam sie, was sie wollte. Er hatte die Kollegen nach Details gefragt. Er schaute auf sein Laptop und versuchte, das Dänische ins Deutsche zu übersetzen. Doch es war schwerer als gedacht. Er konzentrierte sich und öffnete ein Übersetzungsprogramm im Computer. In einer anderen Situation hätte er über die Kauderwelsch-Lösungen, die ihm hier vorgeschlagen wurden, sicherlich gelacht. *Tja, Dänisch müsste man können.*

Das leise Klopfen an der Küchenfensterscheibe hätte er beinahe überhört. Als er schließlich doch aufblickte, weil das leise Störgeräusch lauter wurde, statt zu verschwinden, winkte ihm Raven von draußen zu. Er öffnete die Tür.

»Kann ich dir irgendwie helfen?«, fragte sie.

31

Sie warf die Essensreste in die Schüssel, die sie gleich mit zu den Hühnern nehmen würde. Reste, pah, ein Hohn. Nichts hatte sie angerührt. Weder den frischen Apfelkuchen noch die nach Vanillezucker duftende Sahne noch die Hühnersuppe. Jetzt mischte sich alles zu einer undefinierbaren Pampe, auf die sich gleich die Geier stürzen würden.

Geier, so hatten Strolch und sie die Hühner früher schon genannt. Zu Susis Aufgaben hatte es immer gehört, die Tiere zu füttern. Natürlich mit Körnern, aber eben auch mit den Resten ihres Mittagessens. Die Viecher fraßen einfach alles. Sie waren genauso gierig auf Eierschalen wie auf Hühnerknochen, die reinsten Kannibalen, fand Susi und mochte sie deshalb nicht sonderlich gut leiden. Das war auch besser so, denn legten die Tiere keine Eier mehr, wurden sie geschlachtet. Susis Mutter erledigte diese Aufgabe mit großer Sachlichkeit, und Susi selbst war daran gewöhnt. So war nun mal die Natur. Man brachte um, was man essen wollte.

Susi versuchte, durch den Mund zu atmen, um den seltsamen Vanillesuppegeruch nicht in die Nase zu kriegen, während sie den Brei in den Futternapf der Hühner schüttete. Die kamen gackernd über den Hof gelaufen, um ja nichts von dem delikaten Essen zu verpassen. Es dauerte nur wenige Sekunden, bis sie alles aufgepickt hatten. Sie spülte die leere Schüssel unter der Handpumpe ab und legte sie zum Trocknen kopfüber auf den massiven Rand des Troges. Sie selbst ließ sich wieder auf dem Holzbrett an der warmen Wand nieder und beobachtete die Wassertropfen, die von der Schüssel in den staubigen Sand fielen. Wie friedlich in diesem Moment alles schien.

So wie damals. 1984. In der Nacht davor.

32

Sommer 1984

Strolch zeigte ihr stolz das Haus. Dort würden sie wohnen. Zwei Wochen lang. Noch in diesem Sommer. Sie konnte ihr Glück nicht fassen. Sie würden dort Urlaub machen, so wie die Familien, die sie als Kind in Stella Figes Kiosk gesehen und die sie so schrecklich beneidet hatte.

Sie war seit Jahren nicht mehr hier in der Siedlung gewesen.

»Das ist gut so«, sagte Strolch. »Die Leute sollen uns für ganz normale Urlauber halten.«

Sie fand diese Idee wunderschön.

»Wir müssen ein paar deutsche Vokabeln lernen«, sagte Strolch. »Kriegst du das hin?«

Sie nickte eifrig. Sie saßen in seinem roten VW Golf und betrachteten die Hütte. Sie wurde zwar nur vom Mond beschienen, leuchtete dafür aber in wunderschönem Silberlicht. Je länger sie dort saßen und schauten, desto mehr beschlug die Windschutzscheibe. Als sie sich auch noch küssten und er sie endlich, endlich überall dort anfasste, wo sie sich als Kinder nur gekniffen und gekitzelt hatten, wurden *alle* Scheiben undurchschaubar.

Sie wusste, dass er ihr nicht alles erzählte. Doch hätte sie jetzt, in diesem Moment, der für immer und ewig der schönste in ihrem Leben sein sollte, nachfragen sollen? Hätte sie aufhören sollen, ihm über seine kurzen Haare zu streicheln, über die Narben auf seinem Rücken, über seine starken Oberarme? Hätte sie aufhören sollen, ihn zu küssen, hätte sie aufhören sollen zu zittern vor Glück? Genauso gut hätte sie dann auch aufhören können zu atmen.

Alles, was jetzt, hier, in diesem kleinen Auto geschah, war es wert durchzuhalten, die Hoffnung nie aufzugeben, die Träume immer weiterzuträumen. Sie wusste immer, dass Strolch für sie bestimmt war. Früher, da war sie sicher, wusste er es auch. Doch er hatte es vergessen in den letzten Jahren. Er war weggegangen von zu Hause, als er alt genug gewesen war, dass sein Vater ihn nicht mehr daran hindern konnte. Am Anfang hatte er sie noch hin und wieder besucht. Sie hatte dann so getan, als ginge es ihr gut. Sie hatten über ihre Lieblingsmusik geredet, über die Schule, die er hasste und die sie mochte. Er glaubte, das ganze Lernen würde ihn nur vom Geldverdienen abhalten. Sie dagegen war froh, wenn sie dem öden Hof ihrer Mutter wenigstens für ein paar Unterrichtsstunden am Tag entfliehen konnte.

Sie wollte, dass er gerne kam. Deshalb erzählte sie ihm nicht davon, dass sein Vater nicht aufgehört hatte zu schlagen. Erst nur ihre Mutter, dann auch irgendwann sie.

Doch sie war sicher, dass er es wusste. Einmal hatte sie ein blaues Auge, nicht einmal ein besonders schlimmes. Egon war sauer gewesen, weil Susis Mutter nicht zu Hause gewesen war, also hatte er seinen Frust an der Tochter ausgelassen. Es war nur ein kleiner Schlag im Vorbeigehen gewesen, halb so wild, fand Susi. Er hatte schon schlimmer zugehauen. Egon hatte sich danach sogar noch entschuldigt, das tat er sonst auch nicht immer. Als Strolch vorbeikam, rannte sie schnell ins Bad und überschminkte sich das Veilchen. Doch er hatte sie trotzdem so seltsam angesehen, prüfend und ein bisschen traurig.

Das nächste Mal trafen sie sich Wochen später – auf der Beerdigung von Strolchs Vater. Ihre Mutter lebte da noch. Sie heulte, jammerte und brach beinahe zusammen, als sein Sarg in den sandigen Boden des Friedhofs versenkt wurde. Susi war es zutiefst peinlich. Sie war sicher, dass jeder hier wusste, wie man Egon aufgefunden hatte. Mit heruntergelassener Hose hatte er in seinem Bett gelegen, die eine Hand am schlaffen Penis, ein aufgeschlagenes Pornoheft neben sich. »Herzstillstand, als er stand«, sagten ihre Klassenkameraden und lachten.

Scham war also das übermächtige Gefühl, das Susi am Rande des Grabes empfand, nicht Erleichterung und schon gar nicht Trauer.

Und da war auch ein kleines bisschen Freude. Freude darüber, endlich wieder ihren Strolch zu sehen. Er hatte sich eine dunkle Sonnenbrille aufgesetzt und die Haare nach hinten gegelt. Er sah aus wie ein Hollywoodschauspieler.

Die Schule hatte er abgebrochen, obwohl die Lehrer alle gemeint hatten, er sei klug, er könne den Abschluss schaffen. Susi verstand ihn nicht. Sie hätte viel für seine Intelligenz gegeben, ihr selbst fiel das Lernen so schwer. Unterstützung durch ihre Mutter konnte sie nicht erwarten. Die fand es höchst überflüssig, dass ihre Tochter sich mit dem »hochgestochenen Zeug« beschäftigte, das sie einem in der Schule beibrachten. Lieber sollte sie auf dem Hof mit anpacken, und zwar von früh bis spät.

Jetzt küsste Strolch sie. Nicht wie Freunde einander küssten, sondern so, wie Liebende es taten. Erst zärtlich, dann herausfordernd. Es war ihr egal, dass ihr Knie gegen den Schaltknüppel stieß, dass ihr Ellenbogen eingeklemmt war, dass sie mit ihrem Kopf gegen die Scheibe schlug, dass es eigentlich unmöglich war im engen Auto. Als sie es geschafft hatten, als ihre Körper einander so nah waren, wie es näher nicht ging, als er erschöpft auf ihr lag und er dann seinen Kopf hob und ihr in ihre Augen schaute, wusste sie und wusste er, dass sie alles für ihn tun würde. Alles.

Sie zogen sich an, zupften an ihrer Kleidung, rieben sich den Schweiß von der Stirn und lachten. Er wischte die beschlagene Windschutzscheibe mit der Hand ab und startete den Motor. Beim Wenden tauchten die Schweinwerfer das dunkle Haus für einen kurzen Moment in gelbes Licht. Bald wäre sie hier mit ihm. Zwei Wochen lang könnten sie einander sogar noch näher sein als eben gerade. Sie hätten ein Bett. Sie könnten nackt unter einer Decke liegen. Ausschlafen. Zusammen zum Strand gehen. Sie würden nach Sonnenmilch riechen, und irgendwann würde man Strolchs Narben am Rücken nicht mehr sehen, weil seine Haut braun werden würde. Susi sah auf die kleine Eingangstür, die gerade im Lichtkegel erschien. Für sie sah sie aus wie das Tor zum Paradies.

Für zwei andere Menschen würde sie das Tor zur Hölle sein.

33

Die Übersetzung brachte keine neuen Erkenntnisse. Raven hatte sich neben Daniel auf das Sofa gesetzt, und gemeinsam scrollten sie durch die dänischen Artikel über den Mordfall. Die aufgezählten Fakten glichen denen in den deutschen Artikeln. Bei den Dänen kamen nur ein paar andere Polizeisprecher und Ermittlungsleiter zu Wort, die aber auch nichts anderes sagten als die deutschen Kollegen.

Daniel hatte Raven von dem Abend erzählt, als Sibylle unbedingt mehr über den Mordfall von ihm wissen wollte. »Der Bericht schien sie aus irgendeinem Grund aus der Bahn geworfen zu haben.«

Raven nickte. »Hast du schon die Namen überprüft? Kannte deine Frau vielleicht eines der Opfer?«

Daniel schüttelte den Kopf. »Die Toten kommen aus Herne, waren auch immer dort in der Gegend. Sibylle hat keinerlei Verbindung zum Ruhrgebiet, weder Verwandte noch Freunde. Ich wüsste nicht, wo sie einen von den Mittenfelds kennengelernt haben sollte.«

»Und der Mädchenname der Frau?«

»Sie hieß Schmidt.«

»Oh.« Raven grinste. »Ein sehr seltener Name für einen Deutschen, nicht wahr?«

Daniel nickte. »Ja, aber ich werde wahrscheinlich tatsächlich die Namen ihrer früheren Mitschülerinnen oder Kommilitonen überprüfen müssen.« Er rieb sich die Augen. »Aber sie hätte mir doch gesagt, wenn sie glauben würde, dass eine alte Bekannte oder ein alter Freund unter den Opfern war. Außerdem standen in allen Artikeln nur die Vornamen.«

»Etwas oder jemand auf dem Foto?« Raven war schon dabei, das Bild, das Daniel in der dänischen Zeitung entdeckt hatte und das so aussah wie das Foto in den »Osnabrücker Nachrichten«, zu vergrößern.

Daniel lehnte sich zurück, Raven beugte sich vor, um kein Pixel auf dem Bildschirm zu übersehen. Er entdeckte ein einzelnes rotes Haar, das sich selbstständig gemacht hatte, und widerstand dem Drang, es von ihrem T-Shirt-Stoff abzuzupfen.

»Ich habe es mir schon hundertmal angeschaut. Ich kann nichts Außergewöhnliches erkennen.« Daniel stand auf. »Entschuldige. Willst du etwas trinken?«

Raven reagierte nicht. Ihr Blick war immer noch auf den Bildschirm gerichtet. Sie zählte leise auf, was sie sah. »Ein typisches Ferienhaus der älteren Generation, vielleicht aus den siebziger, achtziger Jahren. Klein, dunkel gestrichenes Holz, riesiges Dünengrundstück. Wäre heute unbezahlbar.« Sie blickte kurz auf. »Vielleicht doch ein Wasser?«

Daniel stand auf und holte die Flasche. Er goss ihr ein Glas ein und setzte sich wieder neben sie.

»Ein Volvo, dunkelgrün mit unkenntlich gemachtem Nummernschild. Davon gibt es zu viele, als dass der Anblick etwas auslösen könnte, oder?«

Daniel zuckte mit den Schultern.

»Die Typen von der Polizei, die in diesen weißen Overalls, die dort am Fenster zu sehen sind und am Auto, wie nennt ihr die?«

»Spurensicherung.«

»Die kann man nicht erkennen, also jedenfalls nicht die Gesichter.«

Daniel nickte wieder und sagte: »Auch sonst Dünen, am Horizont ein Leuchtturm, ein paar rot-weiße Flaggen. So sieht es hier doch überall aus.«

Raven schaute ihn belustigt an. »Da kennst du unser Land aber schlecht.«

»Du hast recht. Ich bin ja auch zum ersten Mal hier.«

»Und glaubst du, dass Sibylle auch zum ersten Mal hier ist?«

»Ich weiß nicht mehr, was ich glauben soll.« Daniels Stimme klang brüchiger, als er es wollte. Er war so schrecklich müde.

Am liebsten hätte er seinen Kopf an Ravens Schulter gelegt und geheult.

Stattdessen heulte Oscar. Er war aufgewacht und rief nach seiner Mutter. Daniel spürte einen Kloß im Hals.

Raven strich ihm kurz über die Schulter und stand auf. »Lass mal, ich geh schon zu ihm«, sagte sie leise.

34

Sommer 1984

Es fühlte sich seltsam an. Als würde sie nur in einem Film mitspielen. Susi hatte sich ausgemalt, wie es sein würde, mit ihm in das Haus einzuziehen. Jetzt, als es endlich so weit war, begriff sie nicht, dass es in diesem Moment tatsächlich passierte. In ihren Tagträumen der vergangenen Wochen hatte sie sich selbst immer in einem hellblauen Kleid und mit einem ledernen Koffer gesehen. Dabei besaß sie weder das eine noch das andere. Hier und jetzt warf sie ein paar Dinge in ihren verschlissenen Rucksack mit dem dunkelblauen Tintenfleck an der rechten unteren Ecke. Strolch stand in der Tür und wollte, dass sie nicht so viel mitnahm. Bestimmt sei genug da. Sie verstand nicht, was er damit meinte, wollte ihm aber nicht widersprechen. Denn auch das kam in ihren Tagträumen nicht vor. Da war alles klar, da lachten sie, liebten sich und schauten schweigend in Sonnenuntergänge. Da gab es keine Fragen, keine Zweifel. Alles war perfekt.

Jetzt trug sie eine dunkle Jogginghose und ein ausgeleiertes graues T-Shirt, ihren improvisierten Pyjama. Sie hatte geschlafen, als Strolch Sturm geklingelt hatte. Als sie sich umziehen wollte, lächelte er sie nur an. »Lass mal, ist genau richtig. Außerdem ziehst du es doch gleich sowieso wieder aus.« Sie sah in seine Augen, sie sah seine Vorfreude. Das andere, was sie vielleicht auch hätte sehen können, wollte sie nicht sehen.

Er stellte den Wagen weit vor der Siedlung ab. Sie fragte auch jetzt nicht. Warum sie zu Fuß gingen, warum sie nachts ihren Urlaub begannen. Er schulterte einen Rucksack und nahm ihre Hand. Da war kein Platz zum Fragen, da war nur Platz für das große Glück, das ihr nun endlich zuteilwurde.

Als das Haus in Sichtweite kam, zog er sie an sich. »Du bist der einzige Mensch, auf den ich mich verlassen kann«, sagte er und küsste Susi. »Wir werden zusammen sein, nur das zählt.«

Ihr Herz schlug ihr bis zum Hals, und jetzt endlich fühlte sie sich so, als trüge sie ein hellblaues Kleid.

Dann legte er einen Finger erst an seine und dann an ihre Lippen. »Ab jetzt müssen wir ganz leise sein.«

Sie verstand nicht, was das sollte, doch sie sagte wieder nichts, sondern griff nach seiner Hand. Auch als sie den silbernen Ford Taunus mit deutschem Kennzeichen und Dachgepäckträger auf dem Rasen vor dem Haus stehen sah, hielt sie den Mund.

»Warte!«, sagte er nur, und sie wartete, obwohl sie wusste, dass sie besser hätte rennen sollen. Weit weg.

Doch Strolch konnte sich auf sie verlassen. Sie blieb also direkt neben dem Briefkasten stehen und sah zu, wie er mit einem Schraubendreher die dünne Holztür aufhebelte. Es knackte nur ganz leise, sie hielt den Atem an.

Er verschwand lautlos im Innern des Hauses.

Sie starrte auf die Tür, die er hinter sich geschlossen hatte, und atmete wieder ein. Sie versuchte, nicht zu denken. Es gelang ihr nicht. Sie hielt wieder die Luft an und starrte weiter auf die Tür. War Strolch in das Ferienhaus eingebrochen, weil er sich die Miete nicht leisten konnte? Hatte er denn den Wagen nicht gesehen? Wenn die Leute aufwachten, würden sie ihn doch entdecken?

Ihr war kalt. Nicht weil sie sich weiter vorstellte, ein hellblaues Kleid zu tragen. Sondern weil ihr klar war, dass sie hier in einer ausgeleierten Jogginghose auf etwas wartete, auf das sie sich freuen wollte, aber nicht mehr konnte.

Nach ein paar Minuten öffnete sich die Tür. Er winkte sie heran. Sie zögerte, schaute sich um, sah den Weg vor sich, der weg von hier führte, wenn sie ihre Beine in Bewegung bringen würde.

Schnell. Laufen.

Du bist der einzige Mensch, auf den ich mich verlassen kann. Er hatte recht. Er konnte sich auf sie verlassen. Sie ging näher heran. Und schließlich zu der Tür, die er ihr aufhielt. Dahinter war es schwarz. Sie fasste sich ein Herz und trat ins Dunkel.

35

Als Daniel aufwachte, fühlte er sich, als hätte er das erste Mal seit Tagen wieder tief und fest geschlafen. Wahrscheinlich war es schlicht so. Er gähnte und wusste, schon bevor er die Augen öffnete, dass er nicht alleine war. Kurz meldete ihm sein Unterbewusstsein Entwarnung. *Alles ist gut, sie ist gar nicht weg. Sie liegt neben dir und lächelt dich gleich an.* Doch diese süße, vernebelte Sekunde, in der noch alles in Ordnung war, verging schnell.

Daniel richtete sich auf dem Sofa auf, auf dem er offensichtlich eingenickt war, während Raven seinen Sohn getröstet hatte. Er schob die Decke zur Seite, die sie ihm fürsorglich übergeworfen hatte, und fuhr sich durch Haare und Gesicht.

Raven schlief auf dem Sessel gegenüber. Ihre Füße lagen auf einem Kissen, das sie sich auf den Couchtisch gelegt hatte, ihr Knopf lehnte an dem Polster, auf ihrem Schoß lag das Laptop und drohte gerade abzurutschen.

Daniel sprang schnell auf und schnappte den Computer, bevor er zu Boden gehen konnte, dabei stolperte er über eine offene Wasserflasche. Das Scheppern weckte Raven auf.

Sie erschrak erst, lachte dann und trat in die Wasserpfütze. Daniel entschuldigte sich für den Krach, den er verursacht hatte, und stimmte in ihr Morgenlachen ein. Als Oscar, angelockt durch die fröhlichen Geräusche, mit nackten Füßen ins Wohnzimmer tapste und voller Vorfreude »Mama?« rief, fühlte Daniel sich ertappt und hielt inne. Doch als der Junge das Wasser am Boden entdeckte und sich mit Händen und Füßen auf die Lache stürzte, lachten sie zu dritt.

»Ich habe vielleicht etwas«, begann Raven und bat Daniel, den Laptop auf den Esstisch zu stellen.

Daniel gab Oscar ein großes Handtuch und zeigte seinem Sohn, wie er damit den Boden sauber machen konnte. Der war begeistert – und beschäftigt.

»Hier.« Raven öffnete das Foto, das Daniel und sie am Abend immer wieder nach Auffälligkeiten abgesucht hatten, und vergrößerte einen Ausschnitt.

Daniel trat hinter Raven und schaute ihr über die Schulter. »Eine Dänemark-Fahne?«

»Ja, weißes Kreuz auf rotem Grund, aber sieh mal genauer hin.«

Daniel beugte sich vor.

Raven tippte mit ihrem Zeigefinger auf den Bildschirm. »Da sind Buchstaben auf dem Weiß. Und wenn mich nicht alles täuscht …«

Der groß gezoomte Bildausschnitt gewann an Schärfe, und Daniel las vor: »›S, I, B …‹ Den Rest kann ich nicht lesen, die Fahne wirft dort eine Welle.«

»Vielleicht steht da Sibylle«, sagte Raven.

Natürlich konnte es Zufall sein. Doch vielleicht war dies auch ein erster wichtiger Hinweis. Daniel wusste nur zu gut, wie oft eine vermeintliche Spur in eine Sackgasse führte. Er wusste aber auch, dass es unabdingbar war, jede dieser Spuren zu überprüfen, um nicht eine entscheidende zu übersehen.

Zunächst ging man deshalb mit gesundem Menschenverstand an die Sache. So tat es Daniel bei seiner Arbeit und so auch jetzt. Die Fragestellung lautete ja: Was an dem Zeitungsartikel samt Foto könnte Sibylle veranlasst haben, Hals über Kopf nach Dänemark zu reisen? Dass auf einer Fahne ihr Name geschrieben stand – wenn er denn dort wirklich geschrieben stand –, würde als Grund sicherlich nicht reichen. Außerdem hatte Sibylle das Bild nur auf Zeitungspapier gesehen, sie hätte die Buchstaben mit bloßem Auge ohne Zoom und Bildbearbeitungsprogramm gar nicht erkennen können.

Raven gab Daniel recht. Doch sie hatte sich eine andere Theorie zurechtgelegt, kurz bevor sie in der Nacht eingenickt war.

»Du sagst, ihre Familie hat hier kein Ferienhaus?«

Daniel schüttelte den Kopf. »Nein. Kein Haus mit einer Fahne, auf der der Name meiner Frau steht.«

»Aber vielleicht ein anderer Bekannter, der sein Haus nach ihr benannt hat.«

»Du meinst, ein Ex-Freund oder doch ein Liebhaber?«

»Ich meine gar nichts. Aber vielleicht kennt sie jemanden, der hier ein Haus hat, vielleicht war sie auch einfach schon einmal hier, vielleicht hat sie in dem Ferienhaus Urlaub gemacht, in dem jetzt die Toten gefunden wurden, oder nebenan. Vielleicht.«

»Ich glaube nicht, sie hat nie von so einem Urlaub erzählt. Und selbst wenn. Wäre das ein Grund, hierherzukommen?«

»Na ja, ihr hattet doch auch Streit, oder?« Ravens Stimme war sanft geworden. »Vielleicht brauchte sie ein Ziel. Ich stelle mir vor, sie wollte ein paar Tage weg von –« Sie zögerte.

Daniel räusperte sich. »Sag es ruhig. Sie wollte weg von mir. Da kommt ihr der Zeitungsartikel unter die Augen, sie erinnert sich an glückliche Zeiten in Dänemark und reist kurz entschlossen her.«

Raven nickte und zuckte gleichzeitig mit den Schultern. »Es wäre möglich.«

»Und warum ist sie dann nicht hier?«

»Das ist die zweite Frage. Aber vielleicht solltest du mit der ersten beginnen.«

Daniel musste beinahe lächeln. Raven wäre eine gute Polizistin. Ein Fakt nach dem anderen, nicht alles auf einmal herausfinden wollen. Sie hatte absolut recht.

»Okay«, sagte er. »Versuchen wir also herauszufinden, ob sie schon einmal hier war, und schauen wir uns die Fahne einmal aus der Nähe an.«

Raven lächelte. »Das tun wir.«

Er war erleichtert, dass es eine Art von Plan gab. Und dass sie ihm offensichtlich weiter zur Seite stand.

»Ich weiß auch schon, wo wir beginnen.« Sie fuhr sich durch ihre leuchtenden Haare und blinzelte Oscar zu. »Hej, Oscar. Wir machen jetzt erst einen kleinen Spaziergang und gehen danach zu Stella. Dein Papa und ich müssen uns erst eine Fahne anschauen und dann viele, viele Aktenordner durchwühlen.«

Oscar schaute sie ratlos an. »Und du könntest Stella beim Kuchenbacken helfen. Willst du?«

Oscar nickte, griff nach dem nassen Handtuch, lief damit zu Daniel, drückte es ihm in die Hand und rief: »Backen, Papa, tomm Tuchen backen.«

36

Sie hatte ihr wieder Kuchen gebracht. Dieses Mal Pflaumenkuchen. Der Teig war noch warm, die Hefestreusel dampften und verströmten einen süßlichen Duft. Oscar würde sich darüber freuen. Er würde mit seinen kleinen Fingern nach dem Teig greifen und sie mit großen Augen anschauen, um herauszufinden, ob er etwas nehmen durfte. Vielleicht würde er auch fragen: »Mama, Oscar Tuchen?« Er verwechselte noch oft das K mit dem T. Völlig normal, sagte der Kinderarzt. Das sei in diesem Alter so. Ihr tat das Herz weh. Der Gedanke an Oscar tat weh.

Gott sei Dank bin *ich* hier und nicht *er*, ging es ihr wieder durch den Kopf. Nicht auszudenken, wenn es andersherum gewesen wäre.

Besser ich, dachte sie immer wieder. Dieser Gedanke gab ihr Kraft. Mehr, als sie sich selbst zugetraut hatte. Nachdem sie sich erst wie tot gefühlt hatte, war sie jetzt seltsam stark. Dabei war ihr sehr wohl bewusst, dass sie sich in einer bedrohlichen Situation befand.

Ihre Magenkrämpfe waren jedoch die einzigen Anzeichen von Panik, die ihr Körper noch zuließ. Es war absurd. Noch vor wenigen Tagen hätte sie schon allein bei dem Gedanken daran, in einem Fahrstuhl eingeschlossen zu sein, Schweißausbrüche und Atemnot bekommen. Jetzt war sie in einem kleinen, fensterlosen Kellerraum mit einer schweren Metalltür gefangen, ihre linke Hand war mit Kabelbinder an den Bettpfosten gefesselt.

Sie erinnerte sich an eine Fernsehsendung, die sie irgendwann gesehen hatte, in der es um wahre Verbrechen ging. Darin kam ein Entführungsopfer zu Wort. Der Mann war von seinem Kidnapper in einer sargähnlichen Kiste gefangen gehalten worden. Er konnte sich nicht bewegen, er sah nichts, er hörte nichts, er bekam schlecht Luft, doch er sei ganz ruhig geblieben, erzählte er im Interview. Er war der Überzeugung, dass seine Familie, die nicht wusste, wo er war und wie es ihm ging, mehr litt als er. Jetzt begriff sie, was er meinte.

Ihre Gedanken hier unten, auf dem mit bunter Ikea-Kinderbettwäsche bezogenen Bett kreisten nicht um ihre eigenen Gefühle. Ihre Platzangst wurde zur Nebensache, wenn sie sich ausmalte, wie Oscar nachts aufwachte und vergeblich nach ihr rief. Ihre Scham darüber, ihre Notdurft auf einem Babytöpfchen verrichten zu müssen, war lächerlich, wenn sie sich vorstellte, wie Daniel jetzt versuchen musste, den Jungen zu trösten, zu beruhigen, abzulenken von der Frage, wo seine Mutter steckte.

»Ich bin hier«, hätte sie am liebsten gerufen. Doch wer hätte sie schon gehört. Der Hof, in dessen Keller sie jetzt festsaß, lag irgendwo zwischen Blokhus und dem Limfjord, direkte Nachbarn gab es nicht, nur Felder und kleine Wälder. Sie hatte nicht auf die Kilometeranzeige geachtet, als sie selbst sich zu ihrem eigenen Gefängnis gefahren hatte. Wie lange war das jetzt eigentlich her? Zwei Tage, drei Tage, eine Woche? Sibylle hatte jedes Zeitgefühl verloren. Wann hatte sie barfuß am Meer gesessen?

37

Die Körpersprache verhieß nichts Gutes. Emil Hasagar hatte die Arme vor der Brust verschränkt, ungeduldig wippte er auf und ab, sein Blick wanderte zwischen seinen Fußspitzen und dem Himmel hin und her. Alles schien zu sagen: Ich bin genervt.

Daniel war heilfroh, dass Oscar auf Stella Figens Sofa eingeschlafen war. Er hatte mit Ravens Tante einen Pflaumenkuchen gebacken und jede Menge Teig genascht. Sie hatte ihm aus dänischen Kinderbüchern vorgelesen, und so war er schließlich – über und über mit Mehl bestäubt – an ihrer Schulter eingenickt.

Der Spaziergang mit ihm und Raven hatte den Jungen müde gemacht. Sie waren zu Fuß durch die Siedlung geschlendert, hatten Oscar immer wieder in ihre Mitte genommen, um ihn an den Händen zu fassen und nach oben zu schleudern. Als sie schließlich die Fahne erblickten, versuchten sie, sich ihre Aufregung nicht anmerken zu lassen. Was würde dort zu lesen sein, wenn der Wind sie richtig zu packen bekam?

Als sich der Stoff schließlich zu einer flatternden Fläche verwandelte, folgte die Ernüchterung. Zwar waren die ersten drei Buchstaben tatsächlich S, I und B, doch danach folgten einfach nur ein E und ein L. SIBEL. Ein Name zwar, zudem ähnlich, aber mehr eben auch nicht. Zumal sie zuvor noch von Stella Figen erfahren hatten, dass die Großmutter des Hausbesitzers Sibel geheißen hatte. Es gab also eine simple Erklärung für den Namen auf der Fahne – und die Spur war damit mausetot.

Jetzt sollten also die Akten Auskunft darüber geben, ob Sibylle eine Verbindung zu Dänemark hatte, die Daniel nicht kannte.

Raven und Daniel zogen einen Ordner nach dem andern aus der kleinen Kammer neben der Verkaufsstube. Dort waren die Mietverträge und Korrespondenzen zwischen Urlaubern und

Ferienhausvermietern aus vier Jahrzehnten abgeheftet. Stella hatte sie nach keinem besonderen Ordnungsprinzip sortiert. War ein Vertrag unterzeichnet, war eine Notiz über eine Buchung geschrieben, wurde sie abgeheftet. War ein Ordner voll, bekam er eine Jahreszahl verpasst. Fertig.

Daniel und Raven nahmen sich zuerst die Ordner aus Sibylles Kinderjahren vor. Doch wie vermutet, hatte eine Familie von Poll nie ein Ferienhaus in der schon damals von Stella verwalteten Siedlung angemietet. Auch in den Jahren danach tauchte der außergewöhnliche Nachname seiner Frau nie auf.

Allerdings wirkte das Archiv, das in einem fensterlosen Abstellraum im hinteren Teil des Ladens untergebracht war, nicht wirklich vollständig. Früher, so hatte es Stella erklärt, gab es ja keine E-Mails. Da machte man viele Buchungen einfach am Telefon, und sie habe sich auch nicht jedes Mal den Personalausweis der Mieter zeigen lassen. Ob also Familie Maier wirklich Familie Maier hieß oder nicht doch eigentlich Schmidt oder Schulze, dafür würde sie nicht ihre Hand ins Feuer legen.

Daniel war also nach ein paar Stunden im stickigen Aktenzimmer nicht wirklich klüger geworden. Er musste dringend Sibylles Mutter erreichen. Sie würde wissen, ob ihre Tochter schon einmal in Dänemark gewesen war.

Doch da sie sich auf ihrer Kreuzfahrt durch das Mittelmeer offenbar fern eines jeden Handysendemastes befand, blieb es vorerst beim Versuch.

Jetzt galt es jedoch, sich auf den dänischen Kollegen zu konzentrieren, der ihn so ganz und gar nicht freudig vor dem Mordhaus erwartete.

Als Daniel ihm die Hand reichte und ein halbwegs dänisch klingendes »Hej« sagte, nickte er nur kurz, hob das Flatterband und ging voraus Richtung Eingangstür.

Er zeigte kurz auf das Schloss. »War nicht abgeschlossen, keine Fingerabdrücke von den Tätern. Aber hast du sicher schon gelesen.«

Daniel blieb einen kurzen Moment stehen und schloss die Augen. Es war immer dasselbe, wenn er einen Tatort betrat. Er musste sich kurz sammeln, kurz durchatmen und sein Gehirn, seine Sinne, seine Gedanken neu justieren. Danach konnte er besser denken, sehen, riechen, hören; dem erhöhten Adrenalinspiegel sei Dank.

»In ein paar Tagen ist hier alles weg«, sagte Emil Hasagar. »Dann kommt die Putzfrau.«

Im Flur standen ein paar Taschen. Strandsandalen lagen wie achtlos ausgezogen auf dem Fußboden. In der offenen Küche, die sich an ein kleines Wohnzimmer anschloss, wartete eine Klappkiste mit Lebensmitteln darauf, eingeräumt zu werden.

Hasagar öffnete den Kühlschrank. »Das haben sie noch geschafft.« Er zeigte auf die Eier und das Fleisch, die bei konstanten vier Grad Celsius nicht verdarben. Doch Familie Mittenfeld würde nichts davon essen. Sie würde keinen Pfannkuchen backen, und der gemütliche Grillabend mit Nackensteaks für die Eltern und Bratwurst für den Jungen fiel ebenfalls aus. Hasagar öffnete die nächste Tür.

Im Bad standen drei Kulturbeutel nebeneinander auf einer kleinen, wackeligen Kommode, die vorgab, aus Holz zu sein. Eine schwarze aus Leder, eine geblümte und eine Piratentasche – leicht zu erraten, wem welche gehört hatte. Drei Zahnbürsten standen in einem Glas, das noch sauber war. Keine Kalkränder, keine Zahnpastareste, nur einmal benutzt. Daniel sah sie vor sich. Mutter, Vater, Kind mit Schaum im Mund, lachend, putzend, voller Vorfreude auf die nächsten zwei Wochen.

Hasagar schob die Schlafzimmertür auf. »Hier lag überall schwarze Folie.« Die Täter hatten sie großzügig auf Fußboden und Bett ausgebreitet. »Das war auch nötig. Denn hätten sie weiter getan, was sie begonnen hatten, wäre das eine dreckige Angelegenheit geworden.« Leichen ließen sich eben nicht ohne Blutverlust zerstückeln.

»Sie haben sich viel Mühe gegeben, alles sauber zu hinterlassen«, sagte Daniel.

Hasagar nickte. »Im Schuppen standen leere Plastikfässer, vermutlich waren die für die Leichenteile vorgesehen.«

Sie verließen das Haus durch die Terrassentür und schritten über den Rasen zu einem kleinen Holzverschlag. Drinnen stand ein Grill in der Ecke, im Regal lagerte die Kohle, daneben eine Kiste mit sandigem Strandspielzeug, Auflagen für die Sonnenliegen lehnten an der Wand.

»Da waren die Fässer.« Hasagar zeigte auf den Holzboden neben den Auflagen. »Wir haben sie mitgenommen und genauestens unter die Lupe genommen, genauso wie die Folie aus dem Schlafzimmer. Doch es hat nichts gebracht. Keine Spuren, keine Hinweise. Normale Baumarktware.«

Sie gingen wieder zurück zum Haus, schlossen von innen die Terrassentür und verließen es wieder durch die Vordertür.

»Steht aber auch alles so in den Akten«, sagte Emil Hasagar in leicht vorwurfsvollem Ton.

»Schon, aber es ist immer anders, wenn man es sieht«, sagte Daniel. »Danke also, dass du dir die Zeit genommen hast, es mir zu zeigen.«

Emil Hasagar schien die Freundlichkeit in Daniels Stimme zu überhören und schaute demonstrativ auf die Uhr. »Kann sein«, knurrte er. »Aber auch wenn es einem näher geht, wenn man sieht, wo es passiert ist, weiter bringt einen das auch nicht. Oder hast du jetzt eine Eingebung.«

Daniel musste grinsen. Er verstand Emil Hasagar ja. Niemand hatte Lust, sich von außen in die Arbeit hineinreden zu lassen. Und genau genommen interessierte ihn der Mord ja auch nur, weil Sibylle sich so explizit für ihn interessiert hatte. Er wollte gar nicht den Fall lösen, sondern Querverbindungen vom Fall zu Sibylle finden. Er war nicht ehrlich zu Hasagar, sollte der also ruhig weiter den knurrigen Ermittler geben. Das war ausgleichende Gerechtigkeit, fand Daniel.

»Und die Zeugin, das junge Mädchen, hat wirklich nichts gesehen?«

Hasagar schnaufte verächtlich. »Sie hat für meine Begriffe viel zu viel gesehen.«

»Du weißt, wie ich es meine.« Daniel gab nicht auf. »Sie hat scheinbar den oder die Täter gestört. Oder was meinst du?«

Hasagar rieb sich über die Stirn. »Ja, das denke ich auch. Wäre Jytta in dieser verfluchten Nacht nicht mit ihrem Hund rausgegangen, hätte sie den Jungen nicht schreien gehört – dann hätten wir vielleicht nie etwas mitbekommen.«

Die beiden Polizisten schauten sich kurz an.

»Wie heißt du noch mal?«

»Daniel.«

»Emil.«

»Freut mich.«

»Mich nicht.« Emil blinzelte kaum wahrnehmbar. »Ich muss jetzt weg. Schick mir deine Nummer, ich melde mich, wenn es was Neues gibt.«

Daniel hatte keine freundlichere Verabschiedung erwartet.

Es war windstill, trotzdem konnte er erkennen, dass in etwa hundert Meter Entfernung die Fahne vom Foto mit den aufgestickten Buchstaben schlaff an der Mastspitze hing. Man konnte gerade noch das S lesen. S wie Sibylle oder wie Sibel.

38

Wie lange war das jetzt her? Drei Stunden, drei Tage oder drei Wochen?

Sie hatte das Rascheln ihrer Brötchentüte nicht gehört, weil der Wind so laut gewesen war und das Meer so wild. Der Himmel über ihr zeigte sich als pures Hellblau. Das Croissant, das sie sich am Kiosk gekauft hatte, schmeckte herrlich. Immer wieder riss sie sich kleine Stückchen ab, steckte sie in den Mund, kaute und genoss in diesem Moment alles: die Sonnenstrahlen auf ihrem Gesicht, die Weite des Horizonts vor ihren Augen, die salzige Luft.

Diese seltsame Besessenheit, die von ihr Besitz ergriffen hatte, war in diesem Moment wie weggeblasen. Dieser innere Drang, der sie wie eine Marionette hatte all das tun lassen, was sie sonst nie tun würde. Einfach abzuhauen, nur einen schäbigen Brief auf dem Küchentisch liegen zu lassen, so war sie eigentlich nicht. In dem Augenblick, als sie das Bild mit der Überschrift in der Zeitung gesehen hatte, war etwas passiert. Mit ihr. Sie konnte es nicht erklären. Sich selbst nicht und Daniel schon gar nicht.

Sie hatte sich nicht lange überlegt, was zu tun war. Sie hatte nicht abgewogen, nicht nachgedacht. Sie hatte ihre Sachen gepackt, sie war gefahren. Jetzt war sie hier, wusste nicht mehr als vorher, konnte aber offensichtlich endlich wieder klar denken. Das Gespräch mit der rothaarigen Raven vom Kiosk hatte ihr gutgetan. Der Wein, den sie gemeinsam getrunken hatten, hatte sie locker gemacht und ihre Zunge gelöst. Sie hatte von Daniel und ihr erzählt und sich danach wie befreit gefühlt. Gleich würde sie ihn anrufen und sich bei ihm entschuldigen. Dann würde sie nach Hause fahren.

Sibylle griff in ihre Papiertüte und nahm das letzte Stückchen des Croissants heraus. In dem Moment trat eine kleine, zierliche Frau neben sie.

»Entschuldigung, bist du aus Deutschland?«

Sibylle musste lächeln. Wie freundlich das dänische Du klang. Sie nickte.

»Schlimme Sache, das mit dem Mord, nicht?«

Sibylle betrachtete die Frau, deren Alter sie nicht schätzen konnte. Sie war älter als sie, aber ob es zehn, zwanzig oder dreißig Jahre waren? »Sie meinen den Mord an den deutschen Touristen?«

»Kanntest du den Mann und die Frau?«

Sibylle knüllte die Papiertüte zusammen und stopfte sie in ihre Strickjackentasche. »Nein. Wieso?«

»Ich dachte, weil du dich für die Sache so interessierst.«

Sibylle fühlte sich ertappt. Was wollte die Frau von ihr?

»Entschuldige, ich wollte nicht aufdringlich sein. Es ist nur so, ich habe mitbekommen, dass du oben im Kiosk nach der Geschichte gefragt hast. Du sahst sehr traurig aus, und ich dachte, du wärst vielleicht eine Angehörige.«

»Oh, nein. Gott sei Dank nicht.«

Die Unbekannte blieb unschlüssig stehen. »Tut mir leid, dass ich dich gestört habe. Ich heiße übrigens«, sie zögerte einen Moment, »Susi.«

»Sibylle«, sagte Sibylle und gab der Frau, die ihr in ihrer Unbeholfenheit fast leidtat, die Hand.

Die sah ihr daraufhin eine Zehntelsekunde zu lang in die Augen und wiederholte leise den Namen. »Sibylle. Klingt schön.«

Sibylle wollte aufstehen, blieb aber im Sand sitzen. Die Frau würde gleich gehen, und dann könnte sie wieder aufs weite Meer schauen und an zu Hause denken. »Willst du dich nicht setzen?«, fragte sie und hätte nicht erklären können, wieso diese Worte aus ihrem Mund gekommen waren. Ihr Unterbewusstsein hatte offensichtlich wieder das Kommando übernommen. Es flüsterte ihr ins Hirn: *Die Frau weiß etwas, was du wissen willst. Frag sie! Frag sie!*

Noch bevor Sibylle etwas fragen konnte, begann Susi von dem Mord zu erzählen. »Hier passiert so etwas normalerweise nicht«, sagte sie. »Alle hier sind noch sehr aufgeregt deshalb.«

Sibylle nickte. Ja, das könne sie sich vorstellen, erwiderte sie. Sie ärgerte sich, dass die Fremde neben ihr saß, wollte aber gleichzeitig, dass sie weiterredete. »Weiß die Polizei denn inzwischen irgendwas?«

Sibylle hielt ihre Fragen allgemein, und Susi antwortete allgemein. Nein, anscheinend wisse man noch nicht, warum das deutsche Paar ermordet wurde. Es gebe Gerüchte, dass es sich um einen Raubmord handele. Der Junge, der überlebt hatte, sei zurück in Deutschland, ihm gehe es gut.

Dann begann die Frau, Fragen zu stellen. Normale, einfache Small-Talk-Fragen. Eigentlich. Wie es ihr in Dänemark gefalle? Ob sie schon im kalten Nordseewasser gebadet habe? Ob sie mit Familie verreist sei? Wie lange sie bleiben würde und – ob sie das erste Mal hier sei?

Sibylle spürte ihren Magen. Da war sie. Die Frage und gleichzeitig die Erkenntnis. Ging es darum? War sie schon einmal hier gewesen?

»Ich glaube«, sagte Susi und lächelte dabei, »ich kann dir helfen.«

Sibylle konnte nichts sagen. Sie konnte auch nicht denken. Sie war plötzlich wie ein Roboter auf Standby, bereit, das zu tun, was ihr jemand einprogrammiert hatte.

Als Susi aufstand und einfach nur »Komm!« sagte, folgte sie ihr. »Wir trinken bei mir einen Kaffee, und ich erzähle dir, was du wissen willst. Fahr am besten mit deinem Auto hinter mir her, damit du nachher wieder zurückkommst.«

Was für eine Lüge!

39

Carl Rasmussen war nicht zufrieden. Birklund wusste das. Aber das war nicht zu vermeiden gewesen. Rasmussen war einfach zu neugierig. Erst seine schleimigen Entschuldigungen und Erklärungen, warum es jetzt zwei Leichen und ein Kind gab, das noch lebte, dann noch das Gestammel über diese Frau, die plötzlich aufgetaucht war und irgendetwas zu wissen schien. Rasmussens dämliche Freundin habe etwas angedeutet, sie habe da so eine Ahnung, und sie habe sie erst einmal festgesetzt. Birklund hatte auch eine Ahnung, nämlich dass die dämliche Freundin noch blöder war, als er sowieso immer schon gedacht hatte.

Auch wenn die Wahrscheinlichkeit gegen null ging, dass diese unbekannte Frau überhaupt irgendetwas wusste, spätestens jetzt musste sie ausgeschaltet werden. Eine Gefangene konnte man nicht einfach freilassen, ohne dass dies Folgen haben würde. Also musste es unschön werden. Sachzwänge eben.

Natürlich hatte er Rasmussen keine seiner Fragen beantwortet. Es ging ihn nichts an, warum die Dienstleistung erbracht werden musste. Seine Penetranz zeigte, dass er eigentlich schon viel zu viel wusste. Birklund brauchte Rasmussen zwar für sein Geschäftsmodell, aber er wollte ganz sicher keinen Geschäftspartner. Er hatte ein paar ausweichende Floskeln von sich gegeben und ihm sogar freundschaftlich auf die Schulter geklopft.

Nun schaute er ihm tief in die Augen, während seine Hand in seinem Nacken lag: »Du klärst das auf deine Art.«

Rasmussen nickte, nicht so unterwürfig wie sonst, aber immerhin nickte er.

Birklunds Stimme wurde drohender: »Du weißt, dass ich Ersatz für die Ware brauche. Möglichst zeitnah.« Oh ja, die Kunden wurden schon ungeduldig.

Arne Birklund wusste, dass Carl Rasmussen es nicht mochte, so von oben herab behandelt zu werden. Doch das war nicht sein Problem. Bald würde der Typ ohnehin überflüssig werden. Diese eine Sache noch, dann würde Birklund ein beschauliches Rentnerleben führen. Mit Weibern und einer reinen Weste auf einer schönen schwedischen Schäreninsel mit eigenem Bootsanleger.

Als Rasmussen endlich ging, verschwand Birklund im Bad, das hinter seinem Büro lag, und wusch sich sehr lange die Hände. Mörder ekelten ihn einfach an.

40

Sommer 1984

Als er sie in den Flur zog, schloss sie die Augen. Irgendjemand musste doch »Einbrecher!« brüllen, aber es war still. Für einen kleinen Moment spürte sie Hoffnung. Waren die Bewohner dieses Hauses vielleicht Freunde von Strolch? War es in Ordnung, dass sie hier waren? Hieß man sie vielleicht sogar willkommen?

Sie hörte einen Reißverschluss und öffnete die Augen. Im Dunkel des Flurs sah sie, dass Strolch sich in ein monströses Gespenst verwandelt hatte. Er trug einen unförmigen weißen Ganzkörperanzug und zog gerade den Reißverschluss nach oben. Dann schob er die Kapuze über seinen Kopf. Sie starrte ihn an. Er grinste unbeholfen. Susi sah seine Zähne.

Sie wollte fragen, was das alles zu bedeuten hatte. Warum war es so still? Warum rief niemand »Hallo, wer ist da?«. Wo waren die Besitzer des Autos, das vor der Tür stand? Kein Wort kam über ihre Lippen. Auch nicht, als Strolch sie in das kleine Zimmer schob, in dem ein Gitterbettchen stand. Auch nicht, als er sich umdrehte, einen Schritt zurück in den Flur machte, die Klinke zum Zimmer nebenan öffnete und das Licht im Raum anschaltete.

Sie sah sie. Nur einen kurzen Moment lang. Sie lagen da und rührten sich nicht. Die Tür schloss sich wieder. Schweigend stand sie neben dem Kinderbett. Sie nahm das gleichmäßige Atmen des kleinen Mädchens wahr. Sie sah die Haarsträhnen, die sich wie ein Kranz um das Köpfchen gelegt hatten. Sie sah den nackten Fuß, der unter der Bettdecke hervorlugte, die kleine Hand, die das Bein eines Stoffhasen umklammert hielt.

Die Geräusche von nebenan wurden durch die dünnen Holzwände ein wenig gemildert. Sie hörte ein Rascheln, hörte ein dumpfes Poltern, sein Ächzen.

Sie kniete neben dem Kind und hielt sich an den Gitterstäben fest. Sie konnte die Augen nicht abwenden von diesem schönen, perfekten Engelsgesicht.

»Mama?« Das Kind wachte auf und schaute Susi verschlafen an. »Mama?« Es fragte noch einmal, etwas lauter, etwas wacher.

Susi richtete sich auf, beugte sich über das Bettchen und strich dem Mädchen über die Stirn. »Schhhhh«, flüsterte sie. »Schhhhh, ich bin da. Alles wird gut.«

Das Mädchen drehte sein Köpfchen zur Seite und schlief wieder ein.

Susi spürte seine Hand in ihrem Nacken. »Ich wusste, dass du es hinkriegst«, flüsterte er. Er zog sie näher an sich heran. Sein Arm legte sich warm um ihre Schulter, sein Mund war nah an ihrem Ohr. »Sie ist jetzt in Sicherheit, wir passen auf sie auf.«

Sie ist in Sicherheit. Wir passen auf sie auf. Die Worte legten sich wie Wundsalbe auf ihr Herz.

»Was ist, was haben –«, sie sprach leise, um das Mädchen nicht aufzuwecken, »haben ihre Eltern? Was – was ist mit ihnen?«

Strolch streichelte Susi über die Haare. »Keine Angst. Sie können ihr jetzt nichts mehr tun. Und wir müssen ihr jetzt helfen, sie zu vergessen. Wir sind jetzt für sie da.«

Susi nickte. Die Wundsalbe wirkte. *Wir sind jetzt für sie da.*

»Komm.« Er nahm ganz sanft ihre Hand und führte sie in die Küche. Dort schaltete er das Licht an und bat sie, sich zu setzen. Den weißen Anzug hatte er ausgezogen, er sah wieder wie Strolch aus. Er öffnete den Kühlschrank.

»So, liebe Madame Susi, was haben wir denn hier Schönes? Ah, ich sehe Bier. Darf ich Ihnen eine Dose servieren?«

Susi nickte. Sie versuchten ein Lächeln, stießen an und tranken. Durstig, gierig. Sie sah, wie sein Adamsapfel sich auf und ab bewegte, wie er aufstand und sich die nächste Dose öffnete. Den metallenen Verschluss warf er achtlos neben die Spüle. Susi konzentrierte sich auf seinen Adamsapfel. Und auf seinen zärtlichen Blick, den er ihr schenkte, als er die zweite Dose geleert hatte.

Er stand auf und ging zur Spüle, ließ das Wasser laufen, damit es warm wurde, und wusch sich die Hände mit einem Stück Seife. Es entglitt ihm, er nahm es wieder in die Hand, es entglitt ihm wieder. Wie von Sinnen rieb er an dem glitschigen Stück. Sie zwang sich, ihm zuzuschauen. Das hier war ihr Strolch. *Ihr Strolch.* Mit seiner feuchten Hand fuhr er sich über die schwitzende Stirn. Er drehte sich zu ihr um. Er suchte ihren Blick.

Sie nickte, stand auf und berührte ihn vorsichtig an seiner Schulter. »Sie sind sauber.« Sie griff nach dem Handtuch und trocknete seine Hände ab.

»Ich musste es tun, Susi. Das verstehst du doch? Das waren keine guten Eltern. Die Kleine hat Besseres verdient. Sie ist niedlich, oder? Diese blonden Haare. So schön. Wir müssen jetzt auf sie aufpassen, das verstehst du doch, oder?« Er hörte nicht auf zu reden, er sprach schnell, wartete keine Antworten ab. Redete, redete, redete.

Sie hörte ihm zu, verstand, was sie zu tun hatte. Sie musste ihm beistehen, indem sie dem Kind beistand. Sie würden eine Familie sein, eine glückliche Ferienfamilie. Sie würde das Kind verwöhnen, mit ihm an den Strand gehen. Er würde sich um das verschlossene Zimmer neben dem Kinderzimmer kümmern. Er würde dafür sorgen, dass die Eltern verschwanden. Er hatte alles vorbereitet. Er hatte an alles gedacht. Er hatte einen guten Plan, er war ja schon immer klüger gewesen als sie. Er hatte es nur getan, weil er das Kind retten wollte. Nur deshalb hatte er die Eltern im Schlaf überrascht und sie betäubt mit diesem Mittel aus der kleinen Glasflasche. Schnell und effektiv war er vorgegangen. Mit ihren Kissen hatte er sie dann erstickt, sie hatten es bestimmt nicht einmal gemerkt.

»Den Rest erledige ich später«, sagte er mit leiser Stimme. Als sie seinem Blick folgte, sah sie, dass er das scharfe Messer aus ihrer Küchenschublade mitgenommen hatte. Es lag auf der Anrichte neben dem Brotkorb. Sie wendete den Blick ab.

»Morgen soll es heiß werden«, sagte er.

Sie drehte sich um. »Wir müssen unbedingt an die Sonnenmilch für die Kleine denken, wenn wir an den Strand gehen«, sagte sie. »Nicht, dass sie sich verbrennt.«

41

Endlich erschien die Nummer seiner Schwiegermutter im Display. Er hatte sie mehrfach über die Mailbox um einen Rückruf gebeten, doch er wusste, dass Liselotte von Poll ihr Handy konsequent ignorierte, wenn sie im Urlaub war.

Jetzt rief sie also zurück, und Daniel zögerte, abzunehmen. Er wusste, was ihn erwartete. Denn er konnte seine Frage nicht stellen, ohne Sibylles Mutter zu erzählen, dass ihre Tochter abgetaucht war. Liselotte würde das sicher nicht gelassen und nüchtern aufnehmen, sondern extrem hysterisch.

Er behielt recht.

Obwohl er immer wieder betonte, dass kein Grund zur Sorge bestehe und dass Sibylle sicherlich nur ein paar Tage Abstand von ihm – dem schlechtesten Ehemann der Welt, haha (Er versuchte sogar noch, mit Scherzen die Stimmung zu entspannen) – bräuchte, zitterte Liselottes Stimme in einer beängstigenden Schrillheit.

Es dauerte eine Weile, bis Daniel wieder zu ihr vordringen konnte. Seine Frage musste er, obwohl sie nun wirklich nicht besonders kompliziert zu beantworten war, mehrfach wiederholen.

»Wart ihr früher einmal mit Sibylle in Dänemark?«

Das endlich vorgebrachte »Nein, soweit ich weiß, nein« ließ Daniel stutzen.

»Na, du wirst doch wissen, wo ihr eure Sommerurlaube verbracht habt?«, hakte er nach.

»Ist das denn jetzt so wichtig, was hat das mit eurer Ehekrise zu tun und damit, dass meine Tochter auf und davon ist? Wer weiß, wo sie jetzt gerade steckt. Meine Güte, hättest du nicht besser auf sie achtgeben können?«

Daniel riss sich zusammen, er wollte keinen Streit, er wollte eine Antwort. »Ja, es ist wichtig. Sie selbst hat mir nie von irgendwelchen Dänemark-Reisen erzählt, aber vielleicht war das ja auch noch, als sie ganz klein war, vielleicht kann sie sich nur dunkel erinnern und –«

Am anderen Ende der Leitung war es kurz still. »Ich verstehe nicht, was das mit ihrem Verschwinden zu tun hat.«

Daniel atmete tief durch, um nicht zu unfreundlich zu klingen. »Was ist denn so schwierig daran, auf diese simple Ja-oder-Nein-Frage zu antworten. War Sibylle schon einmal in Dänemark oder nicht?«

»Mit uns nicht.« Liselotte von Poll sprach so leise, dass Daniel sie kaum hören konnte

»Bitte?«

»Mit uns nicht!« Sie wurde laut.

Daniel wurde auch lauter. »Was soll das heißen, mit euch nicht! Mit wem denn sonst? War sie mit einem Freund hier, sag schon. Hatte sie einen dänischen Freund, einen Liebhaber – du kannst es mir sagen, ich will es wissen!«

»Nein, nein.« Jetzt klang Liselotte eher matt. »Es könnte sein, dass sie mit ihren Eltern einmal dort war. Sibylle ist, also wir haben sie –«

»Ihr habt Sibylle adoptiert?«

»Ja.«

Er konnte nicht fassen, was er da gerade hörte. »Was? Wann war denn das?«

»Sie war damals zweieinhalb Jahre alt.«

»Weiß sie es?«

»Ja.«

»Ja?« Daniel spürte, wie seine Halsschlagader pochte. »Sie hat mir das nie erzählt.«

Wie konnte sie das verschweigen, wie hatte sie es geschafft, ihm *das* zu verheimlichen? Wer war diese Frau?

»Wir haben es ihr an ihrem sechzehnten Geburtstag gesagt. Sie hat es sich angehört und dann gefragt, ob sie jetzt die Geschenke auspacken darf. Mehr war da nicht.«

»Mehr war da nicht? Sie wollte nie wissen, wer ihre Mutter ist?«

»Nein.«

»Aber das ist – unbegreiflich. Sie ist dir so ähnlich, Liselotte. Und sie sieht dir so ähnlich.«

»Ja.«

Beide schwiegen.

»Daniel, ruf mich an, wenn du etwas hörst.«

»Ja. Aber eine Frage hab ich noch. Weißt du, wer ihre leiblichen Eltern sind?«

»Nein.«

Dann legte Sibylles Adoptivmutter auf.

42

Er redete. Sie hörte zu. Oscar summte die »Weihnachtsbäckerei« mit, die in einer Endlosschleife lief. Daniel hatte sich angeboten, Raven nach Hause zu bringen. Sie hatte am Vormittag an die Ferienhaustür geklopft, um sich zu verabschieden. Ihrer Tante ging es jetzt so gut, dass sie wieder den Laden alleine führen konnte – und vor allem wollte. Außerdem war es wieder Zeit, sich in ihrer Agentur blicken zu lassen. Sie hatte zwar keine Anwesenheitspflicht und festen Arbeitszeiten, aber sie sollte für eine Kampagne eines Badarmaturen-Herstellers die Grafikflanke abdecken, der Artdirector wollte sie am nächsten Tag briefen, damit sie die richtigen Bilder für die edlen Wasserhähne des Kunden fand.

Als sie auf die Uhr blickte und sagte, dass ihr Bus gleich fahre, ließ Daniel das nicht gelten. »Kommt nicht in Frage. Oscar und ich, wir fahren dich!«

Oscar hüpfte auf und ab. »Fahren mit Raven, fahren mit Raven!«

Als Raven die Einladung annahm, spürte Daniel die Erleichterung. Er brauchte jemanden, dem er all das erzählen konnte, was ihm durch den Kopf ging. Bei Raven hatte er nicht das Gefühl, Dinge besonders vorsichtig ausdrücken zu müssen. Sie wirkte stark, dabei aber immer freundlich und zugewandt. Sie blinzelte, wenn sie amüsiert war, sie hakte nach, wenn sie etwas nicht verstand, sie schwieg, wenn es nichts zu sagen gab. Diese Frau weiß wahrscheinlich mehr über mich als ich selbst, dachte Daniel. Aber es erschreckte ihn nicht, im Gegenteil. Es fühlte sich leicht und befreiend an.

Dass Sibylle adoptiert war und ihm nie davon erzählt hatte, verletzte ihn zutiefst. Ihr mangelndes Vertrauen ihm gegenüber tat weh. Und es offenbarte zugleich den wunden Punkt ihrer Ehe. Sie verschwiegen einander die wirklich wichtigen Dinge. Sibylle war nicht die Einzige, die Mauern errichtet hatte. Hatte er ihr etwa jemals gesagt, wie überflüssig er sich vorgekommen war, seitdem Oscar auf der Welt war? Natürlich nicht.

All das sprach er jetzt aus, er sagte es einer Fremden, die einfach nur zuhörte und ab und zu nickte. Er spürte, dass seine Stimme langsam belegt klang. Er räusperte sich. »Ich rede zu viel«, entschuldigte er sich.

Raven schüttelte den Kopf, und ihre roten Locken flogen dabei durch die Luft. »Na ja, jetzt vielleicht. Aber ansonsten wohl eher nicht.«

Sie lachte. Und er lachte mit.

Die unaufgeregte Landschaft Dänemarks zog an ihnen vorbei. Wiesen, sanfte Hügel, hinter denen man immer wieder das Meer aufblitzen sah. Das gemächliche Tempo, mit dem hier die Autos brav nach den dänischen Vorschriften fuhren, war beruhigend. Kein Drängeln, kein Überholen, alles floss ruhig dahin an diesem hellblauen Sommertag.

»Wart ihr da schon?« Raven zeigte auf ein Hinweisschild am Straßenrand, auf dem »Råbjerg Mile« stand.

Daniel zuckte mit den Schultern. »Nein. Was ist das?«

»Etwas, das ihr unbedingt sehen solltet.«

Daniel setzte den Blinker und bog ab.

Über schmale Wege durch karge Heidelandschaft schlängelten sie sich bis zu einem Parkplatz, an dem nur ein Wohnmobil mit österreichischem Kennzeichen stand. Noch bevor der Wagen eingeparkt war, rief Oscar: »Hin! Oscar da hin.« Er zerrte aufgeregt an seinem Gurt, der ihn an den Kindersitz fesselte.

»Ich will da auch hin«, sagte Daniel lachend. Er verstand seinen Sohn nur zu gut. Die riesige Düne, die sich plötzlich wie eine Fata Morgana vor ihnen erhoben hatte, berührte sofort alle Sinne.

Mit jedem Schritt, den sie dem Berg aus Sand näher kamen, wurden sie schneller. Als würde ein Magnet sie anziehen. Hin zu dieser Wüste, die keine war, hin zu diesen unendlichen Weiten, die nicht unendlich waren, aber trotzdem so wirkten, selbst wenn man es besser wusste.

Am Sockel der mächtigen Wanderdüne warfen sie ihre Schuhe ins Heidekraut und begannen zu laufen. Oscar vorne, dicht gefolgt von Raven, Daniel stakste hinterher.

»Und?« Raven drehte sich blinzelnd zu Daniel um. Sie lief rückwärts und stolperte in den weichen Sand.

Daniel lachte und warf sich neben sie. »Großartig«, sagte er und blinzelte, weil der weiße Sand ihn blendete.

»Die Düne wandert jedes Jahr fünfzehn Meter. In dreißig Jahren wird der Wind sie in die Ostsee geweht haben«, erklärte Raven, während sie den feinen Sand durch ihre Finger rieseln ließ. »Dann ist es so, als wäre sie nie da gewesen.«

Da hockten sie nun. Raven und er – und blickten schweigend dem Kind nach, das ohne seine Mutter lachend ans Ende dieser Sandwelt lief.

Bis zu Raven war es nicht mehr weit. Ihr Haus lag an einer kleinen Bucht an der Ostseeseite Dänemarks, nicht weit vom kleinen Ort Albaeck entfernt.

»Du hast keine Nachbarn?«

Raven nickte fröhlich. »Gut, nicht wahr?«

Daniel musste kurz an seine Nachbarschaft in Osnabrück denken und nickte. »Und die Bucht, wem gehört die?«

Raven lachte wieder. »Na, mir, dem lieben Gott und den Fischen.«

Oscar plapperte ihr nach: »Fische, Gott, Gott, Fische.«

Das Haus, vor dem Daniel anhielt, passte auf eine selbstverständliche Art zu Raven, und es passte zur Bucht. Man sah ihm an, dass es schon einige Stürme überstanden hatte, das Reetdach wirkte ungekämmt und strubbelig, an der weiß getünchten Wand lehnten Stockrosen in Lila, Rosa und Weiß. Einige waren verblüht, andere waren durch den Wind abgeknickt worden und wuchsen nun in waagerechter Richtung weiter. Ein kleiner Trampelpfad führte von der blau gestrichenen Haustür zu einem Steg. Ein altes Ruderboot lag dort und schwebte im Takt der kleinen Wellen auf und ab.

»Schön«, sagte Daniel.

»Wollt ihr nicht reinkommen?«, fragte Raven.

»Ja«, rief Oscar.

Ja, dachte Daniel. »Nein, ich glaube, wir sollten fahren«, sagte er.

Aber Oscar rief lachend: »Hunger! Oscar Hunger!«

Er hatte immer schon eine Antenne dafür, wann Erwachsene sich einer Entscheidung nicht sicher waren, dachte Daniel. Und das nutzte er dann schamlos aus.

Raven legte ihren Kopf schief und sah Daniel lächelnd an. Alle warteten auf sein Okay.

»Okay«, sagte er schließlich und tat so, als würde es ihn große Überwindung kosten, nun doch auszusteigen. »Aber nur kurz.«

»Ich müsste noch Zwieback oder Knäckebrot im Haus haben«, sagte sie. »Mit Marmelade.«

»Melade, Melade!« Oscar jubelte, als Raven die Tür zu ihrem einladenden Häuschen aufschloss und sie hineinbat.

Daniel hätte nicht sagen können, was bei ihm überwog: Erleichterung darüber, dass er sich gerade noch einen Aufschub ergattert hatte, eine kleine Auszeit, die sich anfühlte wie ein normaler Tag im Sommer, oder das schlechte Gewissen, dass es ihm in diesem Moment so gut ging.

43

Ein entgangener Anruf. Ihr Magen zog sich zusammen. Das würde ihm nicht gefallen. Das Handy brummte, Susi drückte mit zitternden Händen auf die grüne Hörertaste. Sie meldete sich nicht mit Namen, so hatten sie es abgemacht.

»Wo hast du gesteckt?« Er zischte es geradezu.

»Ich war unten.«

»Hast du sie?«

»Ja.«

»Hat es auch niemand mitbekommen?«

»Nein.«

»Und? Weiß sie Bescheid?«

»Sie weiß gar nichts. Wirklich.«

Lachen am anderen Ende.

»Ich mache mir Sorgen. Sie isst einfach nichts. Dabei habe ich ihr doch den leckeren –«

»Ist mir scheißegal, ob sie was isst.«

Susi mochte es nicht, wenn er so sprach. Aber er stand unter Druck, da passierte das eben.

»Was hast du über sie herausgefunden? Ist sie allein hier?«

»Ich glaube schon.«

»Du glaubst schon?« Seine Stimme wurde lauter, schriller.

»Ich, ich denke, ich bin sicher.«

»Hat sie keine Familie?«

»Sie hat auf jeden Fall einen Sohn. Ich glaube, auch einen Mann. Doch sie spricht nicht viel. Also eigentlich gar nicht.«

»Das ist schlecht, dann suchen sie bestimmt schon nach ihr. Ich muss es also schnell erledigen.«

Sie fragte nicht nach, was er erledigen musste, sondern wartete auf weitere Anweisungen.

»Pass du nur auf, dass sie nicht abhaut.«

Sie versprach es. Dann legte sie auf.

Sie zog das Portemonnaie, das sie neben dem geheimen

Telefon in der Wollresteschachtel versteckt hatte, hervor und betrachtete das Bild, das Sibylle von Poll dort in das Fotofach geschoben hatte.

Als das Handy erneut brummte, zuckte sie zusammen.

»Ja?«

»Wie alt ist eigentlich ihr Sohn?« Strolch sparte sich die Begrüßung.

Susi zog das Foto aus der Geldbörse und streichelte über das Gesicht des Jungen. Sie wollte nicht antworten.

»Ich weiß nicht.« Er würde merken, dass sie log. Sie hörte sein ungeduldiges Schnaufen. Sie gab nach. »Anderthalb, vielleicht zwei.«

Eine kurze Pause.

»Was würde ich nur ohne dich machen.« Er klang wieder nach Strolch. Nach *ihrem* Strolch. »Weißt du, wie er aussieht?«

Sie betrachtete das Foto. »Er hat blonde Locken.«

»Ich bin bald da, Susi. Hältst du solange die Stellung, ja?«

Sie nickte und flüsterte: »Natürlich.«

Er hatte Susi gesagt. Und es hatte so schön geklungen wie damals in ihrem ersten gemeinsamen Urlaub 1984, als sie sich so nah gewesen waren.

Ihre Hand glitt wieder in die Wollschachtel und zog ein abgegriffenes Foto hervor. Wie jung sie damals waren. Und wie hübsch. Dabei hatte sie selbst sich immer als unscheinbar und hässlich empfunden neben ihm. Dieses Bild bewies, dass auch sie damals gut ausgesehen hatte. Strolch hatte eine Pilotensonnenbrille getragen, sie eine taillenbetonte pinkfarbene Stoffhose, in die sie ein gelbes T-Shirt gesteckt hatte. Ihre braune Haut kam gut zur Geltung, ihre Zähne strahlten weiß. Strolch hatte den Arm um sie gelegt. Selfies kannte damals noch niemand, das Bild hatte der Ferienhausnachbar gemacht. Er war gerade angereist und hatte gesehen, dass Susi und Strolch Fotos schossen.

»Soll ich nicht mal die ganze Familie fotografieren?«, hatte er auf Deutsch gefragt. Geistesgegenwärtig hatten sie genickt und ein halbwegs akzentfreies »Ja, gerne« herausgebracht.

Der Nachbar hatte Grimassen gezogen, sodass die Kleine schließlich doch lachen musste. Susi hatte die Hand auf den blonden Haarschopf des Mädchens gelegt, ihre Fingerspitzen hatten gekribbelt, als sie die feinen Haare gespürt hatte. Mutter, Vater, Kind – so fühlte es sich also an. Gleich würden sie zum Strand gehen. Sie musste an den Eimer und die Schüppe denken.

Als der Nachbar wieder hinter der Hecke verschwunden war, hatte Strolch sie aufgefordert, den Film zu vernichten. Darauf würde man sie erkennen. Sie hatte es ihm versprochen. Aber nie getan.

Jetzt betrachtete sie das Foto, das es nicht geben durfte. Es war ihr Schatz. Es war ihr Traum, der damals in Erfüllung gegangen war.

Lille hatte sie sie genannt, Kleine. Sie weinte viel am Anfang und rief nach ihrer Mama. »Ich bin nun deine Mama, deine Ferienmama«, hatte sie gesagt und das Mädchen mit den Kuscheltieren abgelenkt. Es war anstrengend. Aber es war auch schön. Sie und Strolch schliefen auf der Ausziehcouch im Wohnzimmer, die Schlafzimmertür blieb geschlossen. Am zweiten Abend, als Lille schon schlief, hatte er sich wieder den weißen Geisteranzug übergezogen und war mit dem Messer in den Raum gegangen. Sie hörte, wie die Folie raschelte, als er die Tür öffnete. Es klang, als ob jemand einen Joghurtbecher zerdrücken würde. Sie stellte den Kassettenrekorder des Mädchens an, zum Glück wachte es nicht auf. Susi summte die Kinderlieder mit, die sie lieber hören wollte als die Geräusche von nebenan. Die geräuschlosen Bilder in ihrer Phantasie waren schlimm genug.

Sie ahnte, was er vorhatte. Sie hatte die Tonnen gesehen, große Plastiktonnen. Die hatte er anscheinend schon vorher besorgt, zusammen mit der Folie. Und jetzt standen die Tonnen im Gartenhäuschen und warteten darauf, gefüllt zu werden. Als sie später in die Küche ging, stand er an der Spüle und ließ Wasser über das blutige Messer laufen. Der Schaum färbte sich rosa, sie sah, dass sich Schweiß auf seinem Rücken gebildet hatte.

»Es funktioniert nicht«, flüsterte er. »Sie sind noch zu groß. Ich muss sie kleiner kriegen. Es ist zu schwer.«

Sie trat neben ihn und legte ihren Kopf an seine Schulter. »Dir fällt schon was ein«, sagte sie und nahm ihm das Messer aus der Hand. Hasenblut, dachte sie. Es ist nur Hasenblut. Das wasche ich ab. Mehr ist da nicht.

Die Hosen der Frau passten ihr, es war verrückt. Wie für sie gemacht. Auch die T-Shirts. Nur der Bikini, der hatte oben noch Luft. Strolch hatte sich darüber lustig gemacht. Sie war erst beleidigt gewesen. Als er sie dann aber in den Arm genommen hatte und das Mädchen ihn eifersüchtig wegstupsen wollte, fühlte sich alles in ihrem Innern sonnenwarm an. Mutter, Vater, Kind.

Es war eine Tortur für ihn gewesen. Sie sah es ihm an, auch wenn er so tat, als wär er ein harter Hund, als hätte es ihm nichts ausgemacht, sie durchzusägen, damit sie in die großen Plastiktonnen passten.

Am Morgen hatte er Susi geschickt. Sie sollte aus einem Baumarkt eine kleine Handsäge besorgen, eine, mit der man auch Metall schneiden konnte. Damit würde er es schaffen. Er hatte ganz locker dabei geklungen, als würde er sie bitten, eine Kiste Wasser zu kaufen. Sie hatte ihn entsetzt angeschaut, und er hatte die Augen gesenkt. Er war blass. Sie wusste, dass er Angst hatte. Sie nahm ihn in den Arm und nickte einfach.

Dann zog sie dem Mädchen eine Jacke über und nahm sich den Autoschlüssel, der auf dem Küchentisch lag. Es half ja nichts, die Frau und der Mann waren tot. Lille würde es jetzt besser gehen, hatte Strolch ihr gesagt. Sie wollte ihm glauben. Zusammen mit dem Mädchen fuhr sie in den Baumarkt. Sie schwitzte, das Mädchen war still. Unheimlich war das. Sie lachte nicht, sie weinte nicht. Sie saß einfach nur da und starrte geradeaus. Als hätte sie aufgegeben. Als sie auf dem Parkplatz standen, rührte sie sich nicht. Susi nahm sie an die Hand und zog sie neben sich her zum Eingang des Marktes.

Ihr war schlecht, der Kreislauf spielte verrückt. Als sie nach einer Säge griff, die an einer der Stellwände des Marktes hing, zitterten ihre Hände.

An den Rückweg in die Ferienhaussiedlung erinnerte sie sich später nicht mehr. Sie stoppte den Ford mit dem deutschen Kennzeichen vor dem Haus, sie stieg aus, sie öffnete die hintere Tür, sie öffnete den Gurt des Kindes, sie griff nach der Tüte mit der Säge, die neben dem Mädchen auf der Rückbank gelegen hatte, sie nahm die Hand des Mädchens in die andere Hand und ging auf die Haustür zu.

Strolch öffnete ihr. Nervös. Er blickte sich um. »Hast du sie?«

Sie nickte und reichte ihm die Tüte. »Lille und ich gehen solange zum Strand.«

Er hatte Tränen in den Augen. »Es tut mir leid«, flüsterte er.

»Wenn du fertig bist, kannst du ja nachkommen«, sagte sie mit fester Stimme. Dann drehte sie sich um.

»Komm, Lille! Wir gehen jetzt eine Sandburg bauen.«

Abends sang sie dem Mädchen dänische Lieder vor, während Strolch die Papiere der Eltern durchsuchte, Adressen und Namen notierte und Straßenkarten hervorholte. Er sprach nicht darüber, doch ihr war klar, dass er nach einem Weg suchte, die perfekte Geschichte der Toten zu erfinden. Sie versuchte, die Namen sofort zu vergessen. Thomas und Marianne Meißner, Ende zwanzig, ausgelöscht. Die kleine Katja, gerade noch zwei, würde bald andere Eltern haben. Sie sprach nie ihren Namen aus, er sollte auch ausgelöscht sein – wie alles andere. Wichtiger waren ohnehin die anderen Fakten. Wo kamen sie her? Welche Heimroute würden sie nehmen?

Er hatte ihr aufgetragen, sich immer nur kurz im Garten aufzuhalten. Sodass die Nachbarn zwar sehen konnten, dass die Familie aus Deutschland anwesend – und lebendig – war, sie aber nicht in Gespräche verwickelt wurden. So gewann er Zeit. Die Fotos, die sie mit der Kamera machten, die auf dem Küchentisch gelegen hatte, würden später, wenn sie von den Ermittlern entwickelt wurden, vor allem das Mädchen zeigen. Sah man die Eltern, sah man nie die Gesichter.

Gut, dass ihr die Hosen der Frau passten wie angegossen. Strolchs Füße waren zwar eigentlich zu klein für die Turnschuhe des Mannes, aber das sah man ja nicht auf den Fotos. Jeder, der später die Bilder anschauen würde, würde zu dem Schluss gelangen: Die Familie hatte noch einen wunderbaren Dänemark-Urlaub erlebt, bevor die Tragödie über sie kam. *Tragödie* – dieses Wort gefiel Susi besser als die Wahrheit.

Er war es gewesen, der das Kissen auf ihre Gesichter gedrückt, das Messer geführt und die Knochen mit der Säge durchtrennt hatte, doch ohne ihre Bereitschaft, ihm zu helfen, hätte er all das vielleicht nicht getan. Sie wollte das nicht denken, doch sie tat es. Immer wieder. Hunderte Male, Tausende Male, Millionen Male. Irgendwann war dieser Gedanke zu etwas geworden, das zum Leben dazugehörte. Wie Atmen oder Augenblinzeln. Etwas, das da war, was man aber nicht mehr wahrnahm.

Damals, in jenem Sommer 1984, hatte sie es noch ganz bewusst geschmeckt, wenn sie am Kuchenteig naschte, den sie zusammen mit dem Mädchen anrührte. Sie hatte es gerochen, wenn sie die Kleine mit Sonnenmilch einrieb. Sie hatte es gehört, wenn das Mädchen »Mama« rief, und sie hatte es gesehen, wenn sie den Flur entlangging und ihren Blick von der Schlafzimmertür abwendete: das Gefühl der Mitschuld.

Wenn Strolch sie aber in den Arm nahm und anlächelte, dann war es, als lege sich Watte über alles. Dann war sie da, wo sie sein wollte. In einem Ferienhaus am Meer mit ihrer kleinen Familie, die sie liebte.

44

Oscar biss in den Zwieback. Ein kleiner Teil landete tatsächlich in seinem Mund, der Rest fiel auf die groben Holzdielen in Ravens Küche und zerbrach in große Krümelstücke, ein dicker Klecks Marmelade bedeckte das Ganze. Daniel wollte aufspringen, doch Raven hielt ihn zurück. Sie lachte und legte ihre Hand kurz auf seinen Oberarm.

»Lass mal. Die Krümel laufen uns nicht weg. Da kommen bestimmt noch mehr dazu, jetzt zu fegen wäre also sinnlos.«

Daniel sank zurück auf seinen Stuhl und rührte im Kaffee, obwohl es nichts mehr zur verrühren gab. Der Zucker war längst aufgelöst, die Milch hatte das Schwarz in ein helles Braun verwandelt. Aber das Geräusch des Teelöffels, der an die Innenwände der groben Tasse stieß, beruhigte ihn.

»Hier wohnst du also ganz allein.« Er fragte nicht, er stellte es einfach fest. Ohne dass er es hätte erklären können, war ihm klar, dass alles in diesem Haus Ravens Handschrift trug.

Sie lachte. »Ja.«

»Das sieht man.« Jetzt lachte er.

»Weil es so unordentlich ist?«

Er schüttelte den Kopf. Er wollte sagen: *Weil es schön hier ist, weil es wie du ist, weil man sich hier sofort zu Hause fühlt.* Stattdessen nahm er einen Schluck Kaffee und sagte: »Oscar, wir müssen langsam los.« Dann stand er doch auf. Er hatte eine Küchenrolle entdeckt und machte sich daran, die Marmelade vom Boden aufzuwischen. Sie hockte sich mit dem Kehrblech neben ihn. Für ein paar Sekunden berührte ihre Schulter seine. Er sah sie nicht an, sondern konzentrierte sich auf die rote Marmelade auf dem Küchenpapier.

»Ich weiß nicht, was ich machen soll«, sagte er leise.

»Du wirst sie finden«, flüsterte sie eindringlich.

»Oscar. Er vermisst sie.«

»Natürlich«, flüsterte sie.

»Es ist so unglaublich anstrengend, ihm vorzuspielen, alles wäre in Ordnung.« Er wischte mit dem Handrücken über seine Augen.

»Natürlich«, sagte sie wieder und legte ihren Arm um seine Schulter. Dann stand sie auf und öffnete den Mülleimer. »Oscar, dein Vater braucht Hilfe beim Aufstehen, zieh ihn mal hoch!«

Der Junge zog an Daniels linker und Raven an seiner rechten Hand.

Als Daniel wieder aufrecht stand, blinzelte er, damit keine neuen Tränen nachkamen.

»Meine Tante liebt kleine Kinder«, sagte Raven. »Vor allem so kleine Lockenjungs wie diesen hier.« Sie wuschelte Oscar durch die Haare. »Ich kann sie anrufen, sie kann morgen auf ihn aufpassen. ›Ein Kind im Laden lässt die Geschäfte besser laufen‹, sagt sie immer. Ich war auch früher dauernd bei ihr und habe es geliebt.«

Daniel nickte und sah sie fragend an.

»Nach meinem Termin in der Agentur bin ich hier. Ich helfe dir. We will find her!« Sie sagte es auf Englisch, damit Oscar sie nicht verstand. Dann nahm sie den Jungen kurz in den Arm und schob Daniel aus der Haustür.

45

»Hab ich gestört?« Emil Hasagars knarzige Stimme klang kraftlos. Oscar war gerade im Begriff einzuschlafen, kein guter Zeitpunkt für ein Telefonat. Daniel flüsterte, während er auf Zehenspitzen das Schlafzimmer verließ.

»Entschuldigung. Mein Sohn schläft gerade ein. Gibt es Neuigkeiten?«

»Ach ja, der Kleine. Wie alt ist der eigentlich?«

»Zwei«, sagte Daniel.

»Schönes Alter. Anstrengend, aber schön.«

»Ja. Stimmt. Aber weshalb –«

»Jetzt ist es nur noch anstrengend.«

Daniel verstand nicht. »Wie meinst du das? Was ist anstrengend?«

»Egal«, sagte Emil Hasagar und rieb sich seine Schläfen. »Meiner ist siebzehn. Nicht immer leicht. Aber deshalb habe ich natürlich nicht angerufen. Es gibt Neuigkeiten. Keine guten!«

Daniel spürte, wie sich sein Magen verkrampfte. Hatten sie Sibylle gefunden? Wie ging es ihr? War sie wohlauf? Was für ein seltsames Wort das war. Dann fiel ihm ein, dass Emil Hasagar ja gar nicht wusste, dass seine Frau verschwunden war.

Er versuchte, jede Aufgeregtheit zu unterdrücken und stattdessen professionell interessiert zu klingen. »Aha? Was gibt's?«

»Es gibt nichts!«

»Das ist nicht viel.«

Emil lachte trocken.

Die dänische Polizei hatte nach Vergleichsfällen gesucht. Gab es ungeklärte Todesfälle, die ein ähnliches Muster aufwiesen? Da die Professionalität, mit der die beiden Deutschen ermordet wurden und eventuell unauffindbar entsorgt worden wären, auf einen oder mehrere erfahrene Täter hindeutete, schloss man eine Serie nicht aus. Doch keine Datenbank hatte den Verdacht bestätigt. Man hatte nach verschiedenen Parametern gesucht. Paare und Familien, die in ihren Ferien in einem schlecht gesicherten Ferienhaus getötet worden waren? Fehlanzeige. Raubmorde, in denen ganze Familien auf ähnliche Art und Weise ausgelöscht wurden? Entweder geklärt oder unauffindbar? Raubüberfälle in Feriensiedlungen? Hatte es alles gegeben, aber nicht in dieser brutalen Dimension.

»Das war kein Raubüberfall«, sagte Daniel.

»Wissen wir nicht«, warnte Emil vor zu schnellen Schlüssen.

»Schon klar. Wir wissen eigentlich nichts. Außer dass dort ein offensichtlich sympathisches, junges deutsches Ehepaar getötet wurde.«

»Und dass deren Kind überlebt hat.«

»Warum?«

Hasagar klang plötzlich wacher, als er sagte: »Das ist vielleicht die Frage der Fragen.«

Daniel hielt einen Kugelschreiber in seiner Hand und kritzelte auf die Rückseite des Bildes, das Oscar kurz vorm Zubettgehen mit dicker Wachsmalkreide gemalt hatte, das Wort »Warum?«. »Was meinst du damit, dass ›Warum?‹ vielleicht die Frage der Fragen ist?«

»Warum hat das Kind überlebt?«, fragte Hasagar zurück.

»Es hat geschrien, und dadurch ist die Zeugin aufmerksam geworden. Julia hat dem Jungen vielleicht das Leben gerettet.«

»Jytta. Sie heißt Jytta«, korrigierte Hasagar seinen Kollegen.

Natürlich wusste er Jyttas Namen. Das Mädchen kannte er fast so lange, wie er seinen Sohn kannte. Sie war die Tochter der Wochenendhaus-Nachbarn gewesen. Die Kinder hatten alle miteinander gespielt, wenn die Eltern am Wochenende gegrillt und zusammen Bier getrunken hatten. Eine richtige Clique war das gewesen. Kristian, Jytta und all die anderen Jungen und Mädchen. Damals, als sie noch Kinder waren und noch alles so war, wie es sein sollte. Lebendig, ehrlich, schön. Sie lernten zusammen laufen, sie lernten zusammen schwimmen, sie spielten, sie lachten, sie fingen Krebse und bauten Sandburgen.

Was sie jetzt taten, wusste Emil nicht mehr. Er wusste nicht einmal mehr, ob sein Sohn jemals lachte. In seiner Gegenwart tat er es jedenfalls nicht.

»Du meinst, der Junge wäre auch getötet worden, wenn Jytta nicht zufällig mit ihrem Hund draußen gewesen wäre?«

Daniel unterstrich das Wort »Warum«.

»Ich meine gar nichts. Dazu wissen wir einfach zu wenig.«

Emil stimmte ihm zu. »Du hast recht. Zum jetzigen Zeitpunkt wissen wir zu wenig. Und unser einziger Zeuge kann uns nichts sagen.«

Natürlich hatten sie es mit Hilfe eines Kinderpsychologen versucht. Doch davon abgesehen, dass Frederik ein Kind mit Downsyndrom war, war er auch sehr jung. Er war entwicklungsverzögert. Er konnte nicht sprechen, er hätte nicht sagen können, was er gesehen hatte.

»Wenn er denn überhaupt etwas gesehen hat«, warf Daniel ein.

»Er hat geweint und geschrien. Er hat etwas gesehen«, sagte Emil Hasagar.

»Ich weiß nicht. Du meinst, er ist weggelaufen?«

»Er kann nicht laufen. Er ist gerobbt, gekrabbelt, er schrie. Er wollte weg. Da bin ich sicher.«

Daniel dachte nach. »Was macht dich so sicher?«

Hasagar antwortete zögernd: »Mein Instinkt?«

Daniel lachte. »Ihr dänischen Polizisten seid ja noch bescheuerter als wir Deutschen.«

Hasagar ließ ein leises Lachen vernehmen. »Ich melde mich, wenn es was Neues gibt.« Dann legte er auf.

Daniel starrte weiterhin auf das Wort, das er jetzt schon zum zehnten Mal unterstrich. »Warum?«.

Warum hat das Kind überlebt? Warum mussten seine Eltern sterben? Und: Warum war Sibylle verschwunden? Er hätte sich gerne auf seinen Instinkt verlassen. Doch der schien ihm abhandengekommen zu sein. Er hatte kein Gespür mehr dafür, was jetzt zu tun war. Er konnte sich nicht entscheiden. Sollte er abwarten? Sich darauf verlassen, dass Sibylle wiederkam?

Sollte er sie als vermisst melden? Sollte er Himmel und Hölle in Bewegung setzen oder den Ball flach halten?

Auf jeden Fall sollte ich aufhören, in dämlichen Floskeln zu denken. Den Ball flach halten. Oh Mann!

Und er musste aufhören, als Ehemann zu denken. Er war Polizist. Er suchte eine Person. Ein Mordfall hatte aus bisher nicht geklärten Gründen vermutlich irgendetwas mit diesem Verschwinden zu tun. Was war die Schlussfolgerung daraus? Er konnte sie nicht ziehen. Er war unfähig, die Emotionen herauszulassen. Er war müde. Er legte seinen Kopf auf die Tischplatte und schlief ein.

Als er eine Stunde später aufwachte und einen stechenden Schmerz im Nacken verspürte, wankte er zu Oscar ins Zimmer, legte sich vorsichtig neben ihn und atmete seinen Kinderduft ein.

Was hatte der kleine Junge, der nicht sprechen und nicht laufen konnte, sehen müssen? Wie viel davon hatte er verstanden? Wie hatte er es geschafft, aus dem Haus zu robben? Hatte er geschlafen, während seine Eltern getötet worden waren? Oder war er wach gewesen? Warum hatte er dann überlebt? Es wäre so leicht gewesen, ihn zu töten. So schrecklich leicht.

Daniel legte seine Hand auf Oscars kleine Finger. »We will find her«, flüsterte er und schlief ein.

Um fünf Uhr morgens erwachte Daniel davon, dass ein kleiner Finger in seinem linken Nasenloch steckte. Als er reflexartig seinen Kopf zurückwarf, ratschten die kleinen, spitzen Fingernägel die empfindliche Naseninnenwand auf.

»Verdammt«, rief Daniel und hielt sich mit schmerzverzerrtem Gesicht die Nase. Oscar heulte los. Das Blut tropfte, und Daniel wankte ins Badezimmer, um es mit Klopapier zu stillen. Gleichzeitig versuchte er, den Jungen zu beruhigen. »Alles halb so wild, Papa hat nur aua gemacht.«

Oscar weinte nicht mehr. »Nase pusten«, sagte er und zog das Gesicht seines Vaters an seines heran. »Papa, tomm. Oscar pusten.«

Daniel nahm den Jungen in den Arm. »Alles ist gut. Alles ist gut.«

Oscar klammerte sich fest um seinen Hals, seine kleinen Arme hielten ihn ganz fest. Daniel wurde klar, dass er gerade von einem Zweijährigen getröstet wurde. Und ihm wurde klar, was für ein großes Glück er hatte. Dass er dieses Kind hatte und dass ihn gerade in diesem Moment dessen Locken am Kinn kitzelten. Wieso hatte er nicht begriffen, wie privilegiert er war? Dass er ein Haus besaß. Dass er einen Job hatte, der ihn nicht jeden Tag in Lebensgefahr brachte, der ihnen ein finanziell sorgenfreies Leben ermöglichte. Er war ein Idiot, dass er nicht jede Minute genossen hatte, sondern sie im Auto Musik hörend verplemperte, weil er den alten Zeiten nachtrauerte, in denen er noch der harte Bulle mit dem unabhängigen Leben gewesen war.

Sein Handy summte. Er trug Oscar in die Küche und strich über den Sperrbildschirm. Er hatte eine Nachricht bekommen. Er musste husten. Sie war von Sibylle.

»Natürlich geht das. Technisch. Aber jetzt echt, Dako? Muss das sein? Verletzt das nicht ihre Privatsphäre?« Daniel Konermanns alter Kollege Gustav war offensichtlich nicht sehr gerne bereit, seinem alten Kumpel Dako mit einer erneuten Handyortung zu helfen.

»Versuche es doch selbst. Mit deinem Handy. Da gibt es eine Menge Tutorials im Netz.«

»Du weißt genau, dass ihr das besser könnt. Außerdem habe ich es ja immer wieder zwischendurch mit der normalen Standardortung versucht. Keine Chance.«

»Dann soll es vielleicht so sein. Immerhin hat sie sich doch jetzt gemeldet. Dann ist doch alles gut.«

Daniel war wütend auf Gustav. Nichts war gut. Warum machte er es so kompliziert? Er brauchte eine nachträgliche Ortung, die würde er alleine nicht hinbekommen. Denn nachdem er Sibylles Nachricht gelesen hatte, war deren Handy schon wieder tot. Daniel hatte keine Chance, zu antworten oder anzurufen.

»Bitte«, sagte er. »Ich will einfach wissen, wo sie ist. Mensch Gustavo, ich bin kein Stalker, ich werde ihr nicht nachreisen, wenn sie das nicht will. Aber Oscar, der braucht sie. Und ich brauche die Sicherheit, dass es ihr gut geht, damit ich weiß, was ich ihm sagen soll, wenn er wieder nach ihr fragt. Ich muss einfach wissen, woran ich bin.«

Gustav seufzte. »Gib mir 'ne Stunde, ich schicke dir gleich die Daten.« Aber bevor er auflegte, schickte er noch ein »Blödmann!« hinterher.

Kurz darauf folgte eine Textnachricht von ihm. »Was hat sie dir eigentlich geschrieben?«

Daniel überlegte kurz. Dann kopierte er den Text und schickte ihn an Gustav. Sibylles letzten Satz ließ er dabei weg.

Ich brauche noch Zeit für mich. Bitte kümmere dich solange um Oskar. Ich liebe dich nicht mehr, tut mir leid.

46

Sommer 1984

Die erste Woche war vorbei. Susi war verwundert, wie schnell sich in diesen wenigen Tagen schon feste Rituale eingespielt hatten. Jeden Abend sang sie der Kleinen die dänischen Lieder vor, die sie selbst nur aus der Schule kannte, weil sie ihr zu Hause nie jemand vorgesungen hatte. Dabei saß das Mädchen auf ihrem Schoß, sie selbst saß auf dem Sessel neben dem Sofa. Von dort aus konnte sie sehen, wie sich auf Strolchs Stirn tiefe Falten bildeten. Er dachte nach. Doch hin und wieder schaute er zu ihr und dem Mädchen und lächelte ihnen aufmunternd zu.

Lille war sehr still und anhänglich geworden. Susi wusste, woher es rührte, genoss aber trotzdem die Nähe des Kindes, die Wärme, die sich in ihr selbst ausbreitete, wenn es sich an sie lehnte, ihre Hand nicht loslassen wollte.

Er war erleichtert, dass das Mädchen nicht mehr so viel weinte, das sah man ihm an. Aber er war auch unruhig. Die Leichen war er losgeworden. Die Tonnen mit dem unvorstellbaren Inhalt waren Geschichte. Susi wollte es eigentlich nicht wissen, aber als er von der Müllverbrennungsanlage nördlich von Aalborg zurückgekommen war, war er so gelöst und euphorisch gewesen, dass er ihr stolz erzählte, wie problemlos die Tonnen als Sondermüll deklariert direkt in die Verbrennungsöfen geschickt wurden.

»Sie sind weg«, sagte er fast schon fröhlich. »Komplett weg.«

Sie wusste, was er dachte: *Also doch gut, dass ich meinen Hilfsarbeiter-Job bei der Entsorgungsfirma nicht komplett aufgegeben habe.* Susi hatte nie verstanden, warum Strolch keine bessere Arbeit suchte. Die Bezahlung war mau, die Arbeit dreckig – er hätte doch einfach aufhören können. Jetzt begriff sie, dass es ihm um die Möglichkeiten ging, die sich ihm dort boten.

Susi war erleichtert, dass sie sich die toten Eltern jetzt als Aschewolke vorstellen konnte statt als Berge rohen Fleisches. Auch wenn es ihr nicht immer gelang. Doch ihr war auch klar, dass Strolch die Sache noch nicht wirklich zu Ende gebracht hatte. Die Toten hatten Freunde, sie hatten Eltern, Geschwister, Nachbarn. Vielleicht hatten sie Termine beim Zahnarzt, bei der Frauenärztin, sie mussten nach dem Urlaub wieder zur Arbeit, der nächste Kollege wollte Urlaub machen. Noch genau sieben Tage lang würden all diese Menschen keine Fragen stellen. Noch genau sieben Tage lang konnten sie und Strolch einen Plan entwickeln, der sie davonkommen ließ. Nichts durfte darauf hindeuten, wo die Tat stattgefunden hatte. Alles musste so aussehen, als wären drei Menschen nach den glücklichen Ferien in Dänemark einfach verschwunden. Mutter, Vater, Kind. Für immer fort. Vom Winde verweht. Verschluckt vom Erdboden. Untergegangen in den sieben Weltmeeren.

Und so war es auch Teil des abendlichen Rituals geworden, dass Susi erst die Kleine ins Bett brachte, so lange ihre Hand hielt, bis sie einschlief, und sich dann zu Strolch an den Tisch setzte, um mit ihm die Landkarten zu studieren, die er aus dem Handschuhfach des Ford geholt hatte. Der Reiseweg der Familie war mit einem neongelben Textmarker markiert worden.

Susi stellte sich vor, wie die Mutter die Karte während der Fahrt auf ihrem Schoß hatte und ihren Mann dirigierte. *Schatz, die nächste musst du rechts fahren.* Er würde lächeln oder genervt sein. Dankbar oder beleidigt. So war das mit Ehepaaren. Von außen betrachtet beneidete man sie für ihr Nicht-alleine-Sein, aber eben nur von außen betrachtet.

Strolch fuhr immer wieder mit seinem Finger über diese Strecke.

»Dass sie so weit gefahren sind, nur für unsere Gegend. Sie haben es doch schön in Bayern«, sagte Susi.

Strolch nickte gedankenverloren. Sein Finger fuhr die Strecke nun rückwärts. »Irgendwo hier, irgendwo auf diesem Weg müssen sie verloren gehen. So dass es jeder sieht, aber dass man sie nicht findet.«

Susi dachte nach.

»Die Leute sollen denken, sie sind irgendwo dort verreckt.«

Susi zuckte zusammen. Wie konnte er nur so sprechen. So grob.

Er legte seine Hand auf ihre. »Hey, du bist doch die Kluge von uns beiden.«

Ihr wurde warm.

»Hast du nicht eine Idee?«

Sie schaute ihn an. Er sah müde aus. Traurig.

»Waren das wirklich keine netten Leute?«, fragte sie ihn.

»Natürlich nicht. Es ist gut für die Kleine, dass sie ihr nichts mehr tun können.«

Sie überlegte.

»Für was hältst du mich?« Er klang beleidigt.

»Was passiert mit ihr, wenn die vierzehn Tage vorbei sind?«

»Sie wird es gut haben.«

»Woher weißt du das?« Sie schaute in seine Augen.

»Ich weiß es ganz sicher.«

Sie spürte seine warme Hand auf ihrer. »Vertrau mir! Ich will wirklich, dass es ihr besser geht. Besser als mir damals. Du weißt schon.« Er senkte seinen Blick.

Mit fester Stimme sagte sie: »Ja.«

Er sah sie fragend an. »Was ja?«

»Ja, ich habe eine Idee, wie wir sie verschwinden lassen können, obwohl sie ja eigentlich schon weg sind.«

Er lächelte dankbar.

Sie drehte ihre Hand um, sodass seine und ihre Handflächen aufeinanderlagen. »Wir machen es wirklich so, dass es jeder sieht.«

47

In Stellas Kiosk duftete es nach frischen Brötchen. Vielleicht war das der Grund, warum Oscar sich sofort wohlfühlte bei Ravens Tante. Doch Stella, die inzwischen schon wieder sehr passabel laufen konnte und voller Tatendrang schien, freute sich so offensichtlich über einen ganzen Tag mit einem kleinen Jungen, dass selbst Oscar diese Begeisterung sofort spürte.

»Willst du heute bei Stella bleiben?«, fragte Daniel und blinzelte dabei der künftigen Babysitterin zu. Die hatte er angerufen, gleich nachdem Raven mit ihr gesprochen hatte, um zu klären, ob es ihr wirklich recht sei. Oscar strahlte und griff nach dem Plätzchen, das Stella ihm reichte.

Als Daniel sich von ihm verabschiedete, fiel der Tschüss-Kuss nur sehr oberflächlich aus. Oscar hatte Wichtigeres zu tun, als seinem Vater hinterherzujammern. »Stella helfen. Verkaufen«, sagte er und stapfte hinter der Kioskbesitzerin her. Es sah sehr wichtig aus, bemerkte Daniel. Kein Wunder, die Arbeit rief.

Daniel ließ sich erleichtert in seinen Wagen fallen und tippte die Adresse, die ihm Gustav zugeschickt hatte, ins Navi. Sibylle hatte ihre Nachricht an ihn in Frederikshavn abgeschickt. Die genaue Hausnummer konnte Gustav nicht angeben, aber die relevanten Straßennamen. Irgendwo zwischen Kirkepladsen, Parallelvej und Jernbanegade war Sibylles Handy für wenige Minuten angestellt worden.

Ich brauche noch Zeit für mich. Bitte kümmere dich solange um Oskar. Ich liebe dich nicht mehr, tut mir leid. Die Sätze klangen wie ein Klischee. Sie passten einfach nicht zu Sibylle. Niemals hätte sie ihm solch gewichtige Dinge über ihr Handy mitgeteilt. Dazu war sie einfach zu altmodisch – im guten Sinne.

Er biss in das Brötchen, das Stella ihm mitgegeben hatte, und startete den Motor. Frederikshavn, die Hafenstadt mit dem großen Fähranleger, lag an der Ostseite Dänemarks, etwa achtzig Kilometer von Daniels Ferienhaussiedlung an der Nordsee entfernt.

Daniel stellte das Autoradio an und drehte die Musik laut. Das frische Brötchen krümelte in seinen Schoß und auf den Sitz. Er musste lächeln. Sibylle hätte es überhaupt nicht gefallen, dass er so achtlos im Auto aß. Aber sie hätte nichts gesagt. Sie hätte nur geradeaus geschaut, und die Innentemperatur im Wagen wäre merklich gesunken. Sie konnte das. Temperaturen absinken lassen.

Daniel erschrak über seine Gedanken. Er hatte in der Vergangenheit gedacht. Gerade so, als hätte er akzeptiert, dass sie weg war. Für immer. Ihm wurde heiß. Was war nur los mit ihm? Er spürte, wie sein Puls nach oben schnellte und danach absackte. Dann wurde ihm schlecht, er schloss die Augen, riss sie wieder auf, schlug das Lenkrad nach rechts ein, trat mit aller Wucht auf die Bremse und kam auf dem Seitenstreifen zum Stehen.

Sein Kreislauf war zusammengebrochen, seine Lippen kribbelten, er atmete schwer. Er lehnte seinen Kopf aufs Lenkrad und verharrte einige Minuten so. Eine bleierne Müdigkeit ergriff seinen Körper. Schock, dachte er. Er hatte es viele Male erlebt. Bei anderen. Oft reagierten die Menschen auf eine schlimme Nachricht zunächst, als wäre nichts passiert. Sie kochten Kaffee und machten Small Talk mit den Polizeibeamten, die ihnen gerade gesagt hatten, dass einer ihrer Liebsten gestorben war. Der Schock kam dann später, meist unangekündigt. Der Kreislauf brach zusammen, die Reaktionen waren unabsehbar. Manche sagten gar nichts mehr. Andere zitterten. Wieder andere begannen, hemmungslos zu weinen.

Jetzt stellte er sich also selbst die Diagnose. *Daniel Konermann steht unter Schock.* Er hatte die ganze Zeit funktioniert. Wegen Oscar. Jetzt war er allein. Jetzt kam sein Zusammenbruch. Er öffnete die Autotür und stieg aus. Der Sommerwind fuhr ihm durch die Haare, er atmete tief ein. Ein paar dänische Autofahrer wurden langsamer. Sie vermuteten wohl, Daniel hätte eine Panne, sie wollten ihm helfen. Er winkte sie weiter, versuchte, irgendwie sorglos zu wirken.

Es fiel ihm schwer, seine Gefühle einzuordnen. War er verletzt, weil sie nicht mit ihm redete? War er wütend, dass sie ihn vor vollendete Tatsachen stellte, war er traurig, weil er sie nicht um sich hatte?

Er nahm einen Schluck von der Cola, die er sich bei Stella noch aus dem Kühlregal genommen hatte. Er öffnete die WhatsApp-Nachricht noch einmal. Es war zu hell draußen, er konnte sie kaum lesen. Also setzte er sich wieder ins Auto und las dort. Und sofort erfasste ihn wieder dieser massive Schwindel von vorhin, als er beinahe ohnmächtig geworden war. Sie hatte Oscar mit k geschrieben. Oskar! Den Namen des eigenen Sohnes falsch geschrieben. Er hatte es zwar gesehen, aber nicht begriffen. Zu sehr hatten ihn die Worte »Ich liebe dich nicht mehr« angeschrien. Jetzt wusste er, was er fühlte. Er war nicht verletzt, er war nicht wütend, er war nicht traurig.

Er hatte Angst.

48

Sommer 1984

Als sie ihm den Plan erklärte, war er beeindruckt. Susi hatte wirklich an alles gedacht. Liebevoll streichelte er ihr den Rücken, während sie ihm auf der Straßenkarte zeigte, wo was passieren würde. Außerdem hatte sie einen Ablaufplan erstellt. In ihrer schönen Schrift stand dort, was wann zu tun war.

In drei Tagen würden sie packen müssen. Die Nachbarn in der Ferienhaussiedlung, zu denen sie sonst sorgsam Abstand hielten, sollten sehen, wie die kleine bayerische Familie ihre Koffer ins Auto trug. Wohlbehalten, gesund und munter nach zwei schönen Wochen in Dänemark. Sollten sich die anderen Urlauber blicken lassen, würden sie winken und dazu lächeln. Die Kleine lächelte zwar selten, aber das würde nicht weiter auffallen. Schlechte Laune bei Kindern war schließlich nicht weiter verdächtig. Auch wenn es einen gewissen Aufwand bedeutete, Strolchs Wagen würde zu diesem Zeitpunkt schon in Flensburg parken. In einer Seitenstraße nahe eines großen Supermarktes, in dem viele Dänen einkaufen gingen, sodass ein dänisches Kennzeichen nicht weiter auffiele. Sie konnten also die dänisch-deutsche Grenze als Familie in einem deutschen Auto überqueren, unauffälliger ging es nicht. In Flensburg würden sie sich dann auf die beiden Autos aufteilen. Das der ausgelöschten Familie würde ja später in Bayern bleiben.

Als Susi darüber sprach, mit welchen Spielen und Süßigkeiten sie das Mädchen während der langen Fahrt durch Deutschland bei Laune halten würde, drückte Strolch ihr sanft die Hand.

»Wir müssen sie vorher abgeben. Das ist so vereinbart.«

Susi schüttelte langsam den Kopf. »So schnell schon? Sie hat sich doch gerade an uns gewöhnt.« Sie kämpfte mit den Tränen.

Strolch streichelte über ihr Haar. »Das ist es ja. Sie sollte sich nicht zu sehr an uns gewöhnen. Sie bekommt ein neues Zuhause. Ein schönes, neues Zuhause.«

Der Kloß in Susis Hals war tonnenschwer und hatte Widerhaken.

49

Er wunderte sich, dass die Straßen so leer waren. Ohne Probleme konnte er seinen Wagen in der Jernbanegade direkt vor einer Filiale der Nordjyske Bank abstellen. Vorsichtshalber schaute er sich noch einmal um. Stand dort vielleicht doch noch ein Parkverbotsschild oder ein Parkscheinautomat? Nein. Es schien wirklich so leicht zu sein. Er folgte der Jernbanegade Richtung Westen und stieß auf den Parallelvej. Irgendwo hier hatte also Sibylle ihr silbernes iPhone aus der Tasche gezogen, als sie ihre Nachricht an ihn abgeschickt hatte.

Links sah er ein kleines Hotel, dahinter lag der Gästeparkplatz. Er schaute sich die Autos an. Sibylles Wagen stand hier nicht. Als er in die Hotellobby trat, wusste er, dass Sibylle niemals hier abgestiegen wäre. Das Hotel passte nicht zu ihr. Es war einfach zu muffig, genauso wie der Mann an der Rezeption. Auskunft über die Gäste könne er eigentlich nicht geben, sagte er in schlechtem Englisch. Daniel kam sich vor wie in einem schlechten amerikanischen Detektivfilm, als er einen Fünfzigeuroschein auf den Tresen legte. Routiniert steckte der Portier das Geld ein und hackte schwer atmend auf der Tastatur des Computers herum.

Dann blickte er einige Sekunden auf den Bildschirm. »Nein. Keine Sibylle von Poll gefunden.« Danach verabschiedete er sich schnell, als fürchtete er, bei dieser Nachricht würde Daniel sein Geld zurückverlangen.

Daniel lief weiter. Fragte sich, ob auch Sibylle gesehen hatte, was er sah. Eine unspektakuläre Straße mit ein paar unscheinbaren Häusern rechts und links. Entlang des Parallelvej lagen ein Verwaltungsgebäude, schlichte Zweckbauten. Etwas zurück tauchte ein schmuckloser Backsteinkasten auf. Er beherbergte das Kunstmuseum.

Ja, das würde passen. Egal in welche Stadt er und Sibylle reisten, immer steuerte sie eine Kunstausstellung, ein Museum der Künste oder eine Kunstsammlung an. Warum also nicht in Frederikshavn? Er blieb vor der großen Eingangstür stehen. War sie eingetreten? Hatte sie sich schöne Bilder angeschaut, während er nicht wusste, wie er Oscar erklären sollte, wo seine Mutter steckte? War ihr hier die richtige Schreibweise seines Namens verloren gegangen? Weil sie so voll war von all den Eindrücken? Fast hoffte er, dass es so gewesen wäre. Zu schlimm war die Vorstellung, dass nicht sie selbst die Zeilen geschrieben hatte, sondern jemand anderes. Im besten Falle ihr Liebhaber, im schlechtesten Falle ihr – er wollte es nicht denken – Entführer?

Er drehte um, lief planlos über die östlich liegende Kirkepladsen. Auch als er vor der Kirche stand und das Kreuz hoch oben auf dem Turm der Frederikshavn Kirke betrachtete, hatte er keine göttliche Eingebung. Seine innere Stimme flüsterte: War sie hier? Eine Antwort gab sie ihm nicht.

Der Hafen war einige Kilometer von seinem komfortablen Gratis-Parkplatz bei der Bank entfernt, doch er wollte trotzdem zu Fuß gehen, sich anstrengen, die Atmosphäre von Frederikshavn in sich aufnehmen. Sein Smartphone führte ihn durch Wohnstraßen zunächst Richtung Zentrum und von dort aus zum großen Fährhafen. Sibylle mochte Häfen, sie mochte Schiffe. Stundenlang hatten sie und er am Elbstrand gesessen, als er sie zu ihrem zweiten Jahrestag zum Musical nach Hamburg eingeladen hatte. Er hatte gedacht, ihr gefalle »König der Löwen«, sie hatte gedacht, es gefiele ihm, und deshalb so getan, als wäre sie selbst restlos begeistert. Am nächsten Tag hatten sie am Strand gesessen und den großen Schiffen zugesehen, wie sie behäbig Richtung Hamburg oder Richtung weite Welt steuerten. Sie tranken Astra und lachten, als sie herausfanden, dass sie beide keine Musicals mochten, aber dass sie trotzdem glücklich waren, hier zu sein und zusammen aufs Wasser schauen zu können.

Damals hatte Sibylle bei jedem ausfahrenden Schiff geraten, wohin es wohl fuhr. Sie hatten sich übertroffen in ihren Ideen. Je exotischer das Ziel, desto fröhlicher wurde Sibylle. »Wäre es nicht schön, wenn man an einen Ort reisen könnte, an dem noch niemand vor einem war?«, hatte sie ihn damals gefragt. Und er hatte geantwortet: »Überhaupt nicht, denn das hieße ja, dass es dort kein Bier gibt.« Dann hatte er sie geküsst, und ihr Kuss hatte nach leichtem Bierschaum geschmeckt.

Der Fährhafen Frederikshavn sah aus wie ein riesiger Parkplatz. In vielen Reihen standen hier die Fahrzeuge und warteten, einige setzten sich langsam in Bewegung. Gerade legte eine Fähre aus Göteborg an und spuckte zuerst die großen Lkw, dann die Wohnmobile und schließlich die normalen Autos aus. Viele hatten deutsche und niederländische Kennzeichen und waren vollgestopft mit Gepäck. Auf den Sitzen saßen müde Schweden-Urlauber auf ihrem Weg nach Hause. War Sibylle auch eine Schweden-Urlauberin? Hatte sie nach Göteborg übergesetzt? Vielleicht war sie mit ihrem kleinen Pkw auf eines dieser Schiffe gefahren, um noch mehr Abstand zwischen sich und ihn zu bekommen. Und wahrscheinlich liebte sie ihn wirklich nicht mehr.

Und wie sieht es umgekehrt aus?

Sein Magen knurrte. Er spürte zwar keinen Hunger, doch sein Körper brauchte Nahrung. Er schlenderte Richtung Hafenmole in der Hoffnung, eine Imbissbude oder einen Fischbrötchenstand zu finden. Immerhin entdeckte er eine kleine Hotdog-Bude. Mit einer knallroten Wurst in einem süßen Brötchen setzte er sich schließlich auf einen rostigen Poller und blickte auf das Wasser. Er sah den Schiffen zu, die ein- und ausfuhren. Es roch nach Diesel. Beim Abbeißen rieselten Röstzwiebeln auf den Boden, und als eine Gurkenscheibe knapp neben seinem Fuß landete, hielt die Möwen, die ihn schon länger beäugten, nichts mehr. Sie stürzten kreischend auf Daniel zu und schnappten sich die Hotdog-Bestandteile, die zu Boden gegangen waren. Er stand auf, biss noch einmal in das Brötchen und warf das letzte Stück hoch in die Luft. Eine der Möwen fing es auf und segelte elegant davon. Ihr Schatten verdunkelte kurz den blauen Himmel.

50

»Hej, wie geht's?«

Emil Hasagar war ehrlich überrascht. Hatte sein Sohn ihn tatsächlich gerade zuerst gegrüßt? Sogar recht freundlich, ohne den üblichen Unterton, der sagen sollte: Lass mich zufrieden, ich will nicht reden!

»Hej«, antwortete Emil und wagte sich weiter vor. »Möchtest du einen Kaffee?«

Kristian nickte. »Ja, gerne.« Die zweite Überraschung an diesem Nachmittag. Normalerweise bekam er auf solche Fragen keine Antwort mehr von seinem Sohn.

Um die gute Stimmung nicht kaputt zu machen, riss Emil sich zusammen und beschränkte sich darauf, dem Sohn wirklich nur einen Kaffee einzuschenken, ohne ihn dabei zu fragen, was denn los sei, oder gar ein richtiges Gespräch mit ihm anzufangen. Stattdessen begann er die Spülmaschine auszuräumen, während Kristian sich am Küchentisch niederließ.

»Bei diesem Doppelmord an den Deutschen, seid ihr da eigentlich weitergekommen?«

Ein ganzer Satz, eine ganze Frage. Es geschehen noch Zeichen und Wunder, dachte Emil, während er den Besteckkorb auf die Anrichte stellte und die Messer und Gabeln in die Schublade sortierte.

»Nein. Leider wissen wir noch nicht viel.«

»Und wie geht es dem Jungen inzwischen? Der war doch behindert, oder?«

Emil nickte. »Ja. Der Junge. Dem geht es gut, soweit ich weiß. Seine Tante kümmert sich ja um ihn.«

Kristian trank einen Schluck. »Ich weiß. Sprechen kann er doch nicht, oder?«

»Nein, nicht richtig jedenfalls.«

»Blöd für euch, sonst könnte er euch ja sagen, wer seine Eltern – also wer die getötet hat.«

Emil räumte jetzt die Teelöffel in das kleine Fach. »Ja, das ist blöd.« Er zögerte. »Warum interessierst du dich so für den Jungen?«

»Ist nur für Jytta. Die will immer wissen, wie es ihm geht und so.«

Emil nickte. »Verstehe.«

»Sie macht sich Sorgen. Sie denkt, dass so einen Jungen doch keiner haben will.«

Emil schob die Schublade wieder zu. Als er sich umdrehte, war sein Sohn schon wieder verschwunden.

Weil er in diesem Moment zwei Gedanken gleichzeitig hatte, kam keiner so richtig in seinem Bewusstsein an. Der eine hatte mit seinem Sohn zu tun, der andere mit dem Jungen, den er und seine Kollegen intern »den einzigen Zeugen« nannten.

51

1984

Warum an diesem Tag die Sonne scheinen konnte, war ihr unbegreiflich. Sturm, Regen, Blitz und Donner – das hätte gepasst. Doch jetzt ließ sich nicht einmal ein Wölkchen am hellblauen Himmel blicken, als sie die Koffer verstauten. Das Mädchen hockte auf der Terrasse und schien zu beobachten, was die Erwachsenen, die selbst noch halbe Kinder waren, taten. In ihren Händen hielt sie ihren Stoffhasen mit den langen Beinen, die eher zu einem Strichmännchen gepasst hätten. Die Schlappohren waren schon zerschlissen, sie dienten offensichtlich als Schnullerersatz.

Zum Glück hatte Strolch in den Reiseunterlagen der Familie auch die Adresse gefunden, bei der man den Schlüssel in einen Briefkasten werfen sollte, wenn man abreiste. Das bewahrte sie davor, in direkten Kontakt mit den Vermietern treten zu müssen. Auch die Nachbarn verhielten sich so, dass ihr Plan aufging. Sie nahmen kaum Notiz von ihren Packaktivitäten, winkten aber zum Abschied freundlich von ihren Liegestühlen aus. Sie würden jederzeit einen Eid darauf ablegen können, dass die Familie aus Bayern noch an diesem frühen Abend des 20. Juli 1984 lebte.

Susi hatte, seitdem sie mitten in der Nacht aufgewacht war, versucht, ihre Gedanken im Zaum zu halten. Da es ihr nicht gelang, nicht zu denken, sprach sie sich innerlich immer wieder zwei Sätze vor: Nicht denken, nicht denken, nicht denken. Sie wird es gut haben. Sie wird es gut haben. Sie wird es gut haben.

»Ist alles eingepackt?« Strolch klang wirklich, als wäre er der leicht angespannte Familienvater, der nun endlich die Heimreise antreten wollte. Sie versuchte, darauf einzugehen und freundlich zu antworten, wie es von einer Ehefrau, die sie in diesem Moment ja spielen sollte, erwartet wurde. *Ja, Liebling.*

Doch kein Wort kam über ihre Lippen. Sie nickte nur und nahm das Mädchen fest an die Hand.

»Alles sauber?« Strolch blickte sich noch einmal in dem Haus um, das Susi in der Nacht zuvor geputzt hatte. Sie öffnete ihren Mund, um zu antworten, doch wieder kam kein Ton heraus. Sie nickte wieder und öffnete die Autotür. Lille ließ sich ohne jede Regung auf ihren Platz auf der Rückbank schieben.

»Ich setze mich neben sie.« Susi hatte ihre Stimme zurück. Sie schob sich neben die Kleine und griff nach dem anderen Hasenbein.

Strolch zuckte mit den Schultern. »Wenn du meinst.« Dann drehte er sich um und versuchte ein aufmunterndes Lächeln. Es wirkte angestrengt. Susi sah ihm an, dass er nervös war.

Als er den Motor startete, schaute die Kleine zu Susi. »Hause fahren?«, sagte sie. Susi nickte. »Mama, Papa. Hause.«

Susi streichelte die Hand der Kleinen. »Ja, du fährst jetzt zu deiner neuen Mama und deinem neuen Papa nach Hause.«

Das Kind lehnte seinen Kopf gegen Susis Schulter und schlief bereits auf Höhe von Aalborg ein. Strolch schaute in den Rückspiegel und grinste. »Du hattest recht damit, dass wir abends losfahren sollen, sie schläft ja wirklich schon.«

Susi schloss die Augen. Sie wollte nichts mehr sehen.

Die Ausweise lagen griffbereit im Handschuhfach. Susi hatte sie sich nie genau angeschaut. Sie wollte die Fotos nicht sehen, wollte nicht an die Namen erinnert werden, nicht wissen, wie jung sie gewesen waren, als sie starben. Aus den anonymen Leichen wären dann echte Menschen mit einem realen Leben geworden, und Lille wäre nicht mehr ihre Lille gewesen.

Es war Mitternacht, als sie auf die dänisch-deutsche Grenze zufuhren. »Susi …« Er flüsterte es, und sie hörte, dass er sie jetzt brauchte. »Die Grenze.«

Sie wollte ihm helfen, doch ihre Augenlider blieben geschlossen. Es war zu schwer, sie zu heben. Sie konnte sich nicht rühren. Keinen Millimeter.

Seine Stimme wurde lauter. »Susi. Wach auf!«

Sie stellte sich schlafend und fühlte sich wie tot. Haltet uns auf!, dachte sie und stellte sich vor, wie die Grenzbeamten ins Auto schauen würden. Haltet uns auf, wir haben ein Kind entführt! Doch nichts geschah. Der Wagen wurde kurz langsamer, dann wieder schneller, und dann hörte sie schon sein befreites Durchatmen.

»Geschafft«, sagte er zu sich selbst.

Warum stoppt uns keiner?, dachte sie.

52

»Du bist zu früh.«

»Ja, ich weiß. Aber –«

»Du siehst furchtbar aus.«

»Du auch.«

Raven lachte. Sie hatte weiße Cremepunkte im Gesicht, sie trug eine weite Jeans mit Löchern, und ihre Füße steckten in dicken Socken.

Daniel blieb unsicher stehen.

Raven öffnete die Tür. »Nun komm schon rein.«

Er zögerte. Schließlich wollte er nicht aufdringlich sein. Doch Raven schob ihn in ihr Wohnzimmer und zeigte auf einen der Sessel.

»Setz dich!« Dann legte sie einen Stapel Kunstzeitschriften auf einen kleinen Hocker neben dem Sessel und verschwand. Im Gehen rief sie ihm noch zu: »Kaffee musst du dir selber machen.«

Dann hörte er nur noch die Holzdielen, die ein wenig nachgaben, als sie nach oben ging. Eine Tür wurde geschlossen, und er schlug die oberste Zeitschrift auf.

Als er auf der letzten Seite angelangt war, stand sie wieder vor ihm. Das Gesicht glänzte von der Creme, ihre Haare waren fast trocken. Er blickte auf das Foto im Magazin, dann auf Raven.

»Das bist du«, stellte er fest.

Sie nickte. »Ja, sie haben gefragt, ob ich ihnen ein Interview geben könne.«

»Du? Warum?«

Sie lachte laut. »Warum nicht?«

Er versuchte, den Text zu übersetzen, der neben ihrem Foto stand. »Du hast einen Preis gewonnen? Als Grafikerin?«

»Ja, irgendwann ist eben jeder mal dran mit dem Glück.«

»Kann sein«, sagte er. »Aber irgendwann ist es dann auch vorbei damit.«

Sie setzte sich in den Sessel, der seinem gegenüberstand, und lehnte sich nach vorne. »Du hast recht, das mit dem Glück ist immer nur flüchtig. Wir können es nicht festhalten. Wir können es nur als wertvolles Geschenk begreifen und immer wieder danach suchen.«

Dann zeigte sie auf die Kekse. »Nun nimm schon, du siehst total verhungert aus.«

»Nein, nein. Ich habe gerade noch ein Hotdog gegessen.«

»Oje, du bist echt ein deutscher Tourist. Wer sonst mag diese roten Würstchen?«

»Ich dachte, ihr Dänen.«

»Und ich dachte, deutsche Polizisten müssten über eine gewisse Grundintelligenz verfügen.«

Daniel grinste schief. »Die ist mir abhandengekommen. Ich komme einfach nicht weiter.«

Sie schaute ihn ernst an. »Okay, erzähl mir, was du in Frederikshavn herausgefunden hast.«

Er wollte beginnen, doch sie schüttelte den Kopf.

»Lass uns rausgehen, ich sitze schon den halben Tag am Computer, ich brauche frische Luft.«

Er stand auf. Als sie vor die Tür traten, war es draußen windiger geworden, ein paar dunkle Wolken zogen auf. Der Duft ihres Shampoos vermischte sich mit dem Salzgeruch des Meeres. Daniel atmete tief ein.

Sie hatten den Waldrand erreicht, als die ersten Tropfen fielen. Die Kiefern, die vor ihnen aufragten, schwankten gewaltig, der Wind wurde stärker. Raven hatte sich ihr Haargummi vom Handgelenk gezogen und einen Zopf gebunden. Doch auch der peitschte ungezügelt hin und her, einmal traf er Daniel ins Auge. Er ließ sich nichts anmerken.

Ohne es absprechen zu müssen, drehten sie um. Mit schnellem Schritt gelangten sie, kurz nachdem der erste Blitz am Himmel gezuckt hatte, zum Haus.

Als sie im warmen Eingangsflur standen, fluchte Raven. »Beim letzten Mal, als es hier so wehte, hat mich das einige

Fensterläden gekostet. Außerdem hat sich das Ruderboot selbstständig gemacht, und ein Baum ist auf meinen alten Stall gestürzt. Zum Glück war es nur ein Sachschaden.«

»Sind denn da noch Tiere drin?«

»Ja, ein alter Esel mit seiner alten Frau. Aber eigentlich sind sie in Sicherheit, der Baum ist ja schon umgefallen.«

Sie warfen ihre Jacken über die Holzbank, deren Sitzfläche offensichtlich schon lange als Ablage diente, und lauschten dem Wind und dem Donner.

»Unheimlich«, sagte Daniel.

»Ja«, sagte Raven. »Das ist es.« Sie lachte. »Wir müssen abwarten. Fürchte ich. Am besten rufst du bei meiner Tante an und sagst ihr, dass es später wird. Denn wenn ich das richtig sehe, ist dir soeben dein Weg zurück abgeschnitten worden.« Sie zeigte nach draußen, wo das sonst so ruhige Ostseewasser gerade über das Ufer schwappte und auf dem Weg, der zur öffentlichen Straße führte, einen kleinen See formte.

Während er mit Stella sprach, die sich regelrecht freute, dass der Junge ihr noch ein bisschen erhalten bleiben würde, und nachdem auch Oscar sich lachend am Telefon mit ihm unterhalten hatte – auch er schien nichts dagegen zu haben, bei der Frau mit den leckeren Plätzchen zu bleiben –, entspannte sich Daniel und ließ sich gegenüber Raven auf dem Küchenstuhl nieder.

Sie hielt ihren Kaffee in beiden Händen und runzelte die Stirn. »Ich fasse einmal zusammen, sofern das bei diesem Krach da draußen noch möglich ist. Du hast keine Spur von ihr gefunden, aber die Nachricht hat sie dir von Frederikshavn aus geschickt. Das ist sicher?«

Er nickte. »Ja, sogar die ungefähre Adresse konnte mein Freund eingrenzen. Doch dort ist sie mir leider nicht in die Arme gelaufen. Ich bin nicht mal auf einen Hinweis gestoßen.«

»Was waren denn dort für Gebäude? War sie vielleicht einkaufen, gab's dort ein Hotel?«

Er erzählte ihr von seinem vergeblichen Versuch, sie in

einem der anliegenden Hotels zu finden, und erwähnte auch die Kunsthalle.

Sie schien all diese Informationen zu filtern. »Du sagtest, du hast bei einer Bank geparkt?«

»Ja, Parken war dort wirklich kein Problem.«

»Dann check doch mal euer Konto.«

Er seufzte. *Meine Güte, warum bin ich nicht selbst auf das Naheliegendste gekommen?*

Als er sich die Umsätze ihres gemeinsamen Kontos ansah, spürte er seinen Puls. Sibylle war tatsächlich dort gewesen, wo er nach ihr gesucht hatte. Sie hatte ihre Mastercard aus dem Portemonnaie genommen, sie in den Kartenschlitz des Automaten geschoben, die Geheimzahl eingetippt und um genau vier Minuten nach fünf Uhr zweitausend Euro in bar aus dem Geldscheinfach genommen. Die maximal mögliche Summe.

Er zog sein Handy aus der Tasche und schaute sich ihre letzte Nachricht noch einmal an. Drei Minuten nachdem sie das Geld in den Händen hielt, genau um sieben Minuten nach fünf Uhr, hatte sie ihr silbernes Smartphone mit ihren eingravierten Initialen in die Hand genommen und ihm mit ihren gepflegten Fingern eine Nachricht geschrieben, in der sie ihn darüber informierte, dass sie ihn nicht mehr liebte.

Es knallte. Ein dumpfes Geräusch folgte. Raven rief: »Scheiße, das Dach!«

Daniel dachte: Scheiße, Sibylle!

53

1984

Sie war allein mit dem Mädchen. »Lass uns weglaufen«, flüsterte Susi.

Doch die Kleine schlief tief und fest. Strolch stand mit dem Rücken zu ihr in einer gelben Telefonzelle. Susi schätzte die Entfernung. Zwanzig Meter. Den Autoschlüssel hatte er mitgenommen. Aber er würde nicht sehen, wenn sie die Wagentür öffnen, das Mädchen auf den Arm nehmen und laufen würde. Weit weg rennen.

Er drehte sich um, legte den Hörer auf und winkte ihr zu. Sie winkte zurück.

Als er wieder in den Wagen stieg, roch es nach der Zigarette, die er während des Telefonats geraucht hatte.

Sie fuhren schweigend zur Seitenstraße neben dem großen Supermarkt, in der Strolchs alter Golf parkte. Er drehte sich nicht zu ihr um, als er sagte: »So, es ist Zeit, Abschied zu nehmen. Danach wartest du hier. Ich bringe sie zum Übergabeort.«

Susi schüttelte den Kopf. »Ich komme mit.«

Strolch kramte in seiner Jackentasche nach Zigaretten und steckte sich eine an. »Nein. Das will er nicht.«

»Das ist mir egal. Ich will sehen, wer ihre neuen Eltern sind.«

Strolch blies den Rauch gegen die Windschutzscheibe »Er hat gesagt, ich soll allein kommen.«

»Wer ist dieser Er überhaupt? Warum kann er dir das so sagen?«

Strolch drehte sich um und sah sie traurig an. »Susi, bitte. Mach jetzt keinen Ärger. Ich kann das jetzt nicht.«

Die Kleine wachte auf.

»Prima, da ist ja unser Goldstück.« Strolch sprach auf Dänisch mit dem Mädchen. »Wir beide machen jetzt einen kleinen Ausflug.«

Das Mädchen rückte nah an Susi heran.

Susi konnte sich nicht rühren.

»Nun hilf mir schon.« Strolchs Stimme zitterte.

Sie half. Sie trug das Mädchen zum Golf, sie schob es auf die Rückbank, sie sang, sie sprach, sie versuchte, fröhlich zu klingen. Sie tat so, als wäre der Hase eine Handpuppe, und brachte die Kleine mit ihrer albernen Hasenstimme zum Lachen.

Strolch sah ihr zu. Dann streichelte er zärtlich ihr Gesicht, gab ihr einen sanften Kuss auf die Stirn und flüsterte: »Danke. Sie wird es gut haben, wir haben sie gerettet. Warte hier.«

Ein letzter Blick durch die Seitenfenster. Lille schaute sie an. Mit großen, traurigen Augen. Ihre kleinen Finger klammerten sich an die Strichmännchenbeine des Hasen.

Und obwohl sie auf festem Asphalt stand und die Erde nicht bebte, tat sich in genau diesem Moment der Boden auf.

Und Susi stürzte in die Hölle.

54

Ihre Augen fielen zu, doch Oscar rüttelte sie immer wieder wach.

»Mehr«, rief er fröhlich. »Mehr.«

Und so blätterte Stella schon zum zehnten Mal dasselbe Buch mit ihm durch. Sie hatte es aus dem Kioskregal genommen, weil sie selbst keine Kinderbücher besaß. Oder besser, keine *mehr* besaß. Als ihr der Gynäkologe des Uniklinikums damals verkündet hatte, dass er ihr sofort die Gebärmutter entnehmen müsse, um sie vor dem sicheren Krebstod zu retten, ertrug sie die alten Geschichten ihrer Kindheit nicht mehr. Sie hatte die Märchen- und Bilderbücher sorgsam aufgehoben, um sie einmal ihren eigenen Kindern vorzulesen. Die Idee dazu hatte sie schon als Zwölfjährige gehabt. Sie stellte sich vor, wie sie als junge Mutter sein würde, wie sie ihrem Sohn erst das Märchen vom Fliedermütterchen vorlesen und ihm danach einen Gute-Nacht-Kuss geben würde. Sie malte sich aus, wie sie ihrer Tochter mit dunkler, warmer Stimme von der Schneekönigin erzählte, um sie abzulenken, wenn sie traurig war.

Als sie vollständig begriffen hatte, dass sie niemals Mutter werden würde, nahm sie die Bücher und schenkte sie Raven. Auch sie behandelte die Bücher pfleglich, um sie einmal ihrer Tochter oder ihrem Sohn vorzulesen. Vielleicht liegt ein Fluch auf diesen Büchern, dachte Stella. Raven hat sie sicherlich auch nicht mehr in ihren Regalen stehen, weil sie es nicht ertragen würde.

»Mehr«, rief Oscar noch einmal, und Stella öffnete das Bilderbuch aus dem Kioskregal, um dann mit ihrem Finger auf die einzelnen Bilder zu zeigen, die allesamt mit dem Ferienleben am Strand zu tun hatten. Während sie die Worte für Ball, Handtuch, Drachen, Kescher, Meer, Qualle oder Schiff auf Dänisch sagte, plapperte Oscar ihr entweder nach oder sagte auf Deutsch, was er sah.

Die beiden saßen nebeneinander auf Stellas Sofa. Sie hoffte, dass er irgendwann einschlafen würde. Es war schon früher Nachmittag. Kinder in dem Alter ruhen sich doch normalerweise mittags aus, dachte sie. Und Erwachsene in meinem Alter auch. Sie versuchte es mit einem alten Schlaflied, das sie in Dauerschleife sang. Und tatsächlich begann der Junge, sich die Augen zu reiben. Dann gähnte er und schlief tatsächlich ein. Stella bekam es kaum noch mit, so müde war sie selbst.

Er hat dieselben Augen wie das Mädchen damals, dachte sie noch, kurz bevor auch ihr Atem gleichmäßig wurde.

55

»Übertreibt es nicht, Jungs!« Sie rief ihnen vom Strand aus zu, wo sie unter einer der künstlich angepflanzten Palmen ihre Handtücher ausgebreitet hatten. Natürlich hörten sie sie nicht. Jakob und Simon waren zu sehr mit ihrem Tauchwettkampf beschäftigt, weshalb sie die Ohren eher unter als über Wasser hatten. Die Spielregeln waren denkbar einfach. Wer länger unten blieb, gewann einen Punkt. Wer zuerst zehn Punkte hatte, gewann das ganze Spiel. Ihre Mutter wechselte ihren Platz und schaute vom Steg aus zu. Sie konnte sich ohnehin nicht auf ihr Buch konzentrieren. Kinder im Wasser, das hieß: Man musste aufpassen. Egal ob sie schwimmen konnten oder nicht.

Ihre Söhne lagen offensichtlich gleichauf, der nächste Tauchgang würde entscheiden. Sie hörte die hellen Stimmen, die rückwärts zählten. »Drei, zwei, eins, los!« Dann verschwanden die Köpfe und tauchten ins Dunkel des Meeres. Sie schaute auf ihre Uhr und war verwundert, wie lange es ihre Söhne ohne Luft aushielten. Sie versuchte, ruhig zu bleiben.

Jakobs nasser Haarschopf kam zuerst wieder nach oben. Er ärgerte sich, schlug mit der flachen Hand auf die Wasseroberfläche und rief wütend: »Kannst hochkommen, hast gewonnen!«

Die Mutter suchte nach den blonden Haaren ihres ältesten Sohnes, sie wartete auf seinen Siegesjubel. Das Meer war unruhig, der Himmel und die ziehenden Wolken versprachen bald starken Wind. Sie stand auf.

Jakob drehte sich schwimmend im Kreis. »Komm schon!«

Seine Hand kam zuerst an die Oberfläche, darin hielt er ein silbernes Smartphone. Er hustete und spuckte, als auch sein Gesicht wieder an der Luft war. »Guckt mal, ich habe einen Schatz gefunden.«

Jakob war stinksauer. »Menno. Wieso hat der immer so viel Glück?«

Die Mutter lächelte, setzte sich wieder auf die Kante des

Steges und ließ ihre Füße baumeln. Glück, dachte sie. Ja, Glück. Die Jungen rannten über den Steg und ließen sich tropfend neben ihr nieder. »Zeig mal«, sagte sie und schaute sich Simons Schatz genauer an. »Wahrscheinlich ist es kaputt, aber es ist hübsch.«

Sie drückte den Knopf an der Seite, doch das Handy war tot. Sie drehte es um, schaute auf die silberne Rückseite und wischte mit ihrem Handrücken die Tropfen des Salzwassers weg. SvP, diese Buchstaben waren unten rechts in die Ecke eingraviert. Eine gute Idee, dachte sie. So was könnte ich Josch zum Geburtstag schenken, eine Gravur für sein Handy.

56

Der Wind pfiff durch den schmalen Riss, der sich an der Innenverkleidung gebildet hatte. Ein Ast hatte sich durch das Reetdach gebohrt.

»Alles okay?« Daniel war die schmale Holztreppe hinaufgestiegen und schaute sich auf dem Dachboden um. Der Raum war größer, als es die kleine Treppe erwarten ließ. Die Holzbalken, die das Dach stützten, waren freigelegt, die Dachschrägen mit Leichtgipsplatten verkleidet und weiß getüncht. Hell sah es aus, zugleich warm und gemütlich. Mitten im Raum stand ein großes Bett. Auf dem Bett stand Raven und tastete mit ihrer Hand den Riss ab, der sich direkt über ihr gebildet hatte.

»Es tropft«, stellte sie nüchtern fest und blickte sich um. »Unten in der Küche unter der Spüle steht ein Eimer …«

Daniel nickte und drehte um. Als er eine Minute später wieder oben war, war aus den Tropfen ein kleines Rinnsal geworden.

»Wir sollten das Bett wegschieben«, sagte er. Sie schoben beide, dann platzierten sie den Eimer auf den Dielen. »Ich schau mal draußen nach«, sagte Daniel und machte sich wieder an den Abstieg.

Der Wind warf ihm den Regen ins Gesicht, während er um das Haus ging, um zu sehen, wie groß der Schaden war. Es war ihm ein Rätsel, wie es der Ast geschafft hatte, sich wie ein Pfeil in das Dach zu bohren. Er stammte offensichtlich von einer mächtigen Kiefer, die in einigem Abstand vom Haus stand. Die wiegte sich majestätisch im Rhythmus des Sturmes, doch selbst wenn sie fallen würde, dürfte sie keine Gefahr mehr sein. Daniel fand eine Leiter, die unter dem Dachvorsprung an der Rückseite des Hauses quer an zwei Haken hing, und griff danach. Er hatte keine Ahnung, was er tat, aber er tat es. Er kletterte nach oben und griff nach dem Ast. Mit aller Kraft riss er an dem Holz, das er vom Dach ziehen wollte. Doch seine Hände glitten an der nassen Rinde ab, die Leiter schwankte, und er gab auf. Es hatte keinen Sinn. Sie würden den Sturm abwarten und danach die Ausbesserung der Schäden in Angriff nehmen müssen.

Als er die unterste Stufe erreicht hatte, bekam er einen Schlag auf die Schulter. »Du bist bescheuert, Daniel«, schimpfte Raven. »Das ist lebensgefährlich.«

Er sah sie an. Und lachte. Sie blieb ernst.

»Unser Problem ist nicht der Ast«, sagte Raven, drehte sich um und zeigte auf die Bucht. »Wir hatten schon einmal so einen Oststurm hier, das ist Jahre her. Aber er hat das gesamte Wasser aus der Bucht gedrückt.«

Daniel folgte ihrem Blick und sah, wie der Wind das Meer aufpeitschte.

Sie sprach weiter. »Wenn es dann zurückkommt, dann ist hier Flut. Land unter.«

Er hörte die Angst in ihrer Stimme.

Er sah sie an, und sie las seine Gedanken.

»Ich habe den Wetterradar gecheckt. Bei Stella an der Nordseeseite ist es viel ruhiger. Oscar ist dort sicher. Keine Sorge.«

»Okay, was können wir tun?«

Sie schlossen die Fensterläden und sicherten die Fenster und die Haustür zusätzlich mit Brettern und Balken, um so wenigstens einen Teil des drohenden Wassers davon abzuhalten, ins Haus einzudringen. Auch der eigentlich offene Eselstall bekam eine provisorische Schutztür. Raven hatte nach dem letzten Sturm jede Menge Holz besorgt und in dem kleinen Schuppen neben dem Stall gelagert, damit ihr nicht wieder das gesamte Erdgeschoss absoff. Der Regen hatte nachgelassen, doch der Wind wurde immer stärker. Sie hätten sich anbrüllen müssen, wenn sie etwas hätten sagen oder fragen wollen. Deshalb arbeiteten sie schweigend und verständigten sich mit Handzeichen oder Blicken.

Als sie über die Wassersperre vor der Haustür kletterten und die Tür zuschlossen, war es drinnen stockdunkel. Blind tasteten sie nach dem Lichtschalter und fanden ihn gleichzeitig. Zwei kalte, nasse Hände berührten sich. Als es hell wurde, blinzelten sie und lachten.

»Du bist nass«, sagte Daniel.

»Du auch«, sagte Raven und schaute sich um. »Wir müssen noch die Sachen sichern.«

Sie gingen durch jeden Raum und räumten alles, was auf dem Boden stand und sich tragen ließ, in die obere Etage.

»Du hast ganz schön viele Dinge«, neckte Daniel sie.

»Nein, ich habe viele schöne Dinge.«

Nach unzähligem Treppauf-Treppab war das Erdgeschoss leerer und die erste Etage sehr eng geworden. Raven schien sich zu entspannen.

»Ich mache uns jetzt einen Tee, willst du zuerst duschen?«

Es klang so normal. So warm. Als hätte sie es schon hundertmal zu ihm gesagt. Er nickte nur und ging ins Badezimmer, ohne darüber nachzudenken, was er nach dem Duschen anziehen würde. Er zog sich aus, warf seine nasse Kleidung auf den Wannenrand und betrachtete sich im Spiegel. Sein Gesicht war nass. Er war braun geworden, sein Dreitagebart zeigte erste Spuren von Grau.

Noch bevor das Wasser heiß wurde, rief Raven ihm durch die geschlossene Tür zu: »Schmeiß deine Sachen einfach in den Trockner!«

57

Sommer 1994

Vielleicht lag es daran, dass es dieses Mal ein Junge war. Ein blonder, kleiner Engel, den sie zwar gern hatte, aber nicht so sehr liebte wie Lille, das erste Mädchen.

Strolch war besser vorbereitet. Das Werkzeug war komplett. Das Messer nahm er als Absicherung. Wenn er sie erstickt hatte, stach er ihnen ins Herz. Die Säge brauchte er zum Zerteilen, die Tonnen passten in sein Auto. Inzwischen fuhr er einen Kastenwagen.

Sie hatte lange nichts von ihm gehört. Er kam nicht mehr so oft zum Hof. Sie schlug sich mit dem Verkauf von Eiern, Näharbeiten für die Nachbarschaft und ein paar Putzjobs durch. Das Geld, das ihr Strolch nach dem Sommer damals gegeben hatte, rührte sie nicht an. Es lag immer noch in einem Briefumschlag hinter den Hans-Christian-Andersen-Märchen.

Immer wenn er sie besuchen kam, zog sie eines ihrer selbst genähten Kleider an. Er dachte, sie hätte sie von dem Geld bezahlt, und freute sich. »Oh, du hast dir was Schickes gekauft«, sagte er dann und nickte anerkennend.

Sie hatte es aufgegeben, ihn nach Lille zu fragen. Sie wusste, dass er sie anlog, wenn er ihr erzählte, es ginge ihr gut. Denn dieser Auftraggeber aus Aalborg sagte nicht alles. Auch nicht ihrem Strolch. Doch das würde Strolch nie zugeben, lieber erfand er Geschichten. Manchmal hörte sie ihm gerne zu, wenn er ihr weismachen wollte, dass er ein erfolgreicher Geschäftsmann werden würde. Sie ahnte, dass sein Geschäft darin bestand, dem Typen bei was auch immer zu helfen. Doch sie brachte es nicht übers Herz, ihm zu sagen, dass sie ihm nicht glaubte.

Strolch war so stolz auf seinen ersten Anzug, den er sich kaufen konnte. Er war so glücklich über seine Wohnung. Er versprach ihr, dass er sich bald ein Haus kaufen würde und sie dann bei ihm einziehen dürfe. Einmal hatte sie zu ihm gesagt: »Zieh doch bei mir ein, der Hof ist viel zu groß für mich.« Doch da hatte er gelacht und sie in den Arm genommen. »Ach, Süße. Das geht doch nicht.« Sie hatte nie wieder davon gesprochen.

Am Anfang kam er sie noch oft besuchen, einmal die Woche mindestens. Doch es wurde weniger. Erst alle zwei, dann alle drei Wochen, später nur noch einmal im Monat. Sie nähte sich nur noch selten ein hübsches Kleid, er würde es ja ohnehin nicht sehen. Sie wurde dem unscheinbaren Hof Jahr für Jahr ähnlicher. Sie verwuchs mit den alten Backsteinen, den abgewetzten Möbeln, den klappernden Fensterläden. Manchmal dachte sie noch an ihre Träume von früher. An ihre Sehnsucht nach einer eigenen Familie und nach Ferien, die nach Sonnenmilch dufteten. Und daran, wie sie und andere für die Erfüllung ihrer Träume bestraft worden waren.

Kein Tag verging, an dem sie nicht an das kleine Mädchen dachte und sich fragte, wie es jetzt aussehen mochte, was es tat, wie es ihm ging und ob es den Stoffhasen mit den Strichmännchenbeinen immer noch im Arm hielt, wenigstens nachts.

»Lille ist jetzt zwölf« war das Erste, was sie sagte, als Strolch ihr eröffnete, er würde wieder einen Familienurlaub mit ihr planen.

58

Emil war froh, dass er an diesem Tag nicht im Wochenendhaus geblieben war. Er konnte sich Besseres vorstellen, als bei der Wetterlage direkt an der Nordsee zu sitzen und dem Sturm bei seiner Arbeit zuzuhören. Hier in Aalborg wurde der Wind von der Zivilisation gezähmt. Außerdem brauchte er einfach mal wieder Abstand. Es mochte ja von Vorteil sein, dass er als ermittelnder Polizist in der Nähe des Tatorts ein Ferienhaus hatte, doch manchmal wollte man dann doch neutralen Boden unter den Füßen. Und das war seine Wohnung mit dem schicken Echtholzparkett und dem Blick in den Park Karolinelund. Außerdem wollte er Kristian im Blick haben, der sich ebenfalls aus der Ferienhausidylle verabschiedet hatte, weil er »noch etwas in der Stadt zu erledigen« hatte. Was das war, teilte er seinem Vater natürlich nicht mit. Und natürlich hatte Emil ihn in Aalborg genauso wenig im Blick wie sonst auch. Weil Schulferien waren, hatte er keine Argumente, um seinen Sohn davon zu überzeugen, dass es sinnvoll sein könnte, auch einmal vor zwölf Uhr nachts ins Bett zu gehen.

Er seufzte, weil er wusste, dass er mit siebzehn auch nie müde gewesen war. Jetzt gähnte er und wartete auf seinen üblichen Sofaschlaf, der ihn immer dann ereilte, wenn er es sich mit einem Bier vorm Fernseher gemütlich gemacht hatte. Auch heute sah alles danach aus.

Als es klingelte, schreckte er hoch.

»Jytta hier«, hörte er die schüchterne Stimme des Mädchens durch die Gegensprechanlage.

»Kristian ist nicht da«, antwortete er und wollte schon wieder Richtung Sofa abdrehen.

»Okay«, sagte das Mädchen. Emil hörte das Zögern in ihrer Stimme. Er rang mit sich und seiner Müdigkeit.

»Alles klar, Jytta?«

Sie sagte nichts.

»Kann ich dir vielleicht weiterhelfen?« Er gähnte und hoffte auf ein fröhliches Nein.

Jyttas Stimme war kaum zu verstehen. »Vielleicht. Also ich weiß nicht. Ich will nicht stören.«

Er drückte den Öffner.

Wenig später stand das Mädchen unschlüssig vor ihm. Sie war auch früher nie eines der frechen, draufgängerischen Kinder gewesen, doch so unsicher wie heute hatte er sie noch nie erlebt. Emil hätte Jytta am liebsten umarmt. Stattdessen trat er zur Seite und ließ sie eintreten. Sie war blass, und ihr Blick hielt seinem nicht stand. Er bot ihr eine Cola an, sie nickte und setzte sich auf das Sofa. Der Fernseher lief noch, und sie heftete ihren Blick auf die Landschaftsaufnahmen, die über den Bildschirm flackerten. Es lief eine Dokumentation über Neuseeland.

Emil stellte das Glas vor ihr ab und setzte sich neben sie.

»Wie geht es dir, Jytta?«, fragte er.

Sie zuckte mit den Schultern. »Schon etwas besser.«

»Das ist gut.«

Dann schwiegen sie für eine Weile. Emil wollte sie nicht drängen, er konnte nur ahnen, was in der Sechzehnjährigen vorging. Er wusste, dass selbst starke, erwachsene und schon mitten im Leben stehende Menschen an dem zerbrechen konnten, was Jytta erlebt hatte.

Ein Mord war nie nur eine Sache zwischen Täter und Opfer. Ein Verbrechen löste immer eine unheilvolle Kettenreaktion aus. Opfer hatten Freunde, sie hatten Familie, sie hatten Kollegen. Sie alle litten, trauerten, waren wütend, wurden mit etwas konfrontiert, auf das sie sich nicht hatten einstellen können. Ihr Leben schien nicht mehr sicher, nichts schien mehr sicher. Ähnliches galt aber oft auch für Zeugen, ob sie nun die Tat mit angesehen oder wie Jytta die Opfer entdeckt hatten.

Das Mädchen nahm einen Schluck Cola. Sie fand keinen Anfang.

Also beschloss Emil, ihr zu helfen. »Wie geht es deiner Mutter?«

»Gut.«

»Kristian kommt bestimmt gleich.«

»Okay.«

»Aber vielleicht kann ich dir helfen. Was hast du auf dem Herzen?« Sonst sagte man solch eine Floskel leicht dahin, doch heute meinte Emil jedes Wort genau so, wie er es sagte.

Mit ihrer rechten Hand knetete Jytta die Finger ihrer linken. »Was ist eigentlich mit dem Jungen?«, fragte sie schließlich.

»Du meinst den kleinen Frederik?«

»Ob ich ihn vielleicht einmal besuchen könnte?«

»Das könnte ich für dich herausfinden. Er lebt ja bei seiner Tante in Deutschland.«

Jetzt knetete ihre linke Hand die Finger der rechten.

Emil konnte nicht anders. Mit seiner großen Hand umschloss er ihre kleinen Hände und schaute sie an. »Es geht ihm gut. Seine Tante kümmert sich sehr liebevoll um ihn.«

Sie nickte. »Ich dachte nur, weil er ja so anders ist.«

Emil ließ ihre Hände wieder los, sie lagen jetzt ruhig in ihrem Schoß.

Sie schaute weiter geradeaus. »Ich dachte, vielleicht will ihn deshalb keiner.«

Auf dem Fernsehbildschirm lief gerade der Abspann der Dokumentation. Und in Emils Hirn machte es Klick.

59

Das Badezimmer lag im Nebel, der Spiegel war beschlagen und Daniel unschlüssig. Er hatte sich ein großes schwarz-weiß gestreiftes Badehandtuch um die Hüften gewickelt und schaute auf den Trockner. Es würde noch eine ganze Weile dauern, bis er wieder Zugriff auf seine trockene Jeans und den Pulli hätte.

»Mir ist kalt, darf ich?« Raven klopfte, und Daniel schloss auf.

Er sah, dass sie seinen nackten Oberkörper musterte, tat aber so, als bemerke er es nicht.

»Ich fürchte, der Trockner ist noch nicht fertig«, sagte er und blickte etwas hilflos an sich herunter.

»Schwarz-weiß steht dir gut.« Sie reichte ihm ein T-Shirt und eine graue Jogginghose. »Das lag hier noch rum«, sagte sie. »Dein Tee steht übrigens auf dem Küchentisch.«

Daniel nahm das Kleidungspaket entgegen und grinste. »Und dass ich das jetzt anziehe, ist für den okay, der das hier hat rumliegen lassen?«

Sie zuckte mit den Schultern. »Warum sollte es das nicht sein?«

Daniel fühlte sich ertappt. Seine Frage hatte tatsächlich so geklungen, als hätten er und Raven etwas zu verbergen. Außerdem hatte er ihre Privatsphäre verletzt. Es ging ihn nichts an, ob die Jogginghose einem Freund von ihr gehörte, es spielte keine Rolle, ob das T-Shirt sonst ihr Liebhaber, der Verlobte oder ihr Ex trug. Er beeilte sich, die Tür von außen zu schließen, zog sich die Kleidung gleich im kleinen Flur über und setzte sich in die Küche vor den dampfenden Teebecher. Draußen tobte der Sturm.

Er saß mit dem Rücken zur Tür, hörte aber, wie sie sich öffnete. Dann das Tapsen ihrer Füße auf den Holzdielen. Er drehte sich langsam um. Ihre nassen Haare fielen auf ihre nackten Schultern, sie hatte sich das zweite Streifenhandtuch, das im Badezimmerregal gelegen hatte, eng um ihren Körper gewickelt.

»Ich lauf rasch hoch und ziehe mir was Vernünftiges an«, sagte sie leichthin, doch er hörte es nicht. Er schaute sie einfach nur an. Und sie lief nicht nach oben, sondern blieb stehen. Ihre Blicke begegneten sich und verharrten. Eine Sekunde, zwei Sekunden, drei Sekunden. Dann klingelte sein Telefon.

»Konermann.«

»Ja, hier Emil Hasagar. Ich glaube, ich habe einen Ansatzpunkt.«

***

Jytta Madsen war gegangen, bevor Kristian von seinem abendlichen Ausflug zurück war. Emil hatte das Gefühl, dass sie sich ein wenig gerader hielt. Vielleicht hatte es sie aufgerichtet, dass er versprochen hatte, sich auch weiterhin nach dem Jungen zu erkundigen. Er würde gleich morgen nachfragen, ob sie ihn einmal in Deutschland bei seiner Tante besuchen konnte. Es würde ihr guttun. Denn auch wenn sie sich niemals würde mit dem Kind unterhalten können, so teilten sie doch diese schreckliche Nacht miteinander. Sie waren die Überlebenden einer tödlichen Katastrophe.

Während sich Emil ein frisches Bier aus dem Kühlschrank holte, nahm er den Gedanken wieder auf, den er vorhin zu fassen bekommen hatte. Als Jytta über den Jungen mit dem Downsyndrom gesagt hatte: *Ich dachte, vielleicht will ihn deshalb keiner.*

Das »Deshalb« war vielleicht die Antwort, nach der er und Daniel Konermann gesucht hatten. Warum hatte das Kind überlebt? Warum war es den offensichtlich professionellen Killern entkommen? Er öffnete die Flasche, fuhr sein Laptop hoch und gab sich selbst die Antwort: »Weil es anders war! Der Junge war es, der die Mörder aus dem Konzept gebracht hat.«

Bisher hatte er nur nach Fällen gesucht, in denen Familien

ausgelöscht worden waren. Jetzt suchte er genauer, obwohl er ahnte, dass er nichts finden würde, was sie weiterbrächte. Natürlich gab es Familientragödien, bei denen die Eltern starben und das Kind oder die Kinder überlebten. Schreckliche Unfälle, tödliche Beziehungsdramen – Emil las sich durch all die grausigen Details und interessierte sich vor allem für die überlebenden Kinder. Die Recherche gestaltete sich kompliziert. Er musste am nächsten Tag weiterrecherchieren, Akten anfordern, telefonieren, nachhaken. Ob es etwas bringen würde, wusste er nicht. Aber er wusste, dass es die richtige Vorgehensweise war. Und sei es nur, um herauszufinden, dass es keine dokumentierten Fälle gab, in denen Eltern ermordet worden waren und die Kinder verschwanden. Denn das war der Punkt, genau das.

Emil hatte nichts gefunden. Die Fälle, die bei der dänischen und deutschen Polizei aktenkundig waren, entpuppten sich als tote Fährten. Falls es bei Familientragödien überlebende Kinder gab, war ihre Unterbringung geklärt. Meistens hatten nahe Verwandte die Pflegschaft übernommen, in einigen Fällen wurden Adoptionen über die Ämter vermittelt, und manchmal lebten die Kinder nach dem Tod ihrer Eltern in einem Heim. Emil hatte versucht, die Schicksale sachlich zu betrachten. Es fiel ihm schwer. Was übersah er? Hatte er sich verrannt? Er brauchte eine zweite Meinung. Er griff nach seinem Handy, Konermanns Nummer war inzwischen eingespeichert.

Daniel hörte ihm aufmerksam zu. »Ja, ich glaube auch, es hat mit dem Kind zu tun. Aber vielleicht hast du falsch gesucht.«

Emil war sauer. »Ach, ja? Hast du eine bessere Idee?«

»Nein«, sagte Daniel. »Aber ich denke darüber nach.«

»Hoffentlich nicht zu lange«, sagte Emil und legte auf.

***

Raven stand immer noch in ihrem Handtuch in der Küche. Sie hatte dem Gespräch zugehört. »Gibt es eine Spur von Sibylle?«

Daniel schüttelte langsam den Kopf. »Nein. Eigentlich nicht.«

»Eigentlich?«

»Irgendwas passt, es ist nur eine Idee.«

Sie nickte. »Erzähl sie mir gleich. Ich ziehe mir jetzt erst mal was an.«

»Gut«, sagte er und blickte ihr nach. Ihre Füße hinterließen zarte nasse Spuren auf dem Holzfußboden.

60

Der Junge war aufgewacht und etwas durcheinander. Stella kannte diesen Blick, eine Mischung aus Erstaunen und Hilflosigkeit, weil die Eltern nicht da waren. Sie hatte zwar nie eigene Kinder gehabt, aber mit Urlaubskindern kannte sie sich aus.

Sie musste Oscar ablenken, noch bevor er nach Daniel oder dessen Frau Sibylle fragen würde. Gut, dass sie die Fernbedienung in Griffweite hatte. Inzwischen gab es einen ganztägigen Kinderkanal, auf dem jetzt im Moment die millionste Wiederholung von »Pippi Langstrumpf« lief.

Oscar war sofort gut gelaunt und klatschte auf dem Sofa sitzend in seine kleinen Hände. »Pippi. Da.«

Sie nickte. »Ja, lille mand. Da hast du recht.«

Stella hatte das Mädchen mit den roten Zöpfen nie besonders gemocht. Es war ihr einfach zu frech. Eher empfand sie Mitleid mit Pippi. Der Vater weit weg, die Mutter tot – kein Wunder, dass sie ihre Freunde mit Geschenken und Süßigkeiten für sich gewinnen wollte. Traurig.

Vom Liegen auf dem Sofa war Stella noch träge. Außerdem tat der verstauchte Fuß nach wie vor weh. Vorsichtig stand sie auf und humpelte in die Küche, um sich einen Kaffee aufzusetzen und dem Jungen einen Kakao anzurühren. Der Wind war um einiges stärker geworden und pfiff um ihren Kiosk, den sie gleich wieder öffnen würde, auch wenn sie bei dem Wetter keine große Kundschaft zu erwarten hatte.

Sie stellte das Radio an. Bei ihr lief immer derselbe Sender. Dort spielten sie vor allem dänische Musik, nicht die neuesten internationalen Hits aus den USA oder Großbritannien. Es beruhigte sie, wenn sie verstand, was die Musiker sangen, und sie mitsummen konnte.

Während das Kaffeewasser durch den Filter lief, verkündete der Sprecher der regionalen Nachrichten nichts Gutes. Ein Oststurm mit der Wetterlage Skagen Südwest 10 zog gerade auf. Für Menschen wie Stella, die ihr Leben lang an der Küste lebten, war klar, was das hieß. Alles verrammeln und abwarten, dass der Spuk vorübergeht. Besonders schlimm würde es aber nicht bei ihr hier an der Nordseeküste sein, sondern an Ravens Bucht, drüben bei Albaek. Sie schaute sich nach dem Telefon um, das in dem Moment klingelte, als sie es neben dem Brotkorb entdeckte.

Raven war ihr zuvorgekommen. Der Fahrweg aus ihrer Bucht sei weiter überschwemmt, Daniel Konermann komme nicht weg. Ob sie Oscar über Nacht bei sich behalten könne. »Natürlich«, antwortete sie. Dann sagte Daniel seinem Sohn noch Hallo, und der Junge lachte.

Mit dem Kakao in der Hand stand sie in der Tür zum Wohnzimmer und sah dem Jungen dabei zu, wie er fernsah. Ein Auge grün, das andere braun. Es fiel erst auf den zweiten Blick auf. So wie damals bei dem Mädchen. Ihr Magen zog sich zusammen, und sie spürte, dass sie sich schnell setzen musste, um nicht die Kontrolle über ihren Körper zu verlieren. Warum erinnerte sie sich gerade jetzt an sie? Daniel und Raven hatten sie ja nicht danach gefragt, als sie ihre Papiere durchgewühlt hatten. Sie waren auf der Suche nach einem Namen gewesen. Familie von Poll hatten sie gesucht. Und diesen seltsamen Namen hatte sie wirklich noch nie gehört.

61

Er kam gleich zur Sache. Seine Schwiegermutter war ohnehin schon mehr als alarmiert, es brachte nichts, weiter so zu tun, als sei alles in Ordnung. Trotzdem ersparte er es sich und ihr, den Doppelmord zu erwähnen und ihr seine Vermutung mitzuteilen, dass dieser in Zusammenhang mit Sibylles Verschwinden stand. Er erklärte Liselotte lieber die Theorie, an die er selbst kaum noch glaubte. Nämlich dass Sibylle ihn für eine längere Zeit nicht sehen wollte, um sich über ihre Gefühle klar zu werden.

»Aber das würde sie doch nie tun«, erwiderte Liselotte von Poll ungehalten. »Sie würde doch Oscar nicht –«

»Bei seinem Vater lassen?« Daniel klang zynischer, als er es wollte. Doch immerhin verwies er damit Sibylles Mutter in ihre Schranken. Mit seiner nächsten Frage würde er sie vollends in die Defensive treiben. Das war nötig, denn er wollte eine ehrliche Antwort.

»Wie lief das damals mit der Adoption?«

»Ich verstehe nicht.«

Er wusste, dass sie ihn sehr wohl verstanden hatte. Denn noch stand die Telefonleitung, trotz des Sturms, der immer stärker und lauter an Ravens Haus zerrte.

»Es ist wichtig, Liselotte. Weißt du wirklich nichts über ihre leiblichen Eltern?«

»Meinst du, sie ist zu ihnen gefahren?«

Ja, auch diesen Gedanken hatte er schon gehabt. Ein Gedanke, den er lieber dachte als den anderen, den er nicht auszusprechen wagte. Er wartete auf Liselottes Antworten. Er ahnte, dass sie mit sich rang. Sie verbarg irgendetwas vor ihm und musste nun entscheiden, ob sie es preisgeben sollte. Er ließ ihr Zeit, ertrug die Stille am Telefon.

»Erzähl einfach«, sagte er dann ganz ruhig. »Es ist okay.«

»Ich verstehe sie«, sagte Raven, während sie den Schreibtisch in ihrem Schlafzimmer unter dem Dach freiräumte.

In der ersten Etage stand alles voller Kisten und Möbel, die sie aus dem Erdgeschoss nach oben in Sicherheit gebracht hatten. In der Küche war die Steckdose zu weit entfernt von ihrem leer gelaufenen Laptop. Sie hätten im Stehen recherchieren müssen. Außerdem hatten sie hier den Wassereimer im Blick, der immer noch die Tropfen auffangen musste, die durch das Deckenloch hereinkamen. Sie sprach nicht von »Schlafzimmer«, als sie Daniel vorschlug, ganz nach oben zu gehen. Er ahnte, warum sie es nur ihr zweites Arbeitszimmer nannte, und war froh darüber, dass sie ihn nicht in Verlegenheit brachte.

Der Regen war eigentlich vorbei, dafür tobte der Sturm umso heftiger.

»Du verstehst sie?«

Raven nickte. Er hatte das Telefon auf laut gestellt, bevor Liselotte von Poll zu erzählen begann. Sie hatte gehört, wie Sibylles Adoptivmutter ihm sagte, dass sie nicht viel über die Adoption wisse. Dass Arthurs Anwalt sich damals darum gekümmert habe. Es habe da eine Agentur gegeben, eine Adoptionsagentur. Die habe ihnen dann Sibylle vermittelt. Sie hatten sie kurz vorher auf einem Foto gesehen und sich sofort in sie verliebt. Über die leiblichen Eltern hätten sie nichts erfahren, aber sie hätten es auch nicht wissen wollen. Ihnen war ja nur das Kind wichtig, das sollte wie ihr eigenes sein. Und mit zwei Jahren, da sei sie ja noch ganz klein gewesen, und es habe auch nicht lange gedauert, bis sie »Mama« und »Papa« gesagt hatte zu ihr und Arthur.

»Wieso habt ihr sie nicht ganz normal und offiziell adoptiert?«

Liselotte wand sich unter der Frage. »Es war so kompliziert mit den deutschen Behörden. Und wir wollten nicht mehr warten. Du hast ja keine Ahnung, wie das ist. All die Bedingungen, die man da erfüllen muss. Wir hatten es ja viele Jahre selbst versucht, es hat nicht geklappt. Und dann waren wir zu alt. Es war demütigend.«

Der Anwalt habe schließlich den Kontakt zu einer Agentur im Ausland vermittelt. Da sei alles ganz unkompliziert gewesen.

Ob ihnen das nicht komisch vorgekommen sei, fragte Daniel.

Liselotte ging darauf nicht ein. »Wir wollten das Kind, dafür hätten wir alles getan«, sagte sie.

»Habt ihr dafür gezahlt?«, fragte Daniel, obwohl er die Antwort bereits wusste.

Liselotte schwieg.

»Wie viel?«

»Ich weiß nicht. Ich habe mich doch nie um das Geschäft gekümmert.«

»Das Geschäft?« Daniel klang bitter. »Was war euch ein Kind denn wert?«

»Ich hätte alles für die Kleine gegeben«, sagte Liselotte und weinte.

»Mehr als hunderttausend Euro?«

»Mark«, verbesserte ihn seine Schwiegermutter. »Damals waren es noch Mark. Es waren mehr als hunderttausend Mark.«

»Du weißt es also doch noch?«

Sie schwieg.

»Wie viel mehr?«

»Sehr viel mehr.«

»Fünfhunderttausend Mark?«

»Euro«, sagte sie, und er hätte fast gelacht über dieses absurde Währungs-Hin-und-Her.

»Ich brauche alle Informationen über diese Vermittlungsagentur.«

»Unser Anwalt lebt nicht mehr. Er wusste das alles. Und Arthur kann es mir ja auch nicht mehr sagen.«

Daniel hätte am liebsten geflucht. Doch er riss sich zusammen. »Aus welchem Land kam Sibylle?«

»Dänemark«, sagte Liselotte. »Es war Dänemark.«

»Und wo war diese Vermittlungsagentur?«

»Auch in Dänemark, glaube ich.«

Als er aufgelegt hatte, sah Raven ihn an und nickte. »Okay, dann lass uns recherchieren.«

Und jetzt saßen sie also oben in ihrem zweiten Arbeitszimmer und taten so, als gäbe es kein Bett in diesem Raum, sondern nur die beiden unbequemen Hocker vor ihrem kleinen Schreibtisch in der Ecke und den Computer darauf.

»Es gibt viele Menschen, die für ein Baby alles täten«, sagte Raven.

»Aber es gibt doch Grenzen«, sagte Daniel. »Man kann sich ein Kind doch nicht einfach kaufen, wenn das Schicksal sich eben etwas anderes für einen überlegt hat.«

Aber es passte zu Sibylles Eltern. Sie waren es gewohnt, alles zu bekommen, was sie wollten. Warum also nicht für ein Kind bezahlen? Er spürte, wie die Wut in ihm hochstieg über die Dekadenz seiner reichen Schwiegereltern, die ihm immer die perfekte Familie vorgespielt hatten.

Raven konzentrierte sich auf den Bildschirm und gab in die Suchmaschine die dänischen Worte für »Adoption«, »Agentur«, »Vermittlung« ein.

»Du glaubst, es ist Schicksal, wenn man kein Kind bekommen kann?«, fragte sie.

»Ja. Und ich glaube, man kann auch ohne ein Kind ein sehr glückliches Leben führen.«

»Du hast ein Kind. Wie kannst du das beurteilen?«

»Genau deshalb«, antwortete er und erschrak über das, was er da gerade sagte. Auch wenn es stimmte. Ja, er war vor Oscar glücklich mit Sibylle gewesen. Jetzt war er es nicht mehr. So einfach war manchmal die Wahrheit, die niemand wissen durfte.

»Keine Agentur in Kopenhagen«, murmelte sie, während sie weiter die von der Suchmaschine angebotenen Websites öffnete.

»Und du? Du bist doch glücklich ohne Kind. Du lebst ein selbstbestimmtes, unabhängiges Leben. Du bist die Herrin einer ganzen Bucht.«

Sie lächelte. »Ja. Da hast du recht. Ich habe das bekommen, was ich haben wollte.«

Dann las sie einen Text, den sie aufgerufen hatte, und übersetzte ihn für Daniel. Es ging um die rechtlichen Voraussetzungen für eine Adoption in Dänemark. Das alles klang sehr deutsch, und Adoptionsagenturen gab es – zumindest offiziell – in ganz Dänemark nicht.

»Was deine Schwiegereltern da gemacht haben, war vermutlich höchst illegal«, sagte Raven.

»Ich weiß«, sagte Daniel. »Aber ob sie das auch wussten?«

»Das kann ich nicht beurteilen. Du kennst sie besser als ich.«

Daniel schüttelte langsam den Kopf. »Ich habe inzwischen das Gefühl, nichts und niemanden mehr zu kennen. Es ist, als ob ich blind und taub gewesen wäre die letzten Jahre. Meine eigene Familie ist mir so fremd.«

Raven nickte nur stumm.

Daniel redete weiter. »Wie konnte ich das alles nicht mitbekommen? Meine Frau ist als Kind adoptiert worden und hat mir das nie erzählt. Sie hat mir also nie vertraut. Oscar, ja, Oscar ist mein Sohn. Aber ich kenne ihn kaum. Ich habe das Gefühl, alles falsch zu machen. Alles falsch gemacht zu haben.«

Raven legte ihre Hand auf seine Schulter. »Nun hör schon auf. Du bist in Ordnung, es ist normal, dass wir alle uns hin und wieder etwas vormachen in unserem Leben. Es schützt uns. Also: Wir suchen jetzt weiter nach einem Zusammenhang zwischen Sibylles Verschwinden und dem Doppelmord an den Deutschen, okay?«

»Okay«, sagte er und berührte kurz ihre Hand, die noch auf seiner Schulter lag. »Danke.«

Sie fanden nichts. Keine Zeitungsberichte über Prozesse, in denen illegale Adoptionen verhandelt worden waren, keine Telefonbucheinträge von Kindervermittlungsagenturen, keine Hinweise auf irgendetwas. Daniel informierte sich über das Downsyndrom, um besser verstehen zu können, wie sich der einzige Zeuge, Frederik, überhaupt würde erinnern können. Doch auch das gab keinen Aufschluss.

Vom Sitzen auf dem Hocker war Daniel müde geworden. »Möchtest du auch einen Kaffee?«, fragte er.

Raven gähnte. »Das ist meine Antwort«, sagte sie lachend.

Inzwischen kannte er sich in ihrer Küche gut aus. Er wusste, wo das Kaffeepulver stand. Er stellte den Wasserkocher an und die Glaskanne bereit. Er goss das heiße Wasser auf das Pulver und wartete darauf, dass es sich langsam am Boden absetzte. Er schlenderte von der Küche in den Flur und von da aus in das nun leer geräumte Wohnzimmer.

An einer Wand hingen unzählige Bilder. Moderne Grafiken neben Bleistiftzeichnungen über Fotografien unter Gemäldedrucken. Daniel gefiel das bunte Gesamtkunstwerk, das sich ihm nicht auf den ersten Blick erschloss. Er trat näher, sah genauer hin, betrachtete die unterschiedlichen Rahmen, versuchte sich vorzustellen, warum Raven genau diese Motive ausgewählt hatte, die er nun auf sich wirken ließ. Ein rotes Quadrat in einem blauen Rechteck, dazu noch gelbe quer verlaufende Linien – er wusste nicht, was dieses Bild bedeutete, aber es fiel ihm als Erstes ins Auge. Die Bleistiftzeichnung daneben war von ihr selbst. Die Initialen RA für Raven Abrahamsen standen unten rechts unter dem scheinbar hingekritzelten Gesicht einer Frau, deren Haare wild in alle Richtungen flogen.

War es ein Selbstporträt? Wenn ja, kein schmeichelndes. Denn die Frau sah müde aus, verhärmt, düster irgendwie. Daneben ein in jeder Hinsicht anderes Bild. Daniel sah in Ravens freundliches Gesicht. Es war kein aktuelles Foto, ihre Haare waren kürzer als jetzt. Der Fotograf hatte – ob bewusst oder unbewusst – das Gegenlicht der Sonne genutzt und das Bild so in ein warmes Orange getaucht. Raven lachte in die Kamera, mit einer Hand fuhr sie sich durch ihre gestutzten roten Locken, die andere lag auf ihrem Bauch. Es war eindeutig. Raven Abrahamsen, die keine Kinder hatte, war auf diesem Foto hochschwanger.

62

Sommer 1994

Zehn Jahre lang hatte sie sich von der Siedlung ferngehalten. Strolch hatte es so gewollt. Niemand sollte sich an sie erinnern, wenn sie ihren nächsten Urlaub machen würden. Dabei war sie sicher, dass sich ohnehin niemals jemand an ihr Gesicht erinnern würde. Sie schien schon immer eine Art Geist gewesen zu sein. In der Schule hatte sie der Lehrer nie drangenommen, obwohl ihr Finger immer oben gewesen war. Fuhr sie später als junges Mädchen mit dem Bus nach Osterby zum Markt, wurde sie beim Ein- oder Aussteigen angerempelt. Niemand tat das absichtlich, da war sie sicher. Die Menschen sahen sie einfach nicht.

Bei Strolch war das anders gewesen. Der schaute sie an, der berührte sie. Wenn auch viel zu wenig in den letzten Jahren. Bei ihm spürte sie, dass sie lebendig war, einen Körper besaß, dass sie vorhanden, vielleicht sogar wichtig war. Jetzt würde es wieder so sein. Sie würde für ihn da sein, eine Bedeutung, einen Platz haben. Dafür würde sie einen hohen Preis zahlen müssen, doch ihr Preis war ein Schnäppchen gemessen an dem, was die anderen geben mussten.

Es hatte einige Zeit gedauert, bis sie die perfekte Familie gefunden hatten, in den Akten, die im Kiosk achtlos im Hinterraum standen. In den Wintermonaten konnten sie sie quasi rund um die Uhr einsehen. Denn der Laden war dann geschlossen, die kleine Holztür am Hintereingang indes tat nur so. Ein bisschen Druck mit der Schulter gegen die Tür und der Hand auf dem Knauf, und schon sprang sie auf.

Stella war keine gute Buchhalterin, deshalb war es schwierig gewesen, die richtige Familie zu finden. Beim ersten Mal hatte die Kioskfrau ihnen geholfen. Ohne es zu wissen, freilich. Strolch hatte sich in ihrem Laden herumgedrückt, auch er konnte sich durchsichtig machen, wenn er wollte.

Und er hatte gehört, wie sie telefoniert hatte. »Ja, ich reserviere das Haus gerne für Sie. Zwei Erwachsene, ein Kind.«

Er war hellhörig geworden. Und als hätte Stella geahnt, was er noch wissen musste, fragte sie den Anrufer in schlechtem Deutsch: »Wie alt ist denn Ihr Kind?« Auch wenn Strolch kein Deutsch sprach, das Wort »zwei« in Stellas Antwort konnte er sehr gut verstehen. Als die Kioskbesitzerin kurz in die hinteren Räume verschwand, um frische Brötchen zu holen, musste er nur noch schnell ihren Notizblock anschauen und sich Adresse und Urlaubszeit notieren. Damit würde er Birklund beeindrucken. Und endlich konnte er Susi den Wunsch eines Familienurlaubs erfüllen.

Der Raum, in dem die Ordner mit den Mietverträgen und den Reservierungen standen, ging zum Glück nach hinten raus und hatte kein Fenster. Sie konnten also ganz in Ruhe das Licht anschalten und sich durch die handbeschriebenen Blätter wühlen. Zwischen den vorgedruckten Formularen, die Stella immer dann abheftete, wenn die Urlauber sich schriftlich angemeldet hatten, gab es große Unterschiede. Manche Ferienhäuser wurden über Agenturen vermietet, die sich dann eine entsprechende Provision abzwackten, manche von Stella direkt.

In den Agenturunterlagen fanden sich schließlich die Informationen, nach denen Susi und Strolch suchten. Auf Stellas Zetteln auch, doch dort musste man genauer hinschauen. Während zum Beispiel die Ferienagentur Sörensen von ihren Kunden Anzahl und Alter der Kinder abfragte, stand auf Stellas Notizen vielleicht nur der Hinweis »Kinderbett!« oder »Hochstuhl«. Da viele Urlauber diese Dinge aber selbst mitbrachten und sie vielleicht bei ihrer Buchung gar nicht erwähnten, wurden sie nicht immer zwingend notiert, sobald kleine Kinder zu den Mitreisenden gehörten. Aber genau die suchten sie ja.

Kleine Kinder. Maximal zwei Jahre alt, damit sie sich nicht erinnern würden und noch nicht würden erzählen können, woher sie kamen und was geschehen war. Europäisch aussehend. Möglichst keine störenden großen Geschwister. Stammgäste waren auch zu vermeiden, sie könnte man möglicherweise wiedererkennen in der Ferienhausnachbarschaft.

Susi mochte diese Detektivarbeit. Rücken an Rücken saßen sie in den ersten Nächten des Jahres 1994 auf dem Fußboden der kleinen Kammer und blätterten in den Ordnern. Susi stellte sich vor, sie und Strolch wären auf einer geheimen Mission. Sie würden eine Art Detektei betreiben und vermisste Kinder suchen. Sie wusste, dass es nicht stimmte, aber hätte sie zugelassen, dass die Wahrheit in ihr Bewusstsein gelangte, hätte sie nicht hier mit ihm sitzen und nach der Nadel im Heuhaufen suchen können. Rücken an Rücken.

63

»Ich habe mir deine Bilderwand im Wohnzimmer angeschaut.« Raven streckte sich und schleuderte ihre Arme wie Windräder im Kreis, um die Verspannung in ihrem Nacken zu lösen. »Die Hocker sind echt unbequem«, sagte sie, nahm ihm den Kaffeebecher ab und setzte sich auf ihre Bettkante.

Daniel ließ sich neben ihr nieder. »Ich dachte, du hast kein Kind.«

Sie nahm einen Schluck. »Heiß«, sagte sie und schloss kurz die Augen. Dann sah sie ihn direkt an. »Habe ich auch nicht.«

»Es ist nur – Da ist dieses Foto.«

»Ich kenne das Foto.« Sie pustete in ihren Kaffeebecher.

»Entschuldige. Es geht mich nichts an.«

Sie umklammerte den Becher.

Er schaute auf ihre verkrampften Finger.

»Sie ist tot.«

»Das ist – das tut mir leid.«

»Fria. Sie hieß Fria.«

Er wartete. Was sollte er auch sagen? Welche Frage war angemessen, wie sollte man ein Gespräch führen über etwas, über das der andere nicht reden wollte oder konnte?

Er spürte Ravens Schulter, die sich leicht an seine lehnte. Er nahm ihr die Kaffeetasse aus ihren Händen und stellte sie neben seine auf den Fußboden, er drehte sich zu ihr und strich ihr eine Strähne aus dem Gesicht. Er umarmte sie. Sie umarmte ihn. Seine Wange lag an ihrer, seine Arme hielten sie, ihre Arme hielten ihn. Er spürte die Wärme ihres Körpers, spürte ihren Herzschlag. Ihre Hände strichen über seinen Rücken, ihre Haare kitzelten seine Handrücken, er drehte seine Hände, nahm eine Strähne, ließ sie durch die Finger gleiten. Ihr Atem, er hörte ihn an seinem Ohr. Der Sturm war weit weg. Er drehte seinen Kopf, seine Lippen berührten ihre Wange, ihre Lippen berührten seinen Mund. Der Kuss änderte alles.

Es passierte ohne sein Zutun. Er wurde getragen von einer Welle, plötzlich war da wieder das Rauschen des Windes. Ihre Lippen auf seinen, ihre Zunge berührte seine.

Seine Hände glitten unter ihren Pulli, suchten ihre nackte Haut, fühlten ihre Brüste. Sie streckte sich, lehnte sich an ihn, nahm seine Berührungen auf. Sie sank zurück und nahm ihn mit, zog ihn auf sich, schob ihre Hände unter sein T-Shirt. Vom Rücken glitten sie hinunter unter den Bund der Jogginghose. Er lag auf ihr, spürte jede ihrer Bewegungen, wollte, dass sie die Beine öffnete, wollte versinken in ihr, wollte sie ausziehen, wollte sie überall küssen, anfassen, jede Stelle ihres Körpers mit jeder Stelle seines Körpers vereinen. Dann schmeckte er ihre salzigen Tränen. Sie änderten alles.

Der Sturm packte ihn sofort und blies ihm alle Gedanken aus dem Schädel. Er stemmte sich gegen den Wind und genoss für einen Moment die Leere in seinem Kopf. Er ging auf den Steg zu, weil er nicht glauben konnte, was er sah. Die Bucht war leer gefegt. Der Oststurm hatte das Wasser mit all seiner Kraft ins offene Meer gedrückt. Geblieben waren kleine Pfützen zwischen dem morastigen Grund, dessen nasse Oberfläche sich im hellen Mondlicht spiegelte. Das kleine Ruderboot hatte dem Wind standgehalten und sich nicht losgerissen vom Steg, dafür lag es jetzt auf Grund.

Es war eine Totgeburt gewesen. Raven hatte Fria in der einundvierzigsten Schwangerschaftswoche verloren, sechs Tage nach dem errechneten Geburtstermin. Sie sei wunderschön gewesen, hatte sie erzählt, fünf Finger an jeder Hand, fünf Zehen an jedem Fuß, Lippen, Nase – alles war da, alles war perfekt. Die Nabelschnur hatte sich zu eng um den Hals des Kindes gelegt. Das käme sehr selten vor, hatten die Ärzte ihr gesagt. Keiner habe Schuld. Niemand hätte es verhindern können. Und so war die Geburt still gewesen. Die Welt hörte keinen ersten Schrei von Fria, dem schönsten und perfektesten Menschen, den Raven je in ihren Armen gehalten hatte.

Ihre salzigen Tränen bildeten einen großen Fleck auf dem

T-Shirt, das sie ihm geliehen hatte und in dem er jetzt draußen fror und es nicht spürte. Er hatte sie gefragt, was er tun könne. Ob er ihr helfen könne. Sie hatte ihn angelächelt. »Dein T-Shirt ist vollgeheult, ich finde, das reicht fürs Erste«, hatte sie gesagt, als hätten sie gerade nur über das traurige Ende einer romantischen Komödie geweint. Dann hatte sie ihn rausgeschickt. »Schau doch draußen noch mal, ob alles in Ordnung ist«, hatte sie ihn gebeten.

Und er war froh, dass er jetzt hier stand und nicht denken musste. Dass er nicht sein Gewissen befragen musste, dass er nicht mit ihr darüber reden musste, was das alles zu bedeuten hatte, was das zwischen ihm und ihr eigentlich war. Der Anblick der leer gefegten Bucht reichte ihm in diesem Moment vollkommen.

Doch er wurde gestört von einer Bewegung, die er zunächst kaum wahrnahm. In einer der Pfützen regte sich etwas. Das kleine Wasserloch war höchstens zwanzig Meter entfernt, doch er konnte nicht erkennen, was dort für so viel Aufruhr sorgte. Er stieg vom Steg auf den morastigen Grund. Er dachte an Ravens Baby, an die Geburt, die sie hatte erleben müssen. An den toten Körper ihres Kindes, den man ihr in den Arm gelegt hatte, damit sie Abschied nehmen konnte.

Er war barfuß, der Schlick seufzte, als er darin einsank, er kam nur langsam vorwärts.

Doch er sah immer deutlicher, dass in der Pfütze etwas war, das sich bewegte. Er kam näher und versuchte, im Schein seiner Handytaschenlampe etwas zu erkennen. Dort zappelte etwas, wand sich und suchte nach einem Ausweg. Gerade als er ahnte, was dort um sein Leben rang, schnellte der Spaten knapp neben seinem Kopf ins Wasser.

Raven stand schräg hinter ihm und schlug mit aller Wucht auf das Tier im Wasser ein. Sie lachte. »Wir haben einen dicken Lachs gefangen«, sagte sie. »Und jetzt weiß ich auch, was wir zu Abend essen.«

64

Winter 1994

Strolch wurde langsam ungeduldig. Sie hatten jetzt die dritte Nacht in Folge gesucht und noch nichts Brauchbares gefunden. Entweder waren die Angaben nicht eindeutig genug, oder aber sie passten nicht in das Schema.

Susi hatte in der ersten Nacht gefragt, wonach sie suchen sollte. Seine Antwort: »Ein Kind, nicht älter als zwei«, tat ihr weh. »Aber woher wissen wir, dass genau dieses Kind keine guten Eltern hat?«, fragte sie leise. Als er nicht antwortete, konzentrierte sie sich auf die Wärme, die von seinem Rücken ausging, und suchte nach einem Kind unter zwei, in der Hoffnung, es nicht zu finden.

Ihre Hoffnung wurde erfüllt. Doch er entdeckte schließlich den entscheidenden Hinweis. In den Unterlagen, die eine schwedische Ferienhausagentur an Stella weitergeschickt hatte und die von ihr für den Ferienmonat August 1994 abgeheftet worden waren, fand sich eine Randbemerkung von Stella, die sie mit einem schwarzen Kugelschreiber auf das Formular gekritzelt hatte. »Sandkiste für den Sohn auffüllen, Laufstall reparieren lassen!« Die Anzahl der Reisenden war außerdem perfekt: zwei Erwachsene, ein Kind. Anreisetag war der 4. August.

Sie haben also noch mehr als ein halbes Jahr zu leben, dachte Susi. Ihr war kalt.

Dass die schwedische Familie mit der Fähre von Göteborg aus kommen würde, vereinfachte einiges. Dass die See an ihrem Rückreisetag recht unruhig war, tat sein Übriges. Auch wenn sie das jetzt noch nicht wissen konnten, eines stand fest: Sie würden auf dem Rückweg über Bord gehen. Der Plan dachte sich fast von alleine aus.

Die praktische Durchführung des großen Ganzen war eine andere Sache. Aber so war das nun mal. In der Theorie war immer vieles leichter als in der Umsetzung.

Dass das Kind zwischen seinen Eltern lag, in ihrer ersten Nacht im Urlaub, war kein unüberwindbares Hindernis. Doch es machte ihm zu schaffen, das konnte sie ihm ansehen. Er war gut vorbereitet gewesen. Lautloses Eindringen in das Haus, in das Schlafzimmer schleichen und dann die volle Ladung Diethylether in den Lappen geben und diesen auf die Gesichter drücken, um sie zu sedieren.

Das Kind bewegte sich, er riss es aus dem Bett und trug es in den Flur. Susi streckte die Arme aus, nahm es an sich und sah kurz die schläfrige Verzweiflung in seinen Augen. Strolch stand dort in seinem seltsamen Ganzkörper-Schutzanzug. Wie ein Astronaut auf einer gefährlichen Mission. Wie gerne wäre sie jetzt schwerelos gewesen, hätte sich fallen lassen ins Universum, einfach schwebend mit ihm Hand in Hand dem Mond entgegen. Er atmete schwer, schaute sie immer noch an.

»Lass es!«, flüsterte sie. Als er die Schlafzimmertür wieder hinter sich schloss, sagte sie es lauter. »Lass es!«

Doch er hörte sie nicht. Der Junge schrie einfach zu laut, obwohl er doch noch viel zu klein war, um zu wissen, was gerade mit seinen Eltern geschah.

65

War ja klar, dass der Deutsche ihm nicht wirklich helfen konnte. Kluge Ratschläge geben, ja, darin war er gut. Wenn er auch zugeben musste, dass Daniel Konermann wahrscheinlich recht hatte. Er hatte nach dem Falschen gesucht. Denn hätte er das Richtige gesucht, hätte er doch etwas finden müssen, oder nicht? Einig waren sie sich auch, dass der Doppelmord etwas mit dem Jungen zu tun hatte.

Ging es womöglich um ihn? War er das Mordmotiv gewesen?

Er rekapitulierte noch einmal seine bisherigen Gedanken. Einen Raubmord konnte er nahezu ausschließen. Die Opfer hatten keine Reichtümer, und selbst wenn, hätten sie sie niemals mit in ein schlecht gesichertes, dänisches Ferienhaus mitgenommen. Sie hatten auch keine Kontakte zur Unterwelt, die einen Rachemord oder Ähnliches hätten erklären können. Die ausgelegte Folie, die bereitgestellten Fässer, das Betäubungsmittel, mit dem die Opfer sediert wurden – ein Mord aus Affekt passte gar nicht, denn dazu waren die Täter viel zu organisiert vorgegangen.

Und damit landete Emil wieder am Anfang: War es vielleicht doch ein Raubmord gewesen? Nur dass die Beute kein Schmuck oder Bargeld war, sondern ein kleines Kind? Ein kleines Kind, dessen einundzwanzigstes Chromosom dreifach vorhanden war und deshalb vielleicht nicht den Anforderungen entsprach. Wie ein Diamant, der nicht echt war, oder ein gefälschtes Kunstwerk, ließe sich dieses Kind mit dem Downsyndrom nicht so gut weiterverkaufen.

Die schlimmste Frage aber war: Was hatten die Käufer vor mit einem Kind?

Emil hasste seinen Job, wann immer der ihn dazu zwang, an solche Dinge überhaupt nur denken zu müssen. Pädophile Arschlöcher – er wollte sie nicht in seinen Kopf lassen. Und ein Kind mit einem falschen Diamanten zu vergleichen … Er öffnete sich sein drittes Bier und spülte diesen absurden Gedanken die Kehle hinunter.

***

Daniel war erstaunt darüber, wie geschickt sie den Fisch zerlegte.

»Das Messer macht es quasi von alleine«, sagte sie lachend. »Es ist wirklich scharf.« Die Schwimmblase, den Magen und den Rest der Innereien warf sie in einen kleinen Eimer, der unter der Spüle stand. »Die Möwen werden sich morgen darüber freuen.« Sie deckte die Abfälle zu und bat ihn, sie nach draußen neben die Eingangstür zu stellen.

Als er wiederkam, spülte sie gerade das Blut vom Fisch.

»Wir haben keinen Empfang mehr«, verkündete sie, während sie haufenweise Salz auf das rosafarbene Fleisch streute und den Ofen vorheizte.

Daniel ließ sich auf dem Stuhl in der Küche nieder und sah ihr zu. Nichts in dieser alltäglichen, fröhlichen Situation deutete darauf hin, was noch vor kurzen Augenblicken geschehen war. Ihr totes Kind, ihr Kuss, ihre Tränen, die verhindert hatten, dass er mit ihr schlief – es war, als wäre all das hundert Jahre her. Oder nie passiert.

»Ich habe Hunger«, sagte er, betrachtete sein Handy, das ihm keine Empfangsbalken anzeigte, und legte es zur Seite.

Raven hatte offensichtlich ebenfalls die Absicht, die Stimmung so unbefangen wie möglich zu halten. Sie knüpfte an das Telefonat mit Emil Hasagar und mit Daniels Schwiegermutter an. »Warum glaubst du, dass die Adoption deiner Frau mit dem Doppelmord zu tun hat?«

Erst jetzt, als sie es so klar formulierte, wurde ihm tatsächlich klar, was er dachte. Nämlich dass es wirklich einen Zusammenhang geben musste. Noch war es nur eine Ahnung, der Hauch eines unfertigen Gedanken.

Er musste mehr wissen und mehr preisgeben. Es wurde Zeit,

dass Emil Hasagar erfuhr, warum er sich tatsächlich so für den Doppelmord interessierte. Er musste ihm sagen, dass seine Frau vermisst wurde. Nur so könnten sie nach den richtigen Dingen suchen und die Schlüsse ziehen, die er noch nicht zu packen kriegte. Kurz sah er Oscars kleine Hand vor sich, wie er nach dem flatternden Absperrband am Mordhaus griff.

»Ich müsste eigentlich mit Emil telefonieren«, sagte er.

Sie hob die Schultern. »Geht nun leider nicht.« Sie reichte ihm ein Blatt Papier und einen Bleistift.

»Schreib es auf!«, sagte Raven. Er zögerte. Sie lächelte. »Denk nicht nach, mach einfach! Was ist seltsam, was passt zusammen, was kommt dir in den Kopf, was musst du suchen, was soll er suchen?«

Während sie die Kartoffeln abwusch und den Topf anschließend auf den Herd setzte, wurde das leere Blatt immer voller.

Als der Lachs später duftend auf dem Tisch stand und sie zwei Gläser mit Weißwein füllte, reichte er ihr die Notizen.

»Ich habe ›schreiben‹ gesagt, nicht ›kritzeln‹«, sagte sie und schaute nur kurz auf das Papier. »Jetzt essen wir, dann denken wir. Einverstanden?«

»Ja«, sagte er.

Das erste Mal, seitdem Sibylle verschwunden war, aß er und schmeckte dabei etwas. Der Lachs, den Raven mit einem Spaten geangelt hatte, war perfekt.

***

Nach ein Uhr hatte der Sturm nachgelassen. Sie saßen noch immer am Küchentisch, die Teller lagen in der Spüle, die Flasche Wein war leer, sie waren müde und wach zugleich. Daniel fragte nach einer Taschenlampe, und zusammen machten sie einen Kontrollgang rund ums Haus. Außer dem Loch, das der Ast in das Dach gebohrt hatte, waren keine größeren Schäden zu sehen. Die Esel im Stall standen noch genauso gelangweilt da wie vor dem Sturm. Das Mondlicht spiegelte sich auf der immer noch leicht unruhigen Wasseroberfläche der Bucht. Die

Wassermassen waren nicht mit aller Wucht zurückgekommen, die befürchtete Überschwemmung war ausgeblieben.

Erleichtert gingen sie zurück. Die Bretter, die die Haustür abgesichert hatten, warfen sie neben den Eingang, unschlüssig standen sie danach im Flur.

»Schlafen?«, fragte Daniel, und Raven nickte. »Lass uns das Sofa runtertragen«, sagte er. »Ich glaube, das Wasser hat uns wirklich verschont.«

Sie widersprach nicht. Für beide war klar, sie würden nicht gemeinsam in ihrem Schlafzimmer übernachten.

Als sein Nachtlager vor der bunten Bilderwand stand, warf sie ihm noch eine Decke zu. »Gute Nacht!«

»Gute Nacht«, sagte er, und beide schauten sich an. Nach ein paar Sekunden drehte sie sich um und ging auf ihren Dachboden. Er hörte ihre Schritte über sich, dann war es still.

66

Sommer 1994

Sie musste wieder darauf achtgeben, dass sie ab und an draußen war. Aber genauso wie damals sollten die Nachbarn sie auch dieses Mal nur kurz und aus der Ferne sehen, sie sollte ihnen nicht zu nahe kommen. »Die Leute sollen später aussagen, dass die Schweden hier noch einen schönen Urlaub hatten«, sagte Strolch. Zwei Wochen lang hätten sie Zeit, die Leichen verschwinden zu lassen. So lange würde sie niemand vermissen, schließlich war die kleine Familie ja im Urlaub.

Susi und Strolch machten also viele Tagesausflüge mit dem Auto, fotografierten mit der Kamera der Eltern das Kind, den Strand und den Garten. Die Ferienhausvermittlung von Stella mieden sie. Das fiel nicht weiter auf. Viele Familien holten sich hier ihren Schlüssel, ließen sich dann aber nicht mehr im Kiosk blicken, weil sie ihre Lebensmittel lieber günstig im Supermarkt kauften.

»Ich hätte ihnen vorher noch ihre Geheimzahl für die EC-Karte entlocken sollen«, sagte Strolch am dritten gemeinsamen Abend, als der Kleine endlich eingeschlafen war und er das Bargeld aus dem Portemonnaie zählte. »Es ist einfach unglaubwürdig, wenn die hier zwei Wochen Urlaub machen, ohne Geld abzuheben.«

Susi hatte andere Sorgen. Der Junge ließ sich kaum beruhigen, er schrie sehr viel und ausdauernd. Er tat ihr natürlich leid, aber sie hatte ihn nicht so gerne wie ihre Lille damals. Vielleicht spürte der Junge das und war deshalb so schwer still zu bekommen.

»Hier«, sagte Strolch ihr eines Abends. »Gib ihm das.«

Sie schüttelte entsetzt den Kopf. Eine Schlaftablette für einen Jungen, der noch nicht alleine laufen konnte? Niemals.

Doch Strolch verdrehte nur die Augen. »Du tust ja gerade so, als ob das unser Kind wäre«, sagte er abfällig.

Sie erstarrte. Wie konnte Strolch nur so reden? Er wollte doch, dass sie die glückliche Familie spielten. Er sagte ihr doch, wie sehr ihm das Ferienleben mit ihr gefallen habe und dass er die Zeit mit ihr genießen würde. »Wir sind jetzt eine Familie«, hatte er ihr beim ersten Mal gesagt. Und diesmal hatte er es wieder verlangt. »Spiel die Mutter.« Und jetzt? War das alles nichts mehr wert, auf einmal sogar falsch?

Sie wandte sich ab.

Dann spürte sie seine Hand auf ihrer. »Es tut mir leid, meine Nerven liegen blank«, sagte er. »Natürlich kriegt der Kleine nichts, was ihm schadet. Du kümmerst dich wirklich toll um ihn.«

Sie war immer noch starr.

»Ich glaube, du wirst mal eine tolle Mama«, sagte er – und sie fiel in sich zusammen. »Komm, morgen fahren wir mit ihm ins Legoland. Dann ist er abends bestimmt so müde, dass er gut einschläft.«

Sie nickte, ihre Augen füllten sich mit Tränen. Als sie und Strolch noch Kinder waren, war Billund, der Ort, wo das Legoland stand, für sie das Paradies gewesen, das sie nie erreichen würden. Sie träumten davon, malten Bilder, zerlasen die Werbeprospekte, mit denen die Touristen ins Land der Steine gelockt wurden. Sie waren neidisch auf die Urlaubskinder, die mit ihren Lego-Papierfähnchen und Indianerfedern am Strand herumliefen und sie triumphierend in den Wind hielten. Jetzt würden sie hinfahren, mit dem kleinen Schweden.

»Du hast es gut«, flüsterte sie ihm später zu. Er schlief. Sie lächelte. In diesem Moment glaubte sie, was sie sagte.

67

Er war gerne früh im Büro. Dass er jetzt, um drei Uhr morgens, hier saß, war jedoch seiner Schlaflosigkeit geschuldet. Emil saß im Dunkel des Großraumbüros des Präsidiums in Aalborg. Das Licht, das sein Computerbildschirm und seine kleine Schreibtischlampe warfen, bildete eine kleine, helle Oase inmitten des Schwarzes um ihn herum. Das Koffein vom Kaffee drang in seine Blutbahn, er war hellwach.

Dieser verdammte deutsche Polizist hatte ihm einen kleinen Gedanken in sein Unterbewusstsein eingepflanzt, der sich entzündet hatte und nicht eher Ruhe geben würde, bis Emil ihn samt Wurzel zu packen kriegte. »Wir haben falsch gesucht«, hatte er gesagt. Emil wusste, dass es stimmte. Aber was war falsch? Als er zu Hause um zwei Uhr neunzehn auf seinen Wecker geschaut hatte, stand er auf und wusch sich mit eiskaltem Wasser Hände und Gesicht. »Jetzt suche ich richtig«, hatte er zu seinem blassen Spiegelbild gesagt und war sich über seinen Dreitagebart gefahren. Geht noch, hatte er gedacht und den Rasierer links liegen gelassen.

Jetzt juckten die wachsenden Stoppeln, doch er achtete nicht weiter darauf, sondern konzentrierte sich auf seinen Bildschirm. Er mochte seinen Computer nicht besonders, doch er akzeptierte ihn als nützliches Hilfsmittel. Er half ihm dabei, nach etwas zu suchen, was gar nicht vorhanden war. Ob es das lange Grübeln im Halbschlaf oder die Wirkung des heißen Kaffees war, konnte Emil nicht sagen, doch er sah ganz klar und deutlich vor sich, dass er sich all die Fälle, die er sich schon einmal angeschaut hatte, noch einmal würde anschauen müssen. Es ging um Familien, um Mutter, Vater, Kind. Aber ganz besonders ging es um die Familien, die keinem Verbrechen zum Opfer gefallen, sondern einfach vom Schicksal aus dem Leben gerissen worden waren. Er suchte nicht nach Mord und Totschlag, er suchte auch nicht nach ungeklärten Todesfällen oder rätselhaften Vermisstenfällen – er suchte nach etwas, das vielleicht in keinem Polizeicomputer der Welt gespeichert wurde, nach etwas, das in keiner Akte abgeheftet wurde. Er suchte nach dem perfekten Verbrechen.

Und ein Verbrechen war für den Täter dann perfekt, wenn es nach einem ganz normalen Unfall aussah.

Seine eigene Stimme klang nicht nach einem menschlichen Laut, eher wie das Urkrächzen einer längst verstorbenen Rabenart.

»Tut mir leid, ich hoffe, ich habe dich nicht geweckt.«

Emil hob seinen Kopf, der auf der Tastatur gelegen hatte, und versuchte, sich zu orientieren. Jetzt fiel es ihm wieder ein. Er war eingeschlafen im Büro, nach einer erfolglosen Suche. Jetzt hatte ihn der Deutsche aufgeweckt. Er richtete sich auf und schaute in die amüsierten Augen seiner Kollegin, die gerade zur Tür hereinkam und ihm zuwinkte.

»Was«, blaffte Emil ins Telefon, »ist?«

»Wir müssen reden.«

Emil verdrehte die Augen. »Gib mir 'ne halbe Stunde, mein Hirn ist noch auf Standby.«

»Ich hol dich zum Frühstück ab«, ließ der Deutsche nicht locker. »Wo steckst du?«

»Im Präsidium.«

»Jetzt schon?«

»Noch«, sagte Emil ohne weitere Erklärung. Dann gab er die Adresse seines Stammcafés durch. Warum nicht das Angenehme mit dem Nützlichen verbinden. Sollte der Deutsche ihn doch auf ein Croissant einladen, wenn er ihm was zu erzählen hatte.

68

Hermann Müller war zufrieden. Seine Frau war es auch. Sie würde ausschlafen und danach einen ausgedehnten Spaziergang machen, er bezog schon im Morgengrauen seinen Platz auf dem Ruderboot und stach in See, oder besser: ruderte mitten auf den Limfjord. Das kleine Boot gehörte zu ihrem Ferienhaus in Osterby. Deshalb kamen sie auch jedes Jahr wieder. Früher mit den Kindern, jetzt ohne. Er angelte, sie spazierte, ab mittags entspannten sie zu zweit auf ihrer Terrasse, oder sie fuhren an den Strand der Nordseeküste. Er wollte auf Heringe gehen, an guten Tagen hatte er hier schon zehn in einer Stunde gefangen. Für seine Frau war das zu viel gewesen. »Die können wir ja nie alle essen«, hatte sie genörgelt. Seitdem sortierte er seinen Fang vor. Die guten in den Eimer, die schlechten zurück in den Fjord.

Nach dem Sturm gestern war das Wasser noch dunkler als sonst. Das Seegras am Ufer schien wie durchgebürstet, hier und da hatte der Wind die kleinen Boote durcheinandergewirbelt und bei den Karambolagen mit dem Steg kleine Wunden ins Holz geschlagen. Hermann war froh, dass der Spuk nun vorüber, dass sein Boot ganz geblieben war und dass er nun endlich wieder seine Angel auswerfen konnte. Ein paar Stunden hatte er nun nichts weiter zu tun als auf seinen Schwimmer zu schauen. Als der sich aber überhaupt nicht regte, beschloss er, seine Position zu ändern. Vielleicht musste er näher an das Ufer heran, weil die Fische sich dort im seichten Wasser weiter östlich versteckt hielten.

Er packte die Angel ins Boot und ruderte mit voller Kraft auf sein neues Ziel zu. Die Bewegung tat ihm gut. Er war zwar über sechzig, doch Oberarmmuskeln hatte er immer noch vorzuweisen. Er wurde schneller, atmete schwerer und wurde abrupt gestoppt. Er war aufgelaufen. Das Ruderboot war mit etwas Hartem kollidiert. Felsen? Hier an dieser Stelle war doch nur Seegras und schlammiger Untergrund. Hermann Müller rückte seine Brille zurecht und versuchte, im Wasser die Ursache für den Zusammenstoß zu entdecken. Etwas Großes, Weißes lag dort kurz unter der Wasseroberfläche.

Als die Polizei etwa zwei Stunden später einen weißen Kleinwagen aus dem Wasser zog, dachte er: Was für eine aufwendige Autowäsche.

Später beim Mittagessen – es gab Fisch aus dem Supermarkt – wiederholte er seinen Gedanken.

Seine Frau lachte. »Ach Hermann, du Spaßvogel.« Was für ein Auto das denn gewesen sei.

»Ein nagelneuer Fiat mit Osnabrücker Kennzeichen«, sagte er. »War nix dran, kein Kratzer!«

69

»Du hast mich also verarscht.« Emil Hasagar schien diese Erkenntnis aber nicht den Appetit zu verderben. Während er Daniel vorwurfsvoll ansah, verschwand das letzte Stück Croissant mit einem unverschämt großen Stück Butter darauf in seinem kauenden Mund.

»Yep«, antwortete Daniel. Er wollte das Frühstück nicht unnötig in die Länge ziehen, doch weil Aalborg auf dem Weg lag, machte es einfach Sinn, sich erst mit Hasagar zu treffen, bevor er zu seinem Sohn fuhr. Glücklicherweise war die Zufahrt nach dem Sturm wieder frei gewesen, der Wind hatte auch sein Gutes gehabt. Die riesige Salzwasserpfütze war leer geblasen.

»Nur damit ich jetzt alles richtig verstehe. Deine Frau ist dir abgehauen, nachdem sie von dem Mord in Dänemark gelesen hat. Sie hat vielleicht eine Affäre, vielleicht ist sie auf der Suche nach ihren leiblichen Eltern, vielleicht sucht sie sich aber auch gerade einen Zug heraus, vor den sie sich werfen will, vielleicht stimmt aber auch nichts von alledem.«

Daniel nickte.

»Du bist aber sicher, dass der Mord etwas mit ihrem Verschwinden zu tun hat?«

Daniel schüttelte den Kopf.

»Lass mich raten«, sagte Emil, nachdem er einen Schluck des angeblich besten Kaffees Aalborgs genommen hatte. »Du hast aber eine Ahnung.«

»Ja, habe ich. Denn ich kann einfach nicht glauben, dass es Zufall ist, dass sie von meinen Schwiegereltern von einer illegalen Agentur adoptiert –«

»Du meinst gekauft.«

»Ja, das trifft es wohl besser. Aber es kann doch kein Zufall sein, dass diese illegale Vermittlungsagentur in Dänemark war. Sibylle war zwei Jahre alt, als sie zu meinen Schwiegereltern kam. Wenn denn ihr Geburtsdatum in ihren wahrscheinlich gefälschten Papieren überhaupt stimmt. Aber vielleicht hat sie sich an etwas erinnert, als sie den Zeitungsbericht aus Dänemark gelesen hat.«

Hasagar griff zum Brotkorb und nahm das zweite Croissant. »Du hast doch nichts dagegen?«, fragte er und tunkte, ohne auf eine Antwort zu warten, das Gebäck in die Marmelade, von der er sich einen großen Haufen auf seinem Teller deponiert hatte. »Du weißt, dass das alles sehr vage ist. Sie könnte sich einfach an das schöne Dänemark ihrer frühen Kindheit erinnern, an den Strand, die Möwen, die Sonne. Und danach sehnte sie sich in eurem kalten, langweiligen Deutschland. Also logisch, dass sie dorthin fuhr, als es bei euch kriselte.«

Daniel stimmte ihm zu. »Ja. Das wäre logisch. Aber vielleicht ist es viel einfacher. Vielleicht hat sie dasselbe erlebt wie dieser Junge, der entkommen konnte, und muss nun ihr Trauma verarbeiten.«

»Du meinst, ihre Eltern wurden –«

»Getötet, ja«, sagte Daniel.

Emil hörte auf zu kauen. Er überlegte und verglich die beiden Fälle. Konnte es wirklich sein, dass Daniels Frau auch ein überlebendes Kind war? Eines, dessen leibliche Eltern ermordet wurden, damit es wie Ware verkauft werden konnte? Sie hatte vielleicht einfach nur Glück gehabt, dass das Ehepaar von Poll für sie bezahlt hatte, um sie dann wie ihre eigene Tochter zu behandeln. Doch was wäre mit dem Jungen geschehen? Wieder dachte er an die menschlichen Abgründe, an die Pädophilen-Netzwerke, deren ekelhafte Spuren seine Kollegen immer wieder im Darknet verfolgen mussten, ohne dabei verrückt zu werden.

Das Croissant rumorte in Emils Magen.

»Scheiße, ja«, sagte er. »Das könnte sein. Es passt. Und damit wäre auch klar, warum ich nichts in den aktuellen Akten gefunden habe. Wir müssen zurückschauen, weit zurück. Wann, sagtest du, kam Sibylle zu ihren Stiefeltern?«

»Im Spätsommer 1984.«

»Okay, dann auf in den Blätterwald! Denn das heißt, wir werden Aktenordner durchackern, nach Sibylles Fall, vielleicht auch nach anderen. Der Rechner hilft uns in den achtziger Jahren nicht weiter!«

70

Oscar war um fünf Uhr achtundzwanzig aufgewacht. Stella hatte ihm ein kleines Reisebettchen in ihr Schlafzimmer gestellt, so konnte sie ihn sofort beruhigen, als er verschlafen um sich schaute und nicht begriff, wo er war.

»Mama?«, fragte er, und seine Unterlippe schob sich bedenklich nach vorne. »Papa da?«

»Keks?«, fragte Stella in der Hoffnung, ihn mit etwas Süßem ablenken zu können. Sie wusste, wie man traurige Kinder zum Lachen brachte. Auch jetzt klappte es wieder.

Warum ihr ausgerechnet jetzt die kleine Lene Pedersen einfiel, wusste sie nicht. Aber sie war die große Ausnahme gewesen. Das Mädchen hatte nie gelacht. Selbst wenn Stella ihr ein frisches Milchbrötchen über die Verkaufstheke reichte, weil sie ihr so abgemagert schien. Ab und an kam Lene in den Laden, um die Eier des elterlichen Hofes abzuliefern. Stella versuchte dann, sie aufzuheitern. Doch meist ging das hagere Kind wortlos und mit gesenktem Blick an ihr vorbei, um die Eier nach hinten in den Vorratsraum zu bringen.

»Liest du gerne?«, hatte Stella sie irgendwann einmal gefragt. Und die Kleine hatte genickt. »Dann schau mal in der Kammer neben den Eiern, da ist mein ganzer Papierkram, und da findest du ein paar Bücher.«

Sie hatte nicht damit gerechnet, aber Lene kam daraufhin mit einem Buch im Arm zurück, und immerhin lächelten daraufhin wenigstens ihre Augen ein ganz kleines bisschen. Sie las also, und sie war meistens traurig. Viel mehr wusste sie nicht von ihr. Nur dass die Leute über ihre Mutter und den Nachbarn, den ollen Rasmussen, redeten. Kein Wunder, dass die Kleine irgendwann nicht mehr kam. Das Buch hatte sie nie zurückgebracht. Stella wusste nicht mehr, welches es eigentlich gewesen war.

»Mehr«, rief Oscar fröhlich und streckte Stella seine mit

Krümeln beklebten Hände entgegen. Bei diesem Kind lächelten nicht nur die Augen. Sein Mund, seine Stimme, seine Locken, seine Finger, seine Art, sich beinahe hüpfend fortzubewegen – Oscar sah ganz und gar fröhlich aus. Es geht auch ohne deine Mama und deinen Papa, lille mand, dachte Stella für einen Augenblick und schloss den Jungen fest in ihre Arme.

71

Sie teilten sich die Ordner. Emil Hasagar begann im Jahr 1980 mit der Suche, Daniel sollte sich die letzten Papierakten vornehmen, bevor alle polizeilichen Ermittlungen standardmäßig online verfügbar waren. Beide staunten darüber, dass es das computergestützte Erfassungssystem noch gar nicht so lange gab. Selbst Ende der neunziger Jahre, als es längst PCs in vielen Haushalten gab, tat sich die Polizeibehörde schwer mit der Technik und mit der Speicherung aller relevanten Daten eines Falles oder Vorganges.

»Wir gehen also davon aus, dass die Täter schon früher zugeschlagen haben«, fasste Daniel noch einmal zusammen.

»Aber wir wissen nicht, ob die Opfer Dänen sind.«

Sie einigten sich darauf, nach den Stichworten zu suchen, die ihnen in den Sinn kamen. Alles beruhte ja nur auf vagen Ahnungen und Spekulationen. Die Stichworte waren: Dänemark-Urlauber, Familie, kein Verbrechen ermittelt, 1984, Familie mit kleinem Mädchen, Ferienhaus.

Dass es in den letzten Jahren keine ähnlichen Ferienhausmorde gegeben hatte, wusste Emil schon. Danach hatten er und seine Kollegen schon längst am Beginn der Ermittlungen gesucht. Doch jetzt suchten sie keinen Mord, sie suchten Ereignisse, die mit den Stichworten übereinstimmten. Reines Glück, wenn sie etwas finden würden. Denn warum sollte die Polizei etwas archivieren, das gar kein Verbrechen war?

Doch was blieb ihnen sonst übrig? Daniel griff sich die Ordner, die er und Emil aus dem Keller des Präsidiums aus den hintersten Räumen hervorgekramt hatten, und packte sie in seinen Kofferraum.

»Homeoffice?«, fragte Emil mit breitem Grinsen.

»Ja, mit einem Zweijährigen wird es bestimmt ganz entspannt«, erwiderte Daniel ironisch. »Darf ich das wirklich mitnehmen?«

»Klar, du bist schließlich ein Polizist, ein deutscher, gewissenhafter dazu«, antwortete Emil und seufzte.

Auf seinem Schreibtisch lag ein mindestens genauso großer Stapel Papier, um den er sich jetzt kümmern musste und der ihm sicher keinerlei neue Erkenntnis bringen würde. Das täglich Brot eines Ermittlers. Langeweile ohne Aussicht auf Erfolg.

»Was genau suchst du?«, fragte seine Kollegin ihn ein paar Stunden später, nachdem die Intervalle von einem Gähnen zum nächsten immer kürzer geworden waren und seine Miene immer finsterer.

»Eine verschwundene Familie. Vielleicht Dänemark-Urlauber. Kein Verbrechen.«

»Du meinst, wie die Schweden damals mit dem kleinen Jungen?«

»Was für Schweden?« Emil war plötzlich hellwach.

Die »Aalborger Nachrichten« waren schnell. Ihr Archiv war offensichtlich besser organisiert als das der Polizei. Nach Emils Anruf dauerte es nur eine Stunde, dann hatte er eine Mail mit den entsprechenden Anhängen der Zeitungsartikel, die im Sommer 1994 über den tragischen Fall der Familie Svensson berichtet hatten. Jetzt, wo er die Schlagzeilen und Fotos vor sich sah, konnte Emil nicht begreifen, warum er selbst sich nicht daran erinnert hatte. Aber er hielt nie viel von rührseligen Klatschgeschichten – und so war sie ihm vorgekommen, die Geschichte vom Tod der Familie Svensson. Mutter, Vater, Kind – alle ertrunken bei ihrer Überfahrt von Frederikshavn nach Göteborg. Natürlich schlachtete die Presse die Fotos aus, die es von Enno, Hilda und dem kleinen Henryk gab und die sie als das zeigten, was sie vor ihrem Tod gewesen waren – eine glückliche Familie.

Sie waren laut Zeitungsbericht am 18. August 1994 mit ihrem Wagen, einem blauen Saab, auf die Autofähre gefahren, hatten ihn auf Deck 3 abgestellt und waren auf das Oberdeck unter freiem Himmel gegangen. An dem Tag war es bedeckt, und es nieselte, sodass nicht viele Leute draußen waren. Doch einige Zeugen erinnerten sich später an die Familie, die sich eingemummelt in gelbe Regencapes auf die Bank ganz hinten gesetzt hatte. Später fand man dort die Tasche, in der Windeln, Schnuller, Spucktuch und eine Flasche für das Kind sowie ein paar geschmierte Butterbrote aufbewahrt worden waren. Das Kind habe noch nicht alleine laufen können, seine Mutter und sein Vater hätten es abwechselnd immer wieder auf den Arm genommen, wenn es unruhig geworden war, und sie seien mit ihm auch an die Reling gegangen, um es abzulenken.

An mehr erinnerte sich niemand. Als nach dem Anlegen andere Passagiere die Fährmitarbeiter wütend auf den leer stehenden Saab aufmerksam machten, der den Verkehr bei der Ankunft aufhielt, vermutete man zunächst, dass die Insassen sich einfach verlaufen hatten. Das kam öfter vor, als man dachte. Denn die Decks eines Fährschiffes sahen sich sehr ähnlich. Also lenkte man die hinter dem Wagen stehenden Autos rechts und links an dem Saab vorbei und suchte zugleich nach herumirrenden Passagieren auf den Zwischentreppen. Vergebens.

Als alle Lkw, Pkw und Wohnmobile längst von Bord waren, wurde die Brücke informiert. Dann die Leitung der Fährlinie. Dann die Polizei.

Sofort leitete man Suchmaßnahmen ein, die gesamte Wasserschutzpolizei, die Armada von Rettungsorganisationen und viele freiwillige Helfer waren außerdem auf der Ostsee zwischen Frederikshavn und Göteborg unterwegs. Per Funk ging die Meldung an alle Schiffe, die gerade dort verkehrten, heraus. »Familie gesucht!« Vermisst wurden Enno und Hilda Svensson (beide siebenundzwanzig Jahre alt), außerdem ihr kleiner Sohn Henryk (dreizehn Monate). Bis spät in die Nacht kreisten die Boote entlang der Fahrspur der Fähre, mit Scheinwerfern suchten sie nach Sonnenuntergang die kabbelige Wasseroberfläche ab. Sie fanden nichts.

Alles deutete auf einen tragischen Unfall hin. An Bord fand man neben der Tasche auf der Bank an Deck auch noch das

Regencape des Vaters und einen Schuh der Mutter. Die Kleidungsstücke lagen direkt an der Reling.

Die Ermittler rekonstruierten das Fährdrama und hielten den vermuteten Ablauf in einem Bericht fest:

Familie Svensson war auf dem Rückweg nach Schweden, sie hatten zuvor zwei Wochen in Dänemark Urlaub gemacht. Enno und Hilda Svensson waren mit ihrem Sohn Henryk an Deck gewesen, um die Überfahrt an der frischen Luft zu erleben. Als sie mit dem Jungen auf dem Arm nah an der Brüstung standen, muss er eine unkontrollierte Bewegung gemacht haben und dabei ins Wasser gestürzt sein. Die Mutter ist ihm wahrscheinlich verzweifelt nachgesprungen. Der Vater wollte den beiden zu Hilfe kommen, hat schnell das Cape abgeworfen und ist ebenfalls hinterhergesprungen.
Fraglich ist, ob Mutter, Kind oder Vater den Sturz überhaupt überlebt hatten. Die Wasseroberfläche kann schon bei einem Fall aus zehn Meter Höhe zu einer tödlichen Betonwand für den Körper werden, die Sturzhöhe hier betrug etwa zwanzig Meter. Vielleicht waren sie sofort tot. Vielleicht wurden sie aber auch bewusstlos, als sie aufprallten, und ertranken, ohne etwas davon zu merken. Natürlich kann es auch sein, dass sie gekämpft, geschrien, verzweifelt nach dem Kind getaucht haben, das nicht schwimmen konnte und sofort versank. Der Wellengang an diesem Tag war ganz ordentlich, aber nicht besonders stark, die Ostsee war kühl wie immer, aber nicht eiskalt. Sie hätten eine Chance gehabt. Aber durch den Nieselregen, der den ganzen Vormittag über geherrscht hatte, waren viele Fenster der Fähre nass und beschlagen. Nur so ist zu erklären, dass niemand den Unfall beobachtet hat. Eine achtzigjährige Zeugin hat ausgesagt, sie habe einen fallenden Schatten gesehen, aber gedacht, es sei eine Möwe – das war alles.

Da alle weiterführenden Ermittlungen keinen anderen Schluss zuließen und da es aufgrund der Strömungen durchaus plausibel schien, dass die Leichen nicht zu finden waren, schloss die Polizei die Akte nach angemessener Zeit.

Die Leute mögen zwar ihren Fisch in alte Zeitungen einwickeln, dachte Emil, manchmal sollte man sie aber besser noch einmal lesen. Dann wählte er Daniel Konermanns Nummer.

»Ich hab was«, sagte er kurz und knapp.

Daniels Stimme war brüchig. »Ihr Auto. Es wurde heute Morgen aus dem Limfjord geborgen.«

»Shit«, sagte Emil. »Ist sie –?« Er wagte nicht, die Frage zu Ende zu sprechen.

»Nein. Keine Spur von ihr.«

»Ich geb die Fahndung raus!«

»Läuft schon«, sagte Daniel tonlos.

Im Hintergrund hörte Emil die helle Stimme von Oscar. »Papa! Spielen!«

72

Sie würde es Strolch einfach nicht sagen, das mit dem Auto. Natürlich hatte sie geahnt, dass man es finden würde, aber doch nicht so schnell. Die ersten Tage hatte es in ihrem Schuppen gestanden, da war es viel besser aufgehoben, fand sie. Doch Strolch meinte, das wäre viel zu gefährlich. Wenn es jemand finden würde, führten doch alle Spuren gleich zu ihr. Dann lieber irgendwo versenken, sodass es im Zweifel nach einem Unfall aussah. So als hätte Sibylle von Poll – Susi konnte sich immer noch nicht an diesen Namen gewöhnen – den Wagen selbst über den Schotterweg und über das matschige Ufer gesteuert und ins Wasser gefahren, um ihrem Leben ein gnädiges Ende zu bereiten.

Sie wusste, dass sein Plan nicht durchdacht war. Dabei war er gar nicht so schlecht darin, etwas auszuhecken. Aber jetzt musste alles viel zu schnell gehen. Strolch machte Druck, weil er selbst unter Druck stand. Wer ihn so trieb und quälte, wusste sie nicht. Das sagte er ihr auch nicht. Aber *sie* sollte wie immer die Lösung finden. Doch dazu brauchte sie ein bisschen mehr Zeit.

Trotzdem hatte er es geschafft, sie zu etwas zu überreden, was sie nicht tun wollte. Sie hatte sich an das Steuer dieses schönen kleinen Autos gesetzt und war damit am Nordufer des Limfjords entlanggefahren, um einen geeigneten Ort zu finden, es loszuwerden. Eine Klippe wäre gut gewesen und direkt darunter das offene Meer. Aber meistens war dort noch ein Strandabschnitt, auf dem das Auto aufgeprallt und sofort gefunden worden wäre. Ein Hafenbecken wäre zu auffällig gewesen. Also musste es der Fjord selbst tun. Und es hatte besser funktioniert als befürchtet.

Der Schotterweg führte direkt zum Wasser. Früher war sie manchmal mit Strolch nach der Schule hier gewesen, wenn sie auf den Bus warten mussten – oder ihn absichtlich verpasst hatten. Dann hatten sie sich Holzbretter von dem verfallenen Schuppen geklaut, um damit zu surfen wie die Teenager, die hier am eigentlich flachen Fjord ihre Urlaubskurse machten. Natürlich gingen sie immer unter. Deshalb wusste sie auch, dass hier an dieser Stelle nach ein paar Metern das Wasser plötzlich ungewöhnlich tief wurde. Tief genug jedenfalls, um dort ein Auto zu versenken. Der alte Holzschuppen war nicht mehr da, stattdessen ein paar verlassene Anglerhütten. Der Eigentümer hatte offensichtlich kein Interesse daran, sie zu vermieten, oder einfach kein Geld, um sie in Schuss zu halten. Die Farbe blätterte ab, hier und da sammelte sich Müll.

Niemand sah sie, als sie die Fenster herunterließ, den Gang herausnahm und mit aller Kraft das Auto ins Wasser schob. Es sank. Tief. Doch der Sturm der vergangenen Nacht hatte es offensichtlich weiterfahren lassen. Gefunden wurde es jedenfalls hundert Meter entfernt von der Stelle, in der sie es zu Wasser gelassen hatte, nur gut einen Kilometer von Osterby entfernt.

73

Emil klopfte an die Tür, Oscar öffnete ihm. Würde man die Situation von außen betrachten, ohne jedes Vorwissen, hätte man den Eindruck, hier, in diesem kleinen, flachen Ferienhaus sei das Glück zu Hause. Emil ahnte, welcher Kraftakt es für Daniel sein musste, dem Sohn vorzuspielen, alles sei in bester Ordnung, während er in Wahrheit das Schlimmste fürchten musste.

Er entschied sich, das Spielchen mitzumachen, stellte Oscar die üblichen Fragen, die Erwachsene zweijährigen Kindern stellten, wiederholte anerkennend jede der Antworten und wandte sich dann sachlich seinem Kollegen zu.

»Soll ich dich zufriedenlassen, oder willst du weiterarbeiten?«, fragte er.

»Arbeiten«, sagte Daniel. »Die Taucher haben sie also nicht gefunden?«, flüsterte er, damit sein Sohn es nicht hörte.

Emil schüttelte den Kopf.

Daniel atmete erleichtert aus. »Ich habe Stella Figen noch einmal angerufen, sie holt Oscar gleich ab.«

Oscar hüpfte auf und ab, er strahlte. »Baden mit Tella. Und Keksen.«

Die Männer lächelten den Jungen an.

»Toll«, sagte Emil. »Das macht bestimmt Spaß.«

Kurz darauf klopfte Stella, nahm die Tasche, die Daniel gepackt hatte, entgegen und humpelte mit dem Jungen durch die Dünen Richtung Strand.

74

Er wachte auf, weil er fror. Dieses verdammte Ledersofa war viel zu kalt. Er zitterte am ganzen Körper. Sein Schädel fühlte sich an wie ein Trümmerhaufen. Es stank. Er griff um sich, suchte die Decke. Die verdammte Decke. Mit geschlossenen Augen glitten seine Hände über den Fußboden vor ihm, sie war wahrscheinlich in der Nacht heruntergerutscht. Als er in seine eigene Kotze langte, stöhnte er genervt auf.

Er wankte in sein Badezimmer, ließ das Wasser dank Smart-Touch-Armatur laufen und wusch sich sehr lange den Dreck von seinen Fingern. Gut, dass er einen Steinfußboden und keinen Teppich hatte, so konnte er das Erbrochene gleich einfach wegwischen. Bei dem Gedanken daran wurde ihm übel. Er hob den Klodeckel und erleichterte sich. Und während er Galle in seine High-Tech-Toilette spuckte, dachte er erstens darüber nach, welche Drogen ihm nicht bekommen waren, überlegte zweitens, wie lange er halbtot auf dem kalten Sofa gelegen hatte, und drittens, ob es nicht eine gute Idee wäre, den Knopf zu drücken, der bei seinem Klo den Duscharm hervorfahren und frisches Wasser sprudeln lassen würde, um es sich statt auf seinen Arsch in sein Gesicht spritzen zu lassen.

Er drückte den Knopf, bereute es aber sofort, denn das Wasser war auf lauwarm eingestellt. So viel stand also fest. Dieser Tag fing nicht gut an für ihn. Aber ein Gedanke tröstete ihn. Er würde ihn irgendwie überstehen. Im Gegensatz zu Sibylle von Poll.

***

Sie betrachtete die Zusatztage als Geschenk, doch ihr Gast begriff es einfach nicht. Sie verstand auch nicht, dass sie es doch nur gut mit ihr meinte, wenn sie ihr über die Haare strich und Kuchen brachte. Warum gefiel ihr das nicht mehr? Früher konnte sie sie doch auch so beruhigen. Etwas Süßes und ein paar Streicheleinheiten. Jetzt trank sie nur Wasser und wurde von Tag zu Tag dünner. Selbst wenn Strolch nicht das täte, was er nun einmal tun musste, würde sie sterben. Verhungern würde sie.

Wenn sie überhaupt den Mund aufmachte, dann nur, um Fragen zu stellen. »Was habe ich Ihnen getan? Warum bin ich hier?«

Doch was sollte sie ihr antworten? Sie erinnerte sich an früher und sagte dann, was man zu weinenden Kindern sagte: »Alles wird gut« oder »Bald wird es besser«. Und das stimmte ja sogar. Denn war es nicht besser, für immer zu schlafen, statt für immer gefangen zu sein?

Bei ihren seltenen Einkäufen in der Stadt hatte sie mitbekommen, dass etwas im Gange war. Die Polizei suchte sie überall. Dieses verdammte Auto war schuld. Warum nur hatte sie es nicht einfach dort gelassen, wo es gestanden hatte? In ihrer alten Scheune. Es kam doch ohnehin niemand vorbei. Jetzt war ganz Nordjütland in Aufruhr, weil sie nach der Insassin suchten.

Es war ein bisschen wie damals, als die schwedische Familie vermisst wurde. Niemand hatte daran gezweifelt, dass sie auf ihrer Heimreise mit der Fähre über Bord gegangen war. Alle hatten das Drama geglaubt, das sie und Strolch inszeniert hatten. Sie hatten lange geplant, sie hatten Ideen entwickelt, alles immer wieder durchgespielt. Die gelben Regencapes waren ihr Einfall gewesen. So konnten sie von anderen Passagieren gesehen werden, ohne dass man sie wirklich erkannte. Eine Tarnung, die auffiel und ihnen die nötigen Zeugen lieferte. Niemand würde je den echten Todeszeitpunkt erfahren, alle würden denken, dass Mutter, Vater und Kind noch einen schönen Urlaub in Dänemark und eine halbe Rückreise erlebt hatten, bevor sie ertranken.

Der Junge, dessen Namen sie nie aussprach, bekam sehr reiche Eltern, hatte Strolch ihr gesagt. Dass sie reich waren, erklärte sich von allein, wer konnte sich schon ein Kind kaufen?

Doch waren sie auch nett? Susi wollte es glauben. Und deshalb verbot sie sich, darüber nachzudenken, was diese Menschen dazu brachte, für ein Kind zu bezahlen, statt es legal zu adoptieren. Sie wollte nicht wissen, was sie zu verbergen hatten. Waren sie wirklich darauf aus, eine glückliche Familie zu sein, oder machte sie etwas anderes glücklich? Ein Kind, das ihnen ganz alleine gehörte und mit dem sie machen konnten, was sie wollten, vielleicht?

Als sie ihre Einkäufe in ihren Kofferraum packte, sah sie die Einsatzfahrzeuge der Polizei. Natürlich hatte man Taucher eingesetzt, und man würde den Kreis rund um den Fjord erweitern, wenn sie nichts fanden. Sie würden Nachbarn befragen, Urlauber. Niemand würde sich an sie erinnern, da war sie sicher. Sie hatte aufgepasst.

Doch wenn sie wieder zu Hause ankäme, müsste sie Strolch davon erzählen. Er würde sich furchtbar aufregen. Denn sein Plan, alles wie einen erweiterten Suizid aussehen zu lassen, war jetzt hinfällig. Sie hatte es zwar von Anfang an nicht für machbar gehalten, aber sie hatte keine bessere Idee gehabt. Ihren Tod wollte sie nicht planen. »Sie erinnert sich an nichts«, hatte sie ihm gesagt. Doch er hatte das nur abgetan. »Bist du in ihrem Kopf?«, hatte er sie gefragt. Und dann hatte er ihr klargemacht, dass es keinen anderen Weg gab. Er müsste es tun, um sie, Susi, zu beschützen. Schließlich war sie es gewesen, die Sibylle entführt hatte. »Ich will aber nicht beschützt werden«, wollte sie sagen. Doch sie schwieg und wartete auf ihn.

Wann würde er kommen? Wann würde er sie anschauen und ihr zunicken? Wann würde er ihre Schublade aufziehen, das Messer nehmen und in den Keller gehen? Wann würde sie ihm helfen, die Tonne in seinen Kastenwagen zu heben? Wann würde Sibylle von Poll im Rauch der Müllverbrennungsanlage aufgehen?

Sie sollte ihn nicht anrufen, also schickte sie ihm eine Nachricht über das Prepaid-Handy, das sie noch nie benutzt hatte. Das hatten sie für Notfälle vereinbart. »Auto gefunden«, schrieb sie. »Polizei sucht nach ihr.« Die Antwort kam nur wenige Sekunden danach. »Bin unterwegs.«

Also jetzt, dachte sie. Jetzt würde Lille sterben.

Und so wartete sie mit dem Rücken an der warmen Hauswand, den Blick auf ihre Zufahrt gerichtet.

***

Nachdem er sich eine doppelte Adderall mit einem großen Schluck Red Bull in den Körper gespült hatte, konnte er wieder etwas klarer denken.

Er erinnerte sich dunkel, warum er so abgestürzt war. Dieser verfickte Anwalt Arne Birklund war schuld. Er hatte ihn behandelt wie einen Schuljungen, nicht wie einen Partner auf Augenhöhe. Dabei war er genau das. Ohne sein umsichtiges Handeln könnte Birklund sich jetzt nicht seine schicke Schäreninsel für den Ruhestand leisten. Aber jetzt, als ein einziges Mal etwas schiefgegangen war, wurde der Typ nervös und ungerecht.

Er hatte ihn unter Druck gesetzt. »Die Frau muss sterben, und ein neues Kind muss her!« Als wenn das so einfach wäre. Es war eine Sache, hier und da ein paar Handlangerdienste für den großen Birklund zu übernehmen, ein paar Typen einzuschüchtern oder den Schwarzgeldboten zu machen, doch das mit den Kindern, das war etwas ganz anderes. Das ging an die Substanz. Außerdem war dort echte Planungsarbeit erforderlich, und man durfte es nur selten tun. Man konnte es auch nur selten tun.

Dass Susi langsam die Nerven verlor, wusste er. Dabei brauchte er sie und ihren klaren Verstand. Sie hatte immer die zündenden Ideen. Ohne sie wären es einfach nur brutale Verbrechen gewesen, mit ihr waren es perfekte Verbrechen, die niemand bemerkte. Ihr weiches Herz war dabei ein wichtiger Faktor. Einerseits konnte sie damit die Kinder beruhigen und so den Schein der heilen Urlaubsfamilie wahren, andererseits machte es sie anfällig für Mitleid. Den behinderten Jungen wollte sie nicht hergeben. Sie wusste genauso wie er, dass er wertlos war. Es war ja nicht so, dass es ihm leichtgefallen wäre, aber er hätte die Sache zu Ende gebracht. Eine kleine Leiche mehr zu entsorgen, war nicht mehr Aufwand, und letztlich wäre das auch die sauberste Lösung gewesen. Sie hatte zwar behauptet, der Junge wäre ihr entwischt. Aber er war nicht blöd. Das seltsame Kind konnte doch nicht mal laufen, wie sollte es da die Tür geöffnet haben?

Und so hatte der Kleine also eine Zeugin herbeigebrüllt. Hätte Susi sie nicht zufällig gesehen, säße er jetzt nicht im Auto, sondern im Knast, dachte Carl. Also musste er ihr letztlich doch dankbar sein, der kleinen Susi mit dem weichen Herzen.

Dass sie gewissenhaft und umsichtig war, gefiel ihm. Es nutzte ihm außerdem. Sie hatte das Geld abgehoben, als er sie darum gebeten hatte. Zum einen, weil ein kleines Extrageschenk von zweitausend Euro nicht schaden konnte, zum anderen, weil dadurch die Spur dieser Sibylle weg von ihrem Hof, hin nach Frederikshavn gelenkt worden war. Die Idee, dem suchenden Gatten von dort aus noch eine Art Abschiedsnachricht übers Handy zu schicken, hatte Susi gehabt. Chapeau, darauf muss man erst einmal kommen, dachte Rasmussen und freute sich fast, sie gleich wiederzusehen.

Nach der Geheimzahl hatte sie ihre Gefangene schlicht gefragt. Auch nach der Handyentsperrung und der Pin zum Anmelden. Das Handy hatte sie anschließend sogar noch im Meer entsorgt. Vielleicht sollte er sie gleich noch einmal ausdrücklich dafür loben, ging es Rasmussen durch den Kopf.

Aber sie würde bestimmt wieder diesen traurigen Blick haben, der ihn so nervös machte, weil er dann fürchtete, sie würde ihn im Stich lassen. Doch das hatte sie noch nie getan. Das Messer würde in der Schublade liegen, sie würde ihn machen lassen. Dann würde sie ihm helfen, die Sache zu vertuschen und die Überreste verschwinden zu lassen. Und dann würde sie schweigen darüber.

Er war unruhig. Wie immer. Doch dieses Mal kam noch etwas anderes dazu. Unsicherheit. Denn es würde anders laufen.

Sie hatten keine Zeit, sich einen Plan auszudenken. Sie würden nicht in einem Ferienhaus sitzen und gemeinsam Ideen entwickeln. Es musste schnell gehen. Es gab keine Inszenierung. Die Frau musste weg, und er musste ihren blond gelockten Jungen finden und mitnehmen, und dann mussten sie hoffen, dass ihnen niemand auf die Spur kam. Alles sollte aussehen wie ein erweiterter Suizid von Mutter und Sohn. Doch die Polizei hatte den Wagen zu früh gefunden. Er hatte keine Zeit mehr, sich jeden Schritt vorher genau zu überlegen.

Carl Rasmussen trat auf das Gaspedal. Es würde das letzte Mal sein, dass er für Birklund etwas tat. Und er wollte es schnell hinter sich bringen.

75

Emil Hasagars Kollegen waren nicht gerade begeistert, als Daniel ihnen erklären musste, warum er wirklich nach Dänemark gekommen war. Dass seine Frau schon seit mehr als einer Woche vermisst wurde und er schon eine ganze Weile vermutete, der Doppelmord an dem deutschen Ehepaar könnte etwas mit ihrem Verschwinden zu tun haben. Emil hingegen schüttelte nur den Kopf.

»Ich hab ja gleich gesagt, du bist ein bescheuerter Idiot!«

Daniel gab ihm recht und versuchte auch gar nicht mehr zu erklären, warum er sich nicht eher an die Polizeikollegen gewandt hatte. Auch jetzt, nachdem sie Sibylles Auto im Fjord gefunden hatten, war nicht klar, was passiert war. Nach einem Unfall sah es jedenfalls nicht aus, das Auto hatte keinen Kratzer, und der Feldweg, von dem aus der Wagen vermutlich ins Wasser gerollt worden war, lag so weit abseits jeder normalen Schnellstraße, dass sie auch nicht aus Versehen ins Wasser gefahren sein konnte.

Es gab also nur zwei Möglichkeiten: Sibylle hatte sich und den Wagen selbst versenkt. Oder der Wagen war – von wem auch immer – versenkt worden. Beide Möglichkeiten sprachen für das Schlimmste und gegen die Theorie, dass sie einfach für ein paar Tage allein sein wollte, um über ihre Beziehung nachzudenken.

Die Polizei hatte bereits die Bilder der Überwachungskamera aus der Bank in Frederikshavn angefordert, an deren Bankautomat Sibylle Geld abgehoben hatte, bevor sie ihm ihre letzte Nachricht geschickt hatte. Auch wurde weiterhin versucht, ihr Handy zu orten. Bisher vergeblich.

Natürlich wusste Daniel, dass er zum engen Kreis der Verdächtigen gehörte, auch wenn es noch keinerlei Anhaltspunkte gab, ob Sibylle etwas passiert war und wenn ja, was.

»Eigentlich müsste ich dich jetzt raushalten«, sagte Emil ohne jedes Mitleid in der Stimme. »Du weißt, warum!«

Daniel nickte. »Ich bin befangen, Zeuge und verdächtig!«

»Gute Zusammenfassung«, sagte Emil, grinste und öffnete einen der Aktenordner, die er zum Ferienhaus mitgebracht hatte. »Ich glaube, ich habe was gefunden«, sagte er und erzählte Daniel von dem Verschwinden der schwedischen Familie auf dem Fährschiff im Jahre 1994. »Ihre Leichen wurden bis heute nicht geborgen. Ist doch komisch, oder?«

Daniel zwang sich, nachzudenken. Über diese Fälle, die ihm so weit weg schienen in diesem Moment, von denen er aber wusste, dass sie der Schlüssel sein konnten, um Sibylle zu finden. Oder um zu erfahren, was geschehen war.

»Sie waren auf der Heimreise, sagst du?«

Emil nickte.

»Das könnte erklären, warum ich in den alten Akten nichts gefunden habe«, sagte Daniel. »Die seltsame Adoptionsagentur, über die Sibylle seinerzeit vermittelt wurde, war ja angeblich in Dänemark.«

Emil nickte erneut. Offenbar wartete er darauf, dass Daniel seinen Gedanken weiterspann.

»Aber bei dem Fährunglück waren es keine Dänen, die dort verschwunden sind.«

»Nein, es waren Schweden.«

»Die Fälle, die wir suchen müssen, haben also mit Dänemark zu tun, sind jedoch nicht auf Dänemark beschränkt.«

Er öffnete den Ordner von 1984, den er sich, kurz bevor die Nachricht mit dem gefundenen Auto gekommen war, vorgenommen hatte. »In diesem Jahr ist weder eine Familie in Dänemark verschwunden, noch ist eine dänische Familie verschwunden, noch wurde ein dänisches Ehepaar ermordet.«

Emil schien jetzt zu ahnen, worauf er hinauswollte.

»Sibylle wurde im Jahr 1984 vermittelt oder besser verkauft – von einer illegalen dänischen Agentur an Liselotte und Arthur von Poll.«

Emil überlegte. »Ich fürchte, deine Vermutung, dass sie das Gleiche erlebt hat wie unser kleiner letzter Zeuge, wird immer wahrscheinlicher.«

Daniel nickte. »Sie hat sich erinnert. Deshalb ist sie nach Dänemark gefahren.«

Emil seufzte. »Ja, aber woran?«

»An ihren Urlaub in Dänemark, in dem ihre leiblichen Eltern getötet wurden?«

Emil kniff die Augen zusammen. »Ja, aber es gab keine Morde in Ferienhaussiedlungen in dem Jahr.«

»Die Schweden waren doch auch auf dem Rückweg, als sie spurlos verschwunden sind.«

»Du meinst, Sibylles Eltern wurden auf ihrer Heimreise getötet?«

»Oder wurden einfach vom Erdboden verschluckt wie die Schweden.«

»Und ihre Leichen wurden in Dänemark entsorgt?«

»In großen schwarzen Plastikfässern aus dem Baumarkt.«

Emil pfiff durch die Zähne. »Das könnte stimmen.«

***

Im Grunde hatte Daniel es gewusst. Lange bevor die Bilder ausgewertet wurden: Sibylle war nie dort gewesen, das vermeintliche Lebenszeichen war keines.

»Kennen Sie diese Person?«, fragte eine freundliche dänische Kollegin von Emil und hielt ihm ein Tablet unter die Nase.

Daniel schüttelte den Kopf. Er starrte auf den unscharfen Schwarz-Weiß-Film. Eine kleine Person – ein Junge oder eine zierliche Frau – hatte das Geld abgehoben. Ein Basecap verdeckte das Gesicht.

»Sie sind sicher, dass das nicht Ihre Frau ist.«

»Sibylle ist viel größer. Das ist sie nicht. Definitiv.«

Wieder ein Strohhalm, an den er sich nun nicht mehr klammern konnte. Es war nicht Sibylle gewesen, die das Geld abgehoben hatte. Und sie war es sicher auch nicht, die ihm in knappen Worten geschrieben hatte, dass sie ihn nicht mehr liebte. Das hätte auch nicht zu ihr gepasst. Und sie hätte auch niemals den Namen ihres eigenen Kindes falsch geschrieben.

Warum nur hatte er gezweifelt und deshalb die falschen Schlüsse daraus gezogen? Er war gekränkt gewesen, weil sie ihn nicht mehr liebte. Und da war noch etwas anderes, das er sich nicht eingestehen wollte. Jemand anderes. Da war noch Raven.

Die Bilder aus der Überwachungskamera erschreckten ihn. Es war, als ramme ihm jemand ein Messer in seine Eingeweide. Denn sie bewiesen etwas, an das er bisher nicht zu denken gewagt hatte. Es gab jemanden, der Sibylles Handy besaß und der ihre Geheimnummer kannte. Was hatte dieser Jemand getan, um an all das zu gelangen?

Emil weckte ihn aus seinen Alptraumgedanken auf, nachdem die Polizistin wieder verschwunden war. »Gehen wir davon aus, dass sie noch am Leben ist«, sagte er schlicht. »Alles ist im Moment Spekulation, okay?«

Daniel war dankbar für diese sachlichen, ohne jedes Mitleid ausgesprochenen Worte.

»Wir müssen herausfinden, ob Sibylles biologische Eltern in Dänemark Urlaub gemacht haben, als Sibylle um die zwei Jahre alt war«, sagte Emil. »Und nicht irgendwo in Dänemark. Ich glaube, sie muss hier gewesen sein. In genau dieser Siedlung. Die Schweden haben hier ihren Familienurlaub gemacht, bevor sie verschwanden, und ebenso die Deutschen jetzt, das kann doch kein Zufall sein.«

»Sibylle war aber nicht hier. Wir haben die Unterlagen bei Stella Figen durchsucht.«

»Wer ist ›wir‹?« Emil schaute Daniel fragend an.

»Raven Abrahamsen und ich.«

»Ach, die Rothaarige aus dem Kiosk. Die Nichte von Stella.«

»Ja, genau die. Wir haben uns durch alle Akten gewühlt. Nichts.«

»Die Akten finde ich weniger interessant. Aber was hat Stella selbst gesagt? Sie hat ein gutes Gedächtnis, sie kennt viele Urlauber.«

»An eine Familie von Poll hat sie sich nicht erinnert.«

Schon als er den Satz aussprach, merkte Daniel, dass es natürlich gar nichts zur Sache tat. Sibylles Eltern hatten ja nicht von Poll geheißen. Er schlug sich mit der flachen Hand gegen den Kopf, als er den gravierenden Denkfehler bemerkte.

Emil seufzte genervt. »Wir müssen Stella befragen. Wann kommt sie mit dem Jungen wieder?«

»Ich weiß nicht. Gleich, wenn Raven sie ablöst.«

»Und Raven passt dann auf Oscar auf?«

Daniel antwortete nicht. Er hatte den leicht vorwurfsvollen Unterton in Emils Stimme wahrgenommen und wusste, was sein Kollege ihm damit sagen wollte. Doch er hatte jetzt wahrlich andere Sorgen, als sich darüber Gedanken zu machen, ob es okay war, dass ausgerechnet Raven auf Sibylles und sein Kind aufpasste, die selbst ihr Kind verloren und mit der er beinahe geschlafen hätte.

»Ich werde mit Stella reden«, sagte Emil. »Irgendwas stimmt da nicht.«

***

Emil Hasagar und Daniel Konermann steckten fest. Die Polizeiordner, in denen die dänischen Vermisstenfälle der Vergangenheit abgeheftet worden waren, hatten nichts gebracht. Sosehr sie auch gesucht hatten, im Jahr 1984 gab es in Dänemark offensichtlich keinen bemerkenswerten Fall einer verschwundenen Familie. Emil hatte längst eine internationale Anfrage in Auftrag gegeben.

»Wir suchen nach einer Familie, die im Sommer 1984 verschwunden ist, nachdem sie Urlaub in dieser Ferienhaussiedlung hier gemacht hat.«

Seine Kollegin verdrehte die Augen. »Wie verschwunden? Genauer geht es nicht? Hast du wenigstens ein Land?«

Emil hatte mit dem Kopf geschüttelt. »Vielleicht beginnen wir mit den Ländern, aus denen die meisten Dänemark-Touristen damals kamen. Deutschland, Holland, Schweden.«

Sie hatte genickt.

»Und sie müssen mindestens ein kleines Kind gehabt haben«, hatte er ihr noch zugerufen, bevor er sich auf den Weg zu Daniel gemacht hatte.

Dass die Suchanfrage etwas bringen würde, bezweifelten beide.

Parallel würden sie sich die Akten von Stella Figen noch einmal vornehmen, um zu erfahren, welche Familien damals hier waren. Vielleicht ergab sich so ein Match – wenigstens irgendeine Übereinstimmung. Doch es würde dauern. Und nur funktionieren, wenn denn die Theorie etwas taugte.

Oberste Priorität hatte natürlich die Suche nach Sibylle. Emil ließ sich halbstündlich vom Lagezentrum berichten, sodass auch Daniel auf dem Laufenden blieb. Inzwischen hatte man die Suche ausgedehnt. Die Taucher am Nordufer des Limfjord waren noch bei der Arbeit, die Befragungen in der Umgebung von Osterby hatten noch nichts gebracht. Niemand hatte einen weißen Wagen gesehen, niemand hatte beobachtet, wie und vom wem er in den Fjord gerollt worden war.

In der nächsten Stunde sollten die Spürhunde in der Nähe des Fundortes eingesetzt werden. Ein junger Polizist hatte Daniel gebeten, ihm ein Kleidungsstück von Sibylle zu übergeben, damit die Hunde eine Spur hätten, die sie würden aufnehmen können. Daniel wurde schlecht. Er zeigte auf Sibylles Mantel im Flur und ließ sich auf dem kleinen Sofa nieder.

»Reiß dich zusammen!«, raunte Emil ihm zu. »Es hilft ihr nicht, wenn du schlappmachst.«

76

Sie schlief. Wie eigentlich immer. Susi setzte sich auf den Hocker neben ihrem Bett und sah ihr dabei zu. Wie gleichmäßig sie atmete. Wie friedlich das aussah. Die Haare lagen wie ein Fächer auf dem Kissen verteilt. Am Ansatz waren sie ein bisschen fettig. Sie hatte sie ihr waschen wollen, aber da war sie richtig wütend geworden. »Fass mich nicht an!«, hatte sie gezischt. Und jetzt hatte sie eben fettige Haare.

Trotzdem war sie hübsch. Auch als Kind war sie bildschön gewesen. Oft verwuchs sich das ja. Niemand wusste, ob eine kleine Prinzessin später auch noch prinzessinnenhaft aussehen oder sich in eine dicke Frau mit Kartoffelnase verwandeln würde. Lille war die Prinzessin geblieben.

Sie musste ein schönes Leben gehabt haben. Das tröstete sie ein bisschen. Zumindest äußerlich war sie nicht zerstört worden von ihren neuen Eltern. Sie war intakt, soweit Susi das beurteilen konnte. Ein bisschen dünn vielleicht, dachte sie. So wie sie selbst eben auch. Doch was bei Lille schlank aussah, wirkte bei Susi klapprig. Das war der Unterschied. So ist das manchmal auch mit Müttern und Töchtern. Susi war zwar nicht Lilles Mutter, doch für zwei Wochen war sie es gewesen. In einer Zeit, in der sie sie sehr dringend gebraucht hatte.

Nachdem sie sie hatte hergeben müssen, war sie wie tot gewesen. Den Plan hatten sie umgesetzt, Schritt für Schritt, Punkt für Punkt, genauso wie sie es sich ausgedacht hatte. Sie hatte funktioniert.

Ab Flensburg fuhren sie damals mit zwei Autos. Strolch mit dem von Lilles Eltern, sie in Strolchs Wagen. Zur Sicherheit hatte Strolch den deutschen Pass des Toten im Handschuhfach. Doch warum hätte man ihn anhalten sollten, nachdem sie die Grenze überquert hatten? Die Strecke zog sich. Bayern schien auf einem anderen Planeten zu liegen. Als plötzlich die Alpen vor Susi aufragten, kam es ihr tatsächlich vor, als wäre dies ein anderes Universum. Noch nie hatte sie so etwas Erhabenes gesehen. Die Berge hatten so gar nichts mit den langweiligen Höhenlinien auf der Landkarte zu tun, die sie jede Nacht studiert hatte, um die perfekte Lösung für ihr Problem zu finden.

Mit einer Viertelstunde Abstand trafen sie schließlich wie verabredet auf dem Parkplatz vor der Teufelsklamm ein. Es sah ein bisschen anders aus als auf der Postkarte, die am Kühlschrank von Susis Mutter gehangen hatte. Onkel Sören hatte sie aus seinem Urlaub geschickt. Man sah sechs Fotos darauf. Einen Gasthof, eine Kuh samt Glocke, die Zugspitze, ein Edelweiß, ein Murmeltier und die tobenden Fluten des Wildbachs, der durch die Teufelsklamm führte.

Susi hatte sich die Karte als kleines Mädchen oft angeschaut. Und weil ihre Eltern nie wieder so eine schöne Post bekamen, kannte sie jedes Foto und jedes Wort auswendig. »Schöne Grüße aus den Alpen«, hatte Onkel Sören geschrieben. »Essen ist lecker und super das Wetter.« Sie fand diesen Reim lustig, auch wenn es sich gar nicht richtig reimte. Und den Namen Teufelsklamm fand sie aufregend.

Jetzt war sie hier, mitten im Postkartenidyll, und blieb im Wagen, ohne die tosenden Fluten zu sehen. Wäre sie ausgestiegen, wäre sie gesprungen – da war sie sicher.

Es ging auf den Abend zu, die Tagestouristen kamen von ihrer Wanderung zurück, zogen schwatzend und lachend ihre dicken Wanderschuhe aus, tranken aus den mitgebrachten Wasserflaschen und fuhren davon.

Niemand achtete auf Strolch, als er mit einem kleinen, bunten Rucksack den silbernen Ford verließ, für eine Stunde in Richtung Schlucht verschwand und danach ohne Tasche zurückkam. Er trat zum Wagen mit dem dänischen Kennzeichen, öffnete die Beifahrertür und stieg ein.

»Hast du eine geeignete Stelle gefunden und alles so gemacht wie besprochen?«, fragte sie.

Er hatte genickt, dann waren sie schweigend vom Parkplatz gefahren.

77

Oscar stürmte zu seinem Vater. »Muscheln«, rief er laut und klar. »Viele Muscheln.« Dann hielt er Daniel seinen roten Eimer unter die Nase.

Daniel atmete die typische Nordseemischung aus Seetang, Salz und frischer Luft ein und nahm seinen Sohn auf den Schoß. »Super«, sagte er und hob anerkennend eine Muschel nach der anderen in die Höhe. »Die hast alle du gefunden?«

Oscar nickte, die Locken flogen auf und ab, seine Wangen schimmerten rot. Stella und Raven traten ins Wohnzimmer.

Daniel und Raven schauten sich an. Sie lächelte, er nickte. Eigentlich war ihnen beiden nach etwas anderem zumute. Wären sie alleine in diesem Raum, hätten sie einander in den Arm genommen. Doch jetzt musste dieses Einander-Anschauen reichen.

Emil Hasagar war bereits aufgesprungen und begrüßte die Frauen. »Stella, ich muss mit dir reden«, sagte er und bat Ravens Tante an den Küchentisch. »Ist polizeilich«, sagte er, an die anderen gewandt. Raven begriff und forderte Oscar auf, mit nach draußen zu kommen, um seinen Muschelfund auf der Terrasse auszubreiten. Der Junge nahm ihre rechte Hand, dann griff er nach Daniels linker und ging fröhlich wippend zwischen den beiden zu seinem nächsten Urlaubsabenteuer. »Eimer mit?«, fragte er.

»Ja, den nehme ich mit«, sagte Daniel. Er spürte den weißen Plastikgriff, den er so fest umklammert hielt, dass seine rechte Hand zitterte.

***

Stella und Emil kannten sich. Nicht besonders gut, aber lange genug, um sich gegenseitig wie alte Bekannte zu behandeln.

Der Kiosk in der Ferienhaussiedlung wurde von den dänischen Urlaubern seltener frequentiert als von den Deutschen oder Holländern, doch natürlich hatte auch Emil immer mal wieder etwas eingekauft, wenn er mit seiner Familie am Wochenende in ihr Haus am Meer gefahren war und wieder irgendetwas vergessen hatte. Er wusste, dass Stella die Leute in ihrem Laden genau beobachtete, sie mitunter auch in Gespräche verwickelte, um an ein paar Neuigkeiten zu kommen, sich aber verkniff, über sie zu tratschen, um bei der Kundschaft keinen schlechten Eindruck zu machen. Sie war neugierig, aber so klug, dies unter einer scheinbar gleichgültigen Miene zu verstecken.

Bevor er seine erste Frage stellte, saßen sie beide da und schwiegen. Emil suchte in ihrem Gesicht vergeblich nach Anzeichen von Nervosität.

Es war ein bisschen wie dieses Kinderspiel: Wer zuerst blinzelt, verliert.

Emil beschloss, zuerst zu blinzeln. »Stella, ich glaube, du weißt etwas, das wichtig für uns ist.«

Sie zuckte mit den Schultern. »Wie kommst du darauf?«

»Du hast ein gutes Gedächtnis, du kannst Dinge einsortieren, du beobachtest.«

Sie zuckte wieder mit den Schultern. »Kann sein.«

Er lehnte sich zurück und wartete.

»Was soll ich denn beobachtet und dann verschwiegen haben?«, fragte sie unfreundlich.

»Ich glaube, du kennst Sibylle von Poll.«

»Ja, natürlich. Sie hat sich vor ein paar Tagen den Schlüssel für ihr Ferienhaus abgeholt.«

»Und sie hat dich nicht an jemanden erinnert? Jemanden, den du früher mal gesehen hast?«

»Nein.« Stella blieb ganz ruhig. »Das hat sie nicht.«

Emil kniff die Augen zusammen. »Bist du sicher?«

»Ja, ganz sicher«, sagte sie.

»Raven und Daniel haben deine Akten durchgesehen, um herauszufinden, ob Sibylle als Kind schon einmal hier war. Das muss 1984 gewesen sein.«

Stella nickte kaum sichtbar. »Nicht alle Urlauber kommen

in meinen Kiosk. Nicht alle mieten ihre Häuser über mich. Und ich bin sicher, dass eine Familie von Poll nicht in meinen Akten ist. Den Namen hätte ich nicht vergessen.«

»Der Name ist auch unerheblich. Sie hieß damals anders. Ein zweijähriges Mädchen, das der heutigen Sibylle ähnlich sieht, komm schon!«

Stella schloss kurz die Augen, atmete dann tief ein und wieder aus und schaute ihn schließlich direkt an. »Nein, ich habe keine Ähnlichkeit erkannt zwischen dieser Sibylle und dem kleinen Mädchen.« Dann setzte sie nach. »Aber bei ihm, da ist es nicht zu übersehen.«

»Bei ihm?« Emil war überrascht.

»Oscar ist ihr wie aus dem Gesicht geschnitten. Und er hat diese Augen. Ein grünes und ein braunes, das hatte sie auch.«

Emil spürte das Adrenalin, wartete aber einfach, dass sie weiterredete.

»Aber ich dachte, sie wäre kein Urlaubskind.«

»Warum?«

»Lene. Lene war bei ihr. Ich dachte –« Stella geriet ins Stocken.

Emil schaute sie aufmunternd an. »Ja?«

»Ich dachte, es wäre ihr Kind.«

»Wie heißt diese Lene weiter?«

»Pedersen. Von dem alten Hof drüben, an den Senffeldern. Auf der Landstraße nach Osterby raus.«

»Weiter, Stella. Das reicht noch nicht.«

Stella fuhr fort: »Sie war als Kind öfter im Laden und hat Eier gebracht. Geredet hat sie nie. Es hat mich gefreut, dass sie nun ein Kind hatte. Es hatte plötzlich im Baumarkt vor mir gestanden und mich mit seinen großen Augen angeschaut. Ich hab das Mädchen gefragt, wer sie ist, doch es antwortete nicht.«

Stella stockte erneut, sprach dann aber weiter. »Dann erkannte ich Lene. Sie rief ›Lille.‹ Es war offensichtlich, dass sie nicht zu mir kommen wollte, um mich zu begrüßen, sondern dass das Kind zu ihr laufen sollte. Ich munterte die Kleine auf und sagte so was Ähnliches wie: ›Hej, deine Mama ruft‹, doch sie verstand mich nicht. Da ich ja auch das deutsche Wort für Mama kenne und es oft bei deutschen Touristenkindern benutze, zeigte ich auf Lene und sagte: ›Ist das nicht deine Mama?‹ Da hat mich das Mädchen einfach nur angeschaut. Und da sah ich das grüne und das braune Auge. Dann drehte sie sich um und lief zu dem Regal, vor dem Lene auf sie wartete.«

»Du dachtest, sie wäre Lenes Tochter?«

»Ich hab es eher gehofft. Später erfuhr ich, dass Lene alleine auf dem Hof lebte – ohne ein Kind.«

»Das kam dir nicht komisch vor?«

»Nein. Sie war wahrscheinlich nur die Babysitterin von dem Kind. Das dachte ich.«

»Als du dann Oscar gesehen hast, da hast du dich an das Mädchen erinnert?«

Stella nickte.

»Aber du hast es nicht gesagt?«

»Nein. Ich war nicht sicher. Ich wollte keine Pferde scheu machen.«

Emil schlug mit der Faust auf den Tisch. »Mann, Mann, Mann, Stella! Du bist echt –«

»Ich weiß«, sagte sie und stand auf. »Kann ich jetzt gehen?«

78

Es war verrückt, man konnte es nur sehen, wenn man darauf achtete. Das grüne und das braune Auge, sie hatte es auch bei Lille zunächst gar nicht wahrgenommen. Sibylle, so hieß sie ja jetzt, hatte sich wieder weggedreht, als sie sie besuchen kam. Jede ihrer Fragen blieb unbeantwortet. »Hast du Hunger? Möchtest du etwas lesen? Soll ich dir die Haare waschen?« Sie konnte ja verstehen, dass sie so stur war. Wie sollte sie auch begreifen, dass Susi ihr nur etwas Gutes tun wollte? Sie war nicht ihre Feindin. Sie wollte ihr die Angst nehmen, ihr die Unbeschwertheit zurückgeben, die sie und Strolch ihr jetzt schon zum zweiten Mal geraubt hatten.

Sie hätte gerne ihren Rücken gestreichelt und sie dann in den Arm genommen. Wie sehr hatte sie sich gewünscht, dass ihre Mutter das nur ein einziges Mal bei ihr gemacht hätte. »Weine ruhig«, hätte sie ihr ins Ohr geflüstert und ihr dann eine schöne Geschichte erzählt. Sie hätte ihr vom Meer erzählt, von den Sternen und dem Himmel, mit dem sie bald eins sein würde. Es würde nicht wehtun. Strolch konnte das so machen, dass sie erst einschliefen und dann hinüberglitten. Das Dreckige, Schlimme, das Hasenblut, das kam erst danach. Da waren sie schon längst nicht mehr da, da waren sie schon tot.

Dreh dich um, dachte sie. Richte dich auf und nimm mich in den Arm, dachte sie. Doch Sibylle rührte sich nicht. Sie hielt sich ihre zitternden Hände vor das Gesicht und versuchte, die Tränen aufzuhalten, die wie damals die Regentropfen an ihrem Zimmerfenster hinabliefen über ihre Wangen. Ein tiefes Schluchzen kämpfte sich von ihrem Innersten nach außen.

Sie stand auf, ein letzter Blick auf Lille. »Es tut mir leid«, flüsterte sie. »Es tut mir leid.«

»Warum?« Sie hörte Sibylles brüchige Stimme, als sie die Tür schloss. Als sie schwer atmend den Riegel zuschob, war daraus ein Schreien geworden. »Warum tust du das?«

Susi lehnte ihre Stirn gegen die schwere Tür. »Aus Liebe«, flüsterte sie.

Die Mailbox sprang an. Das Notfall-Handy hatte seinen Zweck verfehlt, Strolch nahm nicht ab. Sie war es gewohnt, auf ihn zu warten. Aber noch nie hatte sie sich so sehr gewünscht, dass er nicht käme. Dieses Mal konnte sie sich nicht selbst belügen. Er besuchte nicht sie, er würde, ohne einen Blick auf sie zu werfen, direkt in den Keller hinabsteigen und tun, was er angekündigt hatte. Sie beseitigen. Dann würde er das Kind suchen und es mitnehmen und an den weitergeben, der aus ihrem Strolch das gemacht hatte, was er nun war. Ein Mörder.

So klar lag jetzt alles vor ihr. Sie retteten kein Kind, sie vernichteten eines, das erwachsen geworden war, und raubten ein anderes, echtes Kind. Das Böse ließ sich nicht mehr von falschen Träumen bedecken. Sie war nicht die Mutter der Kinder, die sie zu Waisen gemacht hatten. Sie war nicht die Beschützerin. Und – sie war nicht die Frau an seiner Seite geworden. Sie war nichts weiter als eine Handlangerin. Und daran würde sich niemals etwas ändern können. Sie war verloren.

Sie saß am Küchentisch. Ihr Gesicht spiegelte sich in der Fensterscheibe. Aus der Ferne sah sie ein Auto auf das Haus zukommen. Sie blieb sitzen. Sie schaute auf die Schubladen neben der Spüle. Das Messer lag bereit. Der Kies knirschte unter den Reifen des Wagens, plötzlich war es still. Autotüren schlugen zu, dann hörte sie Schritte, danach klingelte es. Strolch hat jemanden mitgebracht, er ist nicht allein, dachte sie und stand auf. Mechanisch ging sie zur Tür und öffnete.

»Frau Pedersen?« Vor ihr standen zwei Polizeibeamte.

Sie halten uns auf. Sie wird überleben. Das waren die ersten Gedanken. Sie ging voraus, durch die Küche in den Flur. Als sie gerade den Schlüssel vom Schlüsselbrett nehmen wollte, um ihnen den Weg nach unten frei zu machen, berührte einer der Polizisten vorsichtig ihre Schulter.

»Frau Pedersen, vielleicht setzen Sie sich erst einmal. Wir müssen Ihnen leider eine traurige Nachricht überbringen.«

Sie verstand nicht, was das sollte. Warum sollte sie ihnen nicht zeigen, wo sie sie versteckt hielt? Deshalb waren sie doch hier. Strolch würde wütend sein, doch er war clever, er würde sicher fliehen können, bevor sie auch ihn schnappten. Ihr machte es nichts aus, den Rest ihrer Tage im Gefängnis zu verbringen. Es änderte doch nichts.

Sie ließ den Schlüssel hängen, drehte sich langsam um und setzte sich an den Küchentisch – mit dem Rücken zur Schublade. Der jüngere Beamte hatte blonde Haare, die ihm in Strähnen ins Gesicht fielen. Er räusperte sich, seine Nase war verbrannt. Er hätte sich eincremen sollen, dachte Lene. Der ältere hatte entweder unempfindlichere Haut, oder er hatte sich eingecremt, er sah sie traurig an. Nicht wütend, nicht zornig, nicht mal erleichtert, dass sie sie nun hatten. Die böse Susi, die für so viel Leid gesorgt hatte.

Behutsam zog der Polizist etwas aus der Tasche, das aussah wie eine Checkkarte aus Pappe, und schob es ihr über die Tischplatte zu. In Kinderschrift stand dort ihr Name: »Lene Pedersen.« Sie nahm die Karte in die Hand. Über ihrem Namen stand mit Schreibmaschine geschrieben: »Im Falle eines Unfalls bitte diese Person informieren«.

Der jüngere Polizist räusperte sich wieder. Er überließ dem erfahreneren Kollegen das Reden.

»Wir haben das hier bei Carl Rasmussen gefunden, der heute Mittag bei einem Verkehrsunfall ums Leben kam. Und da wir sonst keine Angehörigen ausfindig machen konnten, haben wir gedacht, vielleicht wissen Sie etwas über seine Familie.«

Sie starrte auf den Pappausweis, den sie vor Millionen von Jahren gemeinsam mit Strolch gebastelt hatte. Sie hatte sich auch einen gemacht. Mit einer alten Schreibmaschine von Strolchs Mutter hatten sie die Felder beschriftet. Name, Beruf, Wohnort. Und dann diesen Zusatz. Im Falle eines Unfalls bitte diese Person informieren, darunter eine Linie, auf der man den Namen eintragen konnte. Sie hatte Carl Rasmussen, er hatte Lene Pedersen geschrieben.

»Was für ein Unfall?«

»Er war zu schnell.«

Endlich sagte auch der Jüngere etwas. »Er ist gar nicht weit von hier von der Straße abgekommen und gegen einen Baum –« Er stockte.

»Ich hatte auch einmal so einen Ausweis«, sagte Lene.

Der Ältere nickte.

»Dass er ihn noch hatte –« Sie sprach zu sich selbst. Die Beamten blieben still.

Nach ein paar Minuten räusperte sich jetzt auch der ältere Polizist. »Sollen wir jemanden für Sie anrufen, damit Sie jetzt nicht so allein sind?«

Lene streichelte den Ausweis. »Alleinsein? Das ist kein Problem für mich.«

»Wissen Sie denn, ob wir noch einen Familienangehörigen von Herrn Rasmussen informieren müssen?«

Sie sah die beiden nacheinander an. »Nein, sie sind alle tot«, sagte sie mit fester Stimme.

Nur unsere Lille lebt noch, dachte sie.

79

Sie hatte sich fest vorgenommen, nicht mehr aufzuwachen, sondern dem Tod einfach entgegenzuschlafen. Sie wusste, dass sie nie würde entkommen können. Nicht nur weil der Kabelbinder, den die Frau um ihr Handgelenk gelegt hatte, mit einem zweiten Kabelbinder verbunden war, der um das Gitter des Bettes geschlungen war. Die Tür war von außen verriegelt. Sibylle hatte keine Kraft mehr. Für nichts. Am Anfang hatte sie noch Hoffnung gehabt. Vielleicht wollte die Frau nur Lösegeld, dann könnte sie wieder heimgehen zu Oscar und Daniel. Doch das war nicht logisch. Und Sibylle war einfach zu klug, um die Logik nicht in ihre Überlegungen mit einzubeziehen. Demnach würde sie diesen Keller nicht mehr lebend verlassen, denn sie kannte ihre Wärterin.

Sie hatte sich nicht einmal die Mühe gemacht, sich zu tarnen. Sibylle war eine Gefahr für sie, sie könnte der Polizei genau beschreiben, wer sie gefangen gehalten hatte und wo sie gefangen gehalten wurde. Es würde keinen Sinn ergeben, sie freizulassen. Dabei war die Frau freundlich zu ihr. Sie brachte ihr gutes Essen, schien besorgt, sprach beruhigend. Trotzdem ertrug Sibylle es nicht, wenn sie ihr Haar berührte. Die Frau wollte ihr die Haare kämmen, die Haare waschen, und sie wechselte ganz selbstverständlich jeden Morgen den Nachttopf. Als gehöre das zum Zimmerservice im Hotel Kellerknast.

Sie aß nichts. Sie wollte sich auflösen, sich wegträumen von diesem Gefängnis. Je weniger sie aß, desto häufiger sah sie Oscar vor sich. Er sprach dann mit ihr in seiner lustigen Kindersprache. Sie träumte von Daniel, wie er sie hielt und in seinen Armen wiegte. Ihre Sehnsucht tat weh. Doch dass sie die beiden in ihrem Kopf hatte, tröstete sie. Sie sind bei mir, dieser Gedanke war der einzige, den sie ertrug. Alle anderen entzogen ihr jeden Lebensmut.

Als sie die Stimmen gehört hatte, wusste sie, dass es zu Ende war. Sie würden sie holen und töten. Also wollte sie ihnen zuvorkommen. Einschlafen und sich so all dem Bösen und der Panik entziehen. Und in ihren Träumen Oscar und Daniel zuwinken, die sie aus der Ferne anlächelten.

»Komm, steh auf. Du kannst gehen!«

Was für ein böser Traum das war. Er versprach etwas, das nicht passieren würde.

»Ich bringe dich zu deinem Sohn.«

Sibylle warf sich auf die Seite. Sie wollte das nicht hören, sie wollte nicht den Schmerz der vergeblichen Hoffnung spüren. Mit ihren Händen bedeckte sie ihre geschlossenen Augen, rieb sich das Gesicht und wusste, dass in Wahrheit alles anders war.

Ihre Hand war befreit.

Sie öffnete die Augen. Die Frau saß an ihrem Bett und schaute sie an.

»Komm«, sagte sie noch einmal. »Ich fahre dich zu ihm.«

Sibylle wagte nicht, sich aufzurichten. Doch die Frau ging voraus, öffnete die Tür und stieg die Treppe hinauf. Sie legte keinen Riegel vor.

Zögernd stellte Sibylle ihre Füße auf den kalten Kellerfußboden. Mit wackeligen Beinen stand sie auf. Am Bettende standen ihre Turnschuhe. Sie hatte nicht die Kraft, sie anzuziehen. Barfuß wankte sie Richtung Treppe und stieg eine Stufe nach der anderen nach oben.

Ihre Gedanken rasten. Warum ließ die Frau sie gehen? Hatte Daniel Lösegeld für sie bezahlt?

Oben im Flur musste sie sich kurz an der Wand abstützen, doch mit jedem Schritt wurde sie stärker. *Wo ist der Ausgang?* Sie schaute sich um. Von links kam Tageslicht. Es blendete sie. Wie hell das war! Sie ging durch eine kleine, alte Küche. Ja, hier war sie hereingekommen, als sie noch dachte, sie würde einfach einen Kaffee trinken mit dieser netten Frau, die ihr noch mehr erzählen wollte über den seltsamen Doppelmord in der Ferienhaussiedlung. Doch statt mit ihr zu reden, hatte sie ihr ein Tuch vor die Nase gehalten. Danach war alles dunkel gewesen. Als sie später in dem Keller erwachte, war aus dem Dunkel Tiefschwarz geworden, und sie, Sibylle von Poll, war eine Gefangene, eine Insassin in der Todeszelle, die nichts hatte außer ihrer Angst – und ihren Liebsten im Kopf.

Das Sonnenlicht, das durch die offen stehende Haustür auf ihr Gesicht fiel, ließ sie blinzeln. Die Frau stand wie ein Schatten vor dem Auto, dem sie hierher gefolgt war.

Sibylle schaute sich um. Ließ die Frau sie wirklich gehen?

»Ich war immer nett zu dir, das weißt du doch, oder?«

Sibylle nickte eifrig. »Natürlich. Das weiß ich.«

Klar, es war schlüssig. Die Frau bereute, dass sie sie gefangen gehalten hatte. Vielleicht war sie ja bereit, die Strafe für ihre Vergehen, den Freiheitsentzug, auf sich zu nehmen. Dass sie Sibylle so gut wie möglich versorgt hatte, würde sich tatsächlich mildernd auf das Strafmaß auswirken. Vielleicht war die Frau nicht voll zurechnungsfähig. Denn welchen Grund hatte es gegeben, sie vom Strand weg mitzunehmen und einzusperren? Das musste doch die Tat einer geistig Verwirrten sein.

Sibylle spürte ihr Herz schlagen. Sie würde vielleicht wirklich entkommen. Ihre Lippen kribbelten. Gleich würde ihr Kreislauf zusammenbrechen. Sie atmete tief aus. Es durfte nicht sein, dass sie jetzt wegglitt.

Die Frau kam auf sie zu.

Sie wird mir nichts tun, wenn ich keine Gefahr für sie bin. Sibylle versuchte zu lächeln. »Ich, ich werde nichts sagen. Wir, wir vergessen das alles hier einfach.« Sie stand aufrecht, drückte ihre Knie durch, damit sie nicht wankte, ihr war schwindelig.

Die Frau sah sie an. »Das ist nett. Nun steig ein, dann hast du es gleich geschafft.«

Sie öffnete die Tür zum Wagen. Sibylle rührte sich nicht. Die Frau schob sie sanft auf den Beifahrersitz. »Ich bringe dich zum Strand. Dahin, wo ich dich aufgelesen habe. Dein Sohn ist auch da, mit deinem Mann.«

Sibylle wollte es glauben. Ihre Hände zitterten, als sie nach dem Gurt griff.

Die Frau stand noch in der offenen Autotür und half ihr.

Als sich der schmale Körper der Frau über sie beugte, um den Gurt zu befestigen, wurde ihr schlecht.

»Er dachte, du bist eine Gefahr. Dabei erinnerst du dich gar nicht.«

Die Frau sprach leise zu sich selbst, Sibylle hörte jedes Wort, verstand das Dänisch aber nicht. Der Gurt klickte. Die Frau richtete sich auf.

»So, Lille, jetzt ist es bald geschafft.« Dann schloss sie die Tür.

Sibylle hielt die Luft an. *Lille.* Der Körper der Frau, dem ihren so nah. *Lille*. Die Frau schritt langsam um das Auto herum. Sie öffnete die Fahrertür. Sie setzte sich und startete den Motor. Sibylle drehte sich um und schaute auf die Rückbank. Dort saß ein zweijähriges Mädchen, das die langen Beine eines Stoffhasen ganz fest in seinen Händen hielt.

Der Wagen rollte an, der Kies unter den Rädern knirschte. Sibylle öffnete den Gurt, riss die Tür auf, ließ sich fallen, kroch weg – und schrie um ihr Leben.

Sie erinnerte sich. An alles.

Der Kampf blieb aus. Lene Pedersen hatte sie nicht festgehalten. Sie hatte gebremst, war zu Sibylle gelaufen und wollte sie in den Arm nehmen.

»Es ist alles gut, Lille, du lebst.«

»Meine Eltern. Sie waren weg. Plötzlich, sie waren im Schlafzimmer. Ich habe Geräusche gehört. Da war ein weißer Mann, ein Geist. Mit einem Messer. Blut. Und da warst du und hast mir Lieder vorgesungen.«

Lene Pedersen ließ sich neben Sibylle nieder. »Wir haben dich gerettet. Deine Eltern waren nicht gut.«

Sibylle weinte. »Meine Mama, mein Papa – sie waren weg. Ihr habt gemacht, dass sie weg sind.«

»Aber du, du lebst.« Lene streckte ihre Hand nach Sibylle aus.

Sie wich zurück. »Ich habe das Bild gesehen, in der Zeitung. Da war alles wie früher. Die Fahnen am Himmel, diese kleinen

Häuser, die Dünen und die weißen Geisteranzüge. So einen hatte der Mann an.« Sibylle hustete, ihre Stimme überschlug sich.

Susi flüsterte: »Ich wollte immer nur, dass es dir gut geht!«

»Und deshalb hast du mich hier eingesperrt?«

»Er hat gesagt, ich soll das machen. Weil du dich erinnern könntest.«

»Er? Und jetzt? Jetzt erinnere ich mich – und ihr werdet mich töten, nicht wahr? Ich fahr nicht zum Strand, du bringst mich nicht zu meinem Sohn. Du gibst mich ab, damit er es tut …«

»Nein. So ist es nicht. Du kannst gehen. Vertrau mir doch. Ich war doch deine Mama, für ein paar Tage wenigstens war ich es.«

Lene versuchte wieder, Sibylle zu umarmen. Doch die stieß sie weg und stand auf. Lene hängte sich an ihre Beine. Weinte, flehte sie an, ihr zu glauben, dass sie ihr nichts tun würde.

Sibylle schlug um sich. Sie warf Lene zur Seite, die ging zu Boden, und Sibylle rannte zum Wagen. Der Schlüssel steckte, sie gab Gas. Aber die Räder drehten durch, es flogen nur Kieselsteine durch die Luft. Der Wagen rührte sich nicht von der Stelle.

Ihre Finger umklammerten den Schaltknüppel so fest wie damals die Beine ihres Stoffhasen. Der Mann hatte ihr jeden Finger einzeln aufgebogen, um an das Tier zu kommen. Er hatte sie angeschrien auf Dänisch. Seine Spucke und sein Schweiß auf ihrem Unterarm. Dann hatte er ihr den Mund aufgedrückt, der bittere Medizingeschmack auf ihrer Zunge. Dann nichts mehr. Alles weg.

Und jetzt wieder da.

Der verdammte Rückwärtsgang, wo war der verdammte Rückwärtsgang?

Lene Pedersen hatte sich aufgerichtet und ging nun langsam auf den Wagen zu. Krachend sprang der Gang rein, der Wagen schoss mit Vollgas rückwärts, und mit einem dumpfen Plopp ging Lene zu Boden. Sibylle schaute in den Rückspiegel, fuhr vorwärts und bremste. Lene lag am Boden, wie gefällt. Langsam trat Sibylle zu ihr.

Lene lächelte. »Da bist du ja wieder, Lille.«

Sibylle kniete sich neben sie. »Hast du meine Eltern umgebracht?«

»Ja«, sagte Lene. »Nicht direkt, nicht mit meinen Händen, aber wäre ich nicht gewesen, hätte Strolch es nicht getan.«

»Und die Toten jetzt, im Ferienhaus, wart ihr das auch?«

»Ja.« Lene atmete schwer. Ihre Hand suchte die Hand von Sibylle.

»Ich dachte, er wäre ein Geist. In diesem Anzug. Er ist auferstanden, als ich das Bild in der Zeitung gesehen habe. Ein Ferienhaus. Fahnen. Und überall Geister.«

»Lille, es tut mir leid.«

Sibylle schaute der Frau direkt in die Augen. »Das ist mir egal.«

Lene lächelte. »Das glaube ich dir nicht. Du bist doch ein gutes Mädchen. Meine Lille.«

Sibylle lächelte zurück. »Nein, das bin ich nicht. Weder bin ich gut, noch bin ich deine Lille.«

Dann legte sie ihre Hände um Lenes Hals und drückte zu. Es dauerte. Aber irgendwann hörten die Beine und Arme auf zu zucken, und die Frau lag einfach nur noch da. Tot und still.

80

Durch das Terrassentürglas hatte Daniel sehen können, wie Stella und Emil sich am Küchentisch gegenübersaßen. Das Gespräch dauerte nicht lange, Emil hatte zum Schluss auf den Tisch geschlagen und sein Handy zur Hand genommen. Während er telefonierte, schaute er in Daniels Richtung. Sie haben etwas, dachte Daniel und ließ seinen Kollegen nicht aus den Augen.

Der trat nach dem Telefonat auf ihn zu, öffnete die Tür und nickte. »Wir haben einen Namen. Mehr noch nicht. Eine Verbindung in die Vergangenheit. Wahrscheinlich war Sibylle wirklich schon einmal hier.«

Daniel sprang auf. »Was für einen Namen?«

Emil Hasagar schüttelte den Kopf. »Tut mir leid. Du bist jetzt erst mal raus. Bleib hier und halte die Stellung, wir kümmern uns um alles.«

Er wollte protestieren, wusste aber, dass es keinen Sinn hatte.

Emil rückte ab, er und seine Kollegen hatten eine heiße Spur, so viel war sicher. Anders ließ sich die plötzliche Eile nicht erklären. Daniel war wie betäubt. Denn eine heiße Spur verhieß nicht unbedingt etwas Gutes.

Stella war gegangen. Er könnte ihr nachlaufen, sie fragen, was Emil von ihr erfahren hatte. Doch er blieb auf den Holzdielen der Terrasse sitzen und schaute Raven und Oscar dabei zu, wie sie eine Muschel nach der anderen zum Trocknen auslegten. Scheinbar hatte Oscar ein bestimmtes Muster im Sinn. Immer wieder kniff er konzentriert die Augen zusammen, nahm eine der zerbrechlichen Schalen und legte sie an eine andere Stelle. Aus geraden Linien machte er Wellen.

Daniel stand auf. Seine Knie waren weich. Seine Augen sahen nur noch verschwommen sein Kind, die Frau neben seinem Kind und die Muschelwellen zwischen ihnen.

Raven konnte seine Gedanken lesen. »Geh ruhig mal ein paar Meter zum Strand. Wir sind hier.«

Er streichelte Oscar kurz über die Locken und berührte vorsichtig Ravens Wange. »Danke«, flüsterte er. »Ich – es tut mir leid. Zu einer anderen Zeit, in einem anderen Leben, da hätten wir –«

»Mir tut nichts leid«, sagte sie mit fester Stimme und drückte kurz seine Hand.

***

Als Daniel außer Sichtweite war, blickte Oscar von seinen Muscheln auf. »Aua macht?«, fragte er.

Raven wischte sich die Tränen aus den Augen und nickte. »Ja. Und es tut ganz schön weh.«

***

Er stand oben an der Abbruchkante der Düne und vermisste den Wind. Still lag die See vor ihm. Die Sonne war im Begriff, sich langsam von diesem anstrengenden Tag zu verabschieden, doch noch wärmte sie sein Gesicht und ließ kleine Schatten über den Sand huschen.

Die meisten Strandbesucher waren gerade dabei, ihre Siebensachen in bunte Taschen zu stopfen, Handtücher auszuklopfen, Kindern die nassen Sachen auszuziehen. Überall war Bewegung. Nur eine Frau stand mit den Füßen im Wasser und rührte sich nicht. Sie trug etwas, das wie ein Nachthemd aussah. Wie ein Gemälde wirkte die Szenerie.

»Sommerabend am Strand von Skagen«, so hieß dieses Bild von Peder Severin Krøyer, das zwei Frauen in weißen Kleidern zeigte und an dem kein Tourist, der sich in der Region um Skagen aufhielt, vorbeikam. Auf Postkarten, Kunstdrucken oder als Handtuchaufdruck – die weißen Frauen am Strand, sie waren überall. Und nun also auch hier. Nur war sie allein und nicht in Öl gemalt.

Sondern sie lebte.

Als er neben ihr stand und ihre wunden Füße sah, die von Salzwasser umspült wurden, zog sich sein Herz zusammen. Dünn war sie und durchsichtig. Er wollte sie in den Arm nehmen, tat es aber nicht, weil er Angst hatte, sie zu zerbrechen.

»Du lebst«, flüsterte er vorsichtig.

Sie ließ ihren starren Blick nicht vom Horizont, ihre Hände waren zu festen Fäusten verkrampft, ihr steifer Körper zitterte. Kaum spürbar lehnte sie sich an ihn. Und so standen sie da.

***

Oscar war hellwach, aber er hatte verstanden, dass seine Mutter jetzt viel Ruhe brauchte. Auf Zehenspitzen bewegte er sich durch das Ferienhaus. Daniel bereitete ihm leise Haferflocken mit Milch zu und setzte sich neben den Jungen. »Mama ist müde, sie muss jetzt erst einmal viel schlafen«, flüsterte er, und Oscar steckte seinen Löffel in die Schale. Er versuchte, nicht zu kleckern, aber es gelang nicht.

»Das macht nichts.« Daniel lächelte seinen Sohn an. Er hatte die ganze Nacht kein Auge zugetan, doch müde war er nicht.

Er schaute auf die Uhr. Es war sechs Uhr fünfzehn. Jetzt würde er Emil Hasagar informieren. Mehr Zeit konnte er nicht verstreichen lassen.

»Sibylle ist wieder da. Sie lebt. Sie schläft jetzt.« Diese knappen Worte sollten vorerst reichen.

81

Jytta Madsens Mutter klopfte sanft an die Tür ihrer Tochter. »Du hast Besuch«, sagte sie. Sie wusste nicht, ob Jytta schlief oder einfach nur dalag und an die Decke starrte. Oder schlimmer noch, ob sie wieder ihr Kopfkissen eng umschlungen hielt und weinte.

Die Psychologin sah darin einen großen Fortschritt. »Gut, dass es jetzt rauskommt«, sagte sie. So ein Trauma sei nicht schnell in den Griff zu bekommen. Geduld, ganz viel Geduld müsse man haben. Für eine Mutter waren die dauernden Tränen kaum zu ertragen, und das Weinen der Tochter als etwas Positives zu sehen, erschien ihr unmöglich. Sie wollte sie trösten und endlich wieder ihr Lachen hören. Sogar ihr Meckern und Motzen fehlte ihr. Jytta, wie sie sie kannte, war einfach weg. Verschwunden in einer anderen, dunklen Welt.

Sie klopfte noch einmal. »Jytta? Bist du wach?«

Keine Antwort. Sie ging wieder nach unten.

»Es tut mir leid, Kristian. Ich glaube, sie schläft noch.«

Er drehte sich um und schlurfte davon. Als er schon auf seinem Roller saß, den Helm aufsetzte und den Schlüssel im Zündschloss umdrehte, spurtete sie über den Gartenweg.

»Halt! Nein! Bleib!«

Er stellte den Motor ab und schaute sie fragend durch sein Helmvisier an.

»Versuch du es bitte! Vielleicht kannst du sie ja aufwecken.«

***

Die ganze Fahrt über tränten ihre Augen. Vom Fahrtwind und weil sie weinen musste. Kristian hatte einen zweiten Helm aus dem kleinen Rollerkoffer herausgeholt und ihn ihr einfach in die Hand gedrückt. Sie hatte keine Lust gehabt, ihren Kopf einzusperren, schließlich war es warm. Er hatte die Schultern gezuckt, aber darauf bestanden, dass sie sich eine winddichte Jacke und feste Schuhe anzog.

Aus dem Augenwinkel hatte sie gesehen, wie ihre Mutter zu seinen klaren Anweisungen nickte. Widerwillig hatte sie in der Garderobe nach ihrer roten Windjacke gekramt. Die Farbe gefiel ihr nicht mehr, sie war viel zu – bunt. Als sie dann vor dem Haus stand und schwitzte, sehnte sie sich nach ihrem Bett zurück, das sie wenigstens in Ruhe ließ.

Kristian ließ den Motor aufheulen.

»Angeber«, murmelte sie und setzte sich hinter ihn.

»Du musst dich bei mir festhalten«, sagte er nüchtern.

»Wohin geht es denn?«, fragte sie.

Doch statt einer Antwort gab er Gas. Fast wäre sie hintenübergefallen.

»Ey!«, meckerte sie.

»Halt dich fest!«, meckerte er zurück.

Also hatte sie sich ergeben, ihre Arme um seinen Körper gelegt, ihren Kopf an seinen Rücken gelehnt, die Augen geschlossen, den Fahrtwind gespürt und ihre Tränen laufen lassen.

Als Kristian zwei Stunden später anhielt, rührte sie sich nicht. Sie hätte ewig so weiterfahren können.

»Hej, Jytta. Aufwachen. Wir sind da.« Vorsichtig berührte er ihre Hände. »Du kannst jetzt loslassen.«

Langsam löste sie sich von ihm und schaute sich um. »Wo sind wir?«, fragte sie.

Er ignorierte ihre verheulten Augen und beschränkte sich auf eine sachliche Antwort. »Grenen. Ich glaube, wir müssen da lang, dann sind wir gleich da. Willst du laufen oder mit einem Sandwurm da fahren?« Er zeigte Richtung Strand, wo ein Traktor mit ein paar Anhängern stand und auf Fahrgäste wartete.

»Ich war noch nie hier. Verrückt, oder?«, flüsterte sie. »Lass uns laufen!«

Er packte den Helm in den Koffer, sie band sich ihre Jacke um die Hüfte, dann folgten sie einer Gruppe Touristen, die sich fröhlich plappernd zum Strand aufmachte, um zum nördlichsten Punkt Dänemarks zu gelangen.

Der Sand unter ihren Füßen, die Sonne in ihrem Gesicht und Kristians Hand, die ihre ab und zu wie zufällig berührte – Jyttas Müdigkeit kroch langsam aus ihren Gliedern. Ihre Schuhe hatten sie an den Schnürsenkeln zusammengebunden und über ihre Schultern geworfen, sie schauten geradeaus, direkt auf ihr Ziel. Die Landzunge von Grenen. Ein Muss für alle Besucher der kleinen Touristenstadt Skagen.

Als sie schließlich da waren, ließen sie ihre Schuhe in den Sand fallen, hockten sich daneben und schauten auf das Wasser.

»Ich hätte es mir spektakulärer vorgestellt«, sagte Jytta.

»Wie denn?«

»Na ja, wenn Ost- und Nordsee aufeinandertreffen, hätte ich was Wilderes erwartet«, sagte sie.

»Ich weiß nicht.« Kristian rang mit sich. »Vielleicht ist es unter der Oberfläche viel heftiger, als wir das von hier aus sehen können.«

»Vielleicht.«

Kristian wollte etwas sagen. Doch anscheinend wollten die Worte nicht kommen. Als ihm der Wind durch die Haare fuhr, kamen sie dann doch. »Es tut mir leid. Dass du das alles gesehen hast.«

Sie schüttelte den Kopf. Das wollte sie jetzt nicht hören, nicht hier, nicht schon wieder.

Doch Kristian konnte nicht aufhören zu sprechen. »Ich hätte es verhindern können.«

»Schwachsinn«, raunzte Jytta ihn an. Sie wollte nicht über das Thema sprechen.

»Ich habe den Jungen auch gehört.« Kristian redete einfach weiter, und Jytta spürte einen Kloß in ihrem Hals. »Ich hatte dich gesucht in der Nacht. In den Dünen. Weil ich – ich wollte dich noch mal sehen wegen – du weißt schon.«

Jytta grub mit ihrer rechten Hand im Sand. Von der warmen Zuckersandschicht kam sie zur kühleren, feuchten Schicht darunter.

»Da habe ich den Jungen gesehen. Wie er vor der Tür hockte und weinte. Aber ich hatte keinen Bock auf Ärger und bin einfach abgehauen. Ich dachte, seine Eltern holen ihn schon rein.«

Ihre Fingerspitzen stießen auf einen spitzen Stein im Untergrund.

»Vielleicht hätte ich verhindern können, was passiert ist. Du hättest das alles nicht sehen müssen, wenn ich nicht so ein feiges Arschloch gewesen wäre. Wenn ich mich um den Kleinen gekümmert hätte.«

Sie grub den kleinen, spitzen Stein aus und beförderte ihn an die Oberfläche. Sie ließ ihn auf ihrer Handfläche hin und her gleiten. Dann warf sie ihn achtlos weg. »Lass uns mal näher da hingehen«, sagte sie, zeigte aufs Meer und stand auf.

Dann nahm sie seine Hand.

Sie hatten sich die Hosenbeine hochgekrempelt. Das kalte Nordseewasser umspülte ihre Fußgelenke und Waden, ein paar Meter weiter kam das Ostseewasser dazu. Kein Unterschied. Es fühlte sich genauso an. Frisch, gut. Nur kleine Wirbel bildeten sich im Wasser an den Stellen, an denen die beiden Meere sich trafen.

Als der Sturm getobt hatte, seien hier die Wellen meterhoch gegeneinandergeschlagen, erzählte Kristian. Er lächelte. »Also ich stehe jetzt in der Nordsee und du in der Ostsee – ist doch verrückt.«

Auch Jytta musste lächeln. »Ja. Echt verrückt.«

Kristian räusperte sich. »Weißt du, was sie über die Stelle hier sagen?«

Jytta schüttelte den Kopf.

Kristian blinzelte in die Sonne, während er weitersprach. »Hier küssen sich die Meere.«

»Das hört sich schön an«, sagte Jytta. Dann legte sie ihren Kopf an seine Schulter und schaute mit ihm auf den Horizont, der nun himmelblau vor ihnen lag.

82

Emil Hasagar hatte ihm mitgeteilt, was die Polizei auf Lene Pedersens Hof vorgefunden hatte. Sie hatten den Kellerraum untersucht, in dem diese Frau Sibylle gefangen gehalten hatte. Ihre Schuhe standen dort. Das Prepaid-Handy und die alten Fotos in der Wollschachtel. Sie hatten alle Messer mitgenommen, um zu überprüfen, ob die Mordwaffe darunter war, sie hatten ein Fläschchen mit Betäubungsmittel, und sie hatten Kampfspuren auf der Kieseinfahrt entdeckt.

Die passten zu dem, was Sibylle ihm geschildert hatte und er nun Emil. Lene Pedersen hatte Sibylle entweder töten oder freilassen wollen, da ihr Komplize Rasmussen bei einem Unfall ums Leben gekommen war. Auf der Hofeinfahrt kam es zum Kampf um Leben und Tod. Sibylle gelang die Flucht, sie rannte querfeldein, bis sie zum Strand kam und dort schließlich von Daniel aufgelesen wurde.

Lene Pedersen musste daraufhin alleine mit ihrem Wagen geflüchtet sein, nach dem jetzt gefahndet wurde.

»Sie redet nicht viel«, sagte Daniel. »Aber ja, es passt alles zusammen. Sie ist entkommen, sie ist um ihr Leben gerannt – und sie ist hier. Ich weiß nicht, wann sie mir mehr erzählt.«

»Ist alles okay bei euch?«, fragte Emil Hasagar.

»Ja, so weit okay«, sagte Daniel.

Emil fuhr fort: »Wir haben noch weitere Fälle gefunden. Eine Familie aus Holland ist scheinbar im Jahr 2000 mit dem Auto in den Rhein gestürzt, nachdem sie hier Urlaub gemacht hatte – doch ihre Leichen wurden nie geborgen. Und wir haben einen rätselhaften Fall aus Ingolstadt. Dort fand man im Juli 2009 ein Auto, das neben der Konrad-Adenauer-Brücke geparkt hatte und dessen Insassen offensichtlich beim Spaziergang über die Donau dort abgestürzt sind. Mutter, Vater und anderthalbjährige Tochter. Ihre Leichen blieben für immer verschollen. Sie hatten – so dachten die Ermittler damals – auf dem Rückweg ihres Dänemark-Urlaubs noch eine kleine Pause kurz vor ihrem Ziel gemacht. Wir checken jetzt, ob sie auch hier in Blokhus waren.«

»Dann habt ihr ja noch eine Menge Arbeit vor euch«, erwiderte Daniel.

Warum man nicht eher Verdacht geschöpft und die Zusammenhänge erkannt hatte, lag auf der Hand. In keinem der Fälle hatte es Anzeichen oder Motive für ein Verbrechen gegeben. Die Täter Rasmussen und Pedersen hatten durch ihr Wir-sind-eine-glückliche-Familie-Spiel dafür gesorgt, dass niemand den wahren Todeszeitpunkt kannte. Auch nicht bei Sibylles Eltern.

Als der einsame Wagen an der Teufelsklamm im Spätsommer 1984 auffiel, vermutete die Polizei sofort ein Unglück. Denn alles deutete darauf hin, dass die Familie nur eine kurze Pause hatte machen wollen. Die Karte lag aufgeschlagen auf dem Beifahrersitz, ein angebissenes Brötchen wartete in einer Papiertüte darauf, aufgegessen zu werden, eine flauschige Decke war achtlos auf der Rückbank zur Seite geschoben worden, der Kofferraum war voll mit Koffern und Taschen. Als man die Gegend absuchte, fand man einen kleinen Rucksack neben einer Bank. Darin waren eine Flasche Apfelsaft und eine Kamera. Da das Wasser, das durch die Klamm rauschte, hier einige flache Stellen hatte, vermutete man, dass das Kind dort spielen wollte, auf den rutschigen Steinen ausrutschte und mitgerissen wurde. Die Eltern waren dann beim Versuch, das Mädchen zu retten, selbst in die Fluten geraten – und so wurden schließlich alle drei Opfer einer Tragödie.

Natürlich habe man die Leichen überall gesucht, doch nach einigen Tagen gab man es auf. Es gab Stellen in der Klamm, die für keinen Taucher zugänglich waren und in denen Dinge und auch Körper ohne Weiteres für immer verschwinden konnten. Die Ermittler entwickelten den Film, der in der Kamera der vermissten Familie Meißner lag, und sahen darauf das pure Urlaubsglück. Mutter, Vater, Kind. Niemandem war aufgefallen, dass man nur das Gesicht des Kindes deutlich erkannte, die Eltern sah man immer nur von hinten, von Weitem oder gar nicht.

»Weil nie eine Leiche gefunden wurde, konnte auch nie festgestellt werden, wie sie zu Tode gekommen sind und – vor allem – wann«, sagte Emil. »Es war nahezu perfekt geplant.«

»Wisst ihr denn schon, wo sie die Leichen wirklich haben verschwinden lassen?«

»Es ist noch nicht offiziell. Aber so, wie es aussieht, hat dieser Carl Rasmussen bei der Entsorgungsfirma nördlich von Aalborg gejobbt. Er hat sie wahrscheinlich in einer Müllverbrennungsanlage als Sondermüll deklariert und konnte sie einfach verbrennen oder verbrennen lassen.«

»Und die Beweise gingen einfach in Rauch auf.«

»So ist es«, sagte Emil.

In ein paar Stunden, vielleicht auch gerade jetzt in diesem Moment, würden sie die verkohlten Überreste von Lene Pedersens Wagen und ihrer Leiche, die auf dem Fahrersitz verbrannt war, finden. Es würde sich ins Gesamtbild fügen. Lene Pedersens Partner und Komplize war bei einem Verkehrsunfall ums Leben gekommen, ihre Gefangene war entwischt und konnte sie schwer beschuldigen. Es gab Menschen, die sich aus weniger stichhaltigen Gründen das Leben nahmen.

Die Würgemale am Hals würden zerfallen sein zu Asche und Staub. Sibylle würde weiter schweigen. Verständlich. Nach dem, was sie durchgemacht hatte, erklärte es sich von selbst. Verdrängung, Schock – jeder würde verstehen, dass sie nichts sagen, sondern einfach nur vergessen wollte. Niemand würde vermuten, dass diese zarte Frau so viel Kraft aufgebracht hatte, um zu töten. In vollem Bewusstsein, dass es ein Mord war, den sie beging, als sie die wehrlos am Boden liegende Frau erwürgte.

Es war jetzt eine Sache zwischen Sibylle und ihm. Ein Geheimnis, das sie für immer verbinden würde.

Denn sie hatte sehr wohl geredet. Sie hatte ihm alles gesagt und ihren Blick dabei auf den Horizont ganz hinten am Ende des Meeres gerichtet. Während um sie herum die Urlauber ihre

Strandtaschen packten, hatte sie mit mechanischer Stimme gesprochen. Die ganze Zeit standen sie dabei an derselben Stelle, dicht nebeneinander.

Danach verließ sie die Kraft, und er musste sie stützen, um sie endlich zu Oscar zu bringen. Er hatte mit Raven auf der Terrasse gespielt und sie schon von Weitem erkannt. Als er auf sie zurannte, ließ Sibylle sich fallen und öffnete ihre Arme. Mutter und Sohn verschmolzen inmitten des wogenden Dünengrases zu einer Einheit. Raven stand vor dem Ferienhaus, nickte kaum merklich und hob noch einmal die Hand. Daniel rührte sich nicht, als sie sich langsam umdrehte und ging.

***

Sie wollte keinen Arzt. Duschen, schlafen, still sein, Oscar und ihn in ihrer Nähe haben. Das war alles. »Jetzt und für immer«, flüsterte sie, als sie in ein großes Handtuch gewickelt auf dem Bett lag. Kurz bevor sie die Augen schloss, schaute sie ihn noch einmal an.

»Wie war mein Name?«

»Katja. Du warst Katja Meißner. Deine Eltern hießen Thomas und Marianne.«

Sie nickte. »Ja«, sagte sie. »Das waren wir.«

Daniel wartete noch bis Mitternacht. Als er sicher war, dass sein Sohn neben Sibylle ebenfalls tief und fest schlief, ging er zu Fuß zum Parkplatz, an dem Sibylle den Wagen von Lene Pedersen abgestellt hatte. Das Auto zu nehmen, wäre ihm zu riskant gewesen – man hätte es sehen können.

Als er die Leiche aus dem Kofferraum hievte, wunderte er sich über die Kraft, die Sibylle nach den Tagen ihrer Gefangenschaft offensichtlich noch gehabt hatte. Diese Frau war zwar klein und zierlich, aber tote Menschen waren wirklich schwer zu bewegen oder zu tragen. Sibylle hatte es trotzdem geschafft, sie in den Kofferraum zu zerren, nachdem sie sie erwürgt hatte. »Ich wollte sie da nicht liegen lassen«, hatte sie zu Daniel gesagt.

Daniel schaute sich um. Der kleine Strandparkplatz war leer, niemand wollte mehr mitten in der Nacht baden gehen. Die Dünen boten ihm Sichtschutz, die nächste Siedlung war ohnehin ein paar hundert Meter entfernt. Ein glücklicher Zufall also, dass Sibylle hier den Wagen stehen gelassen hatte, um den Rest des Weges am Strand entlang zurückzulaufen.

Er schob die Tote auf den Fahrersitz. Die erstarrten Glieder machten es ihm unmöglich, sie in eine natürliche Position zu bringen, doch es gelang ihm immerhin, dass es so aussah, als hätte sie zum Zeitpunkt ihres Todes am Steuer gesessen.

Er wusste, dass er bereuen würde, was er tat. Aber er wusste auch, dass es das Richtige war.

Er öffnete die Flasche mit dem flüssigen Grillanzünder und goss den Inhalt über die Leiche. Dann nahm er das Feuerzeug, das in der Schublade im Ferienhaus gelegen hatte, und zündete Lene Pedersen, die Mörderin, Kinderdiebin und Kerkermeisterin seiner Frau an, damit sie und die Beweise für immer verschwinden würden. Auch wenn Sibylle selbst nach einem Geständnis wahrscheinlich nicht zu einer hohen Strafe verurteilt werden würde. Er wollte ihr die Befragungen, alle weiteren Verhöre und die Reaktionen der Freunde, der Nachbarn, der anderen Mütter ersparen. Einfach alles. Eine Anklage wegen Mordes – Sibylle hatte genug gelitten, daran würde sie zugrunde gehen.

Die Bluse fing zuerst Feuer, die vom Spiritus getränkten Haare folgten, später der Rest. Daniel warf das Feuerzeug und den Brennbeschleuniger in die Flammen, damit die Ermittler nachher daran glauben konnten, dass diese Lene all das selbst getan hatte. Weil sie verzweifelt war und sich schämte.

Ganz ruhig und in normalem Tempo ging er im Schein des Mondes am Strand entlang heim zu seiner Familie. Ohne einen Blick zurück.

83

»Dein Enkel?«

Sie erkannte ihn an der Stimme.

»Steht dir.«

Sie drehte sich langsam um und hielt Oscars Hand noch ein bisschen fester. »Spar dir das«, zischte sie. »Du weißt genau, dass ich keine Enkel haben kann.«

»Oh, entschuldige bitte. Ich vergaß. Das mit dem Kinderkriegen, das war ja so ein Problem bei dir.«

»Aua.« Oscar schaute Stella vorwurfsvoll an und versuchte, sich von ihrer Hand zu lösen, die nur noch fester drückte.

»Was willst du hier?« Sie versuchte, ihre Stimme härter klingen zu lassen.

»Nichts. Nur mal schauen, wie es dir geht, was du so machst.«

Dann wandte er sich dem meckernden kleinen Jungen zu. »Na, will die Tante dich nicht loslassen? Komm her, ich helfe dir.« Er trat näher.

Stella geriet in Panik. »Wage es nicht, noch einen Schritt weiterzugehen.«

»Immer noch dieselbe Kratzbürstigkeit. Du warst damals auch schon so frech. Das hat mir immer so gut an dir gefallen.«

»Aber nur so lange, bis ich krank wurde.« Sie spuckte die Worte förmlich aus.

»Ach, hör schon auf! Das ist Jahrzehnte her.«

»Und jetzt, nach dieser langen Zeit, willst du bei mir Brötchen kaufen?«

»Ich war einfach in der Nähe und dachte, ich seh mal nach dir. Wir werden schließlich alle älter, und da blickt man manchmal ein bisschen wehmütig zurück. War doch eigentlich immer ganz schön mit uns. Unsere Treffen in den Dünen …«

Sie schnaufte. »Ich habe für so was keine Zeit. Komm, Oscar, wir schauen, ob deine Eltern schon wieder da sind.«

»Ah, ich sehe, du bist jetzt auch noch Kindermädchen geworden auf deine alten Tage.«

Stella reagierte nicht.

»Wo sind denn seine Eltern?«, fragte er und schaute dabei den Jungen an.

Oscar legte den Kopf schief, er fand diesen Mann offensichtlich nett. »Polisei!«, sagte er mit Stolz in der Stimme. »Mama, Papa, Polisei.«

Der Mann nickte anerkennend. »Das klingt aber spannend. Sind deine Eltern etwa Verbrecher?«

Oscar schüttelte lachend den Kopf. »Mama versteckt.«

Stella zog den protestierenden Oscar neben sich her. Nur weg von hier, dachte sie. Weg von Arne Birklund.

Gut hatte er damals ausgesehen, als er sie zum Picknick in die Dünen eingeladen und sie dort verführt hatte. Jetzt sah er aus wie eine schlechte Kopie seiner selbst. Offensichtlich hatte er versucht, sein Alter aufzuhalten, und sich seine Gesichtszüge glattziehen lassen. Was hatte er ihr damals nicht alles versprochen unter dem Sternenhimmel – als sie beide mit einer Zigarette im Mund kleine Rauchwolken aufsteigen ließen. Fünf Kinder und drei Hunde! »Mindestens«, hatte er gesagt und dazu gelacht. Und sie hatte ihm alles geglaubt, dem schicken Anwalt aus Aalborg.

Als sie ihm dann später unter Tränen erzählt hatte, dass sie operiert werden müsse und niemals würde Kinder kriegen können, hatte er gesagt: »Wir können doch auch so reich und glücklich sein.« Er hatte es einfach nicht verstanden.

»Nichts ist so viel wert wie ein eigenes Kind«, hatte sie ihm gesagt.

Und er hatte genickt – und eine Weile nachgedacht. »Vielleicht hast du recht.« Dann war er verschwunden.

Als die Ärzte ihr die Gebärmutter herausschnitten und sie aus der Narkose erwachte, war er schon längst Geschichte. Und er wurde reich.

Sie lockerte jetzt ihren Griff um Oscars Hand. Sibylle und Daniel mussten langsam zurück sein. Nach diesen letzten Zeugenaussagen wollten sie nach Hause fahren und endlich zur Ruhe kommen.

Das Ferienhaus kam in Sicht, Daniels Wagen stand in der Auffahrt, Oscar löste sich und lief hüpfend vorwärts.

Stella schaute sich noch einmal um. Wie lange das alles schon her war. Anfang der achtziger Jahre war sie noch jung und hübsch gewesen, nicht so eine humpelnde alte Frau wie jetzt. Sie war verliebt gewesen in diesen eloquenten Anwalt, der ihr alles versprach, was sie sich schon immer gewünscht hatte. Sie war naiv gewesen, hatte nicht kapiert, dass Frauenverführer das nun einmal so machten. Sie nutzten die Träume der Frauen für ihre eigenen Zwecke.

Als sie damals zu versinken drohte in ihrer Trauer über ihre verlorene Zukunft, die ihr keine Kinder schenken würde, war es Raven gewesen, die ihr den Lebensmut zurückgab. Die Kleine liebte den Kiosk, und sie schien ihre Tante zu lieben. Immer wieder kam sie zu Besuch, nachdem Stella aus dem Krankenhaus entlassen war. Sie plapperte auf sie ein, bettelte um Milchbrötchen und nahm keine Rücksicht auf ihre Traurigkeit. Das half.

Ungefähr in dieser Zeit musste es gewesen sein, als das Mädchen geklaut wurde. Oscars Mutter. Stella blieb stehen und sah zu, wie Oscar gerade an die Ferienhaustür hämmerte. Seine Mutter öffnete, und der Junge stürmte in ihre Arme.

Nichts ist so viel wert wie ein eigenes Kind, hatte sie damals gesagt. Er hatte genickt – und eine Weile nachgedacht.

Jetzt wusste sie, worüber.

Sie drehte sich noch einmal um und atmete tief ein und aus, um nicht ohnmächtig zu werden. Arne Birklund war nirgends mehr zu sehen.

Tak

Auf Dänisch sagt man »tak!«, und das heißt »Danke!«.

Wären meine Kindheitserinnerungen, unsere Familienurlaube nicht so voller knallroter Hot-Dogs, endlosem Strand und blauem Himmel gewesen, hätte ich dieses Buch niemals schreiben können. Ein großer Dank geht also an meine Eltern, die mir die Begeisterung für dieses wunderbare Land im Norden vererbt haben.

Danke auch an Lars Schulze-Kossack für sein Dranglauben, dem Emons-Verlag für seine Hartnäckigkeit, Birgit Hasselbusch für den ersten, sanften Blick, Lothar Strüh für seinen sortierten Perspektivwechsel und meinen drei Männern zu Hause für ihre Geduld und ihr Anfeuern.